EDI GRAF

Kriminalpolka

TOD AUF DER BÜHNE Konzertbühne: Ein Giftpfeil, abgeschossen mithilfe einer Klarinette, beendet die Karriere des Posaunisten Langfried Schieber. »Bittermandel«, meint der Gerichtsmediziner– aber kann man Zyankali überhaupt mittels Giftpfeil verabreichen? Sängerin Constanze Voorte-Sing glaubt nicht daran und beauftragt den berühmten Kommissar Zufall. Der ermittelt undercover im Orchester.

Bald stößt er auf eine heiße Spur: Langfried Schieber hat eine bahnbrechende Erfindung gemacht, eine digitale Trompete, die mittels Computertechnik besser spielt als jeder Solist. Das ist eine musikalische Revolution, die natürlich Neider und Konkurrenten auf den Plan ruft.

Es geschehen weitere mysteriöse Morde und als der Sänger Vico Lahla regungslos in seiner Garderobe aufgefunden wird und eine Whisky-Zyanidlache auf dem Boden neben seinem Toupet glänzt, steht Kommissar Zufall plötzlich unter Mordverdacht: Der Whisky stammt aus seinem Flachmann.

Edi Graf hat bisher sechs Afrika-Krimis um die Journalistin Linda Roloff veröffentlicht und macht uns nun erstmals mit seinem skurrilen Helden »Kommissar Zufall« alias Rainer Tsuval bekannt. Durch seine Arbeit als freier Redakteur kennt er die Blasmusikszene aus dem Effeff. Der Autor verfasste bereits Hörspiele, Reiseführer, Romane und Kurzkrimis und lebt mit seiner Familie in Rottenburg.

Rainer Tsuval lebt mit Aquarium und ohne Familie inkognito in St. Agath-Christi am Stein. Weitere enthüllende Fälle von ihm sind zu erwarten …

Bisherige Veröffentlichungen im Gmeiner-Verlag:
Verschleppt (2012)
Bombenspiel (2010)
Leopardenjagd (2008)
Elefantengold (2006)
Löwenriss (2005)
Nashornfieber (2005)

EDI GRAF

Kriminalpolka

Kommissar Zufall ermittelt

GMEINER Original

Handlung und Namen sind frei erfunden. Jede zufällige Ähnlichkeit mit blasenden, singenden und schlagenden Personen entspringt allein der Fantasie des Lesers.

Besuchen Sie uns im Internet:
www.gmeiner-verlag.de

Im Ehnried 5, 88605 Meßkirch
Telefon 07575/2095-0
info@gmeiner-verlag.de

1. Auflage 2013

Lektorat: Claudia Senghaas, Kirchardt
Herstellung: Mirjam Hecht
Umschlaggestaltung: U.O.R.G. Lutz Eberle, Stuttgart
unter Verwendung eines Fotos von: © Edi Graf
Druck: GGP Media GmbH, Pößneck
Printed in Germany
ISBN 978-3-8392-1424-4

»Sprühende Spannung liegt in der Luft …«
Hazy Osterwald, Kriminaltango

AUFTAKT

»Gestatten, mein Name ist – nein, nicht ›Bond, James Bond‹ – obwohl wir sogar Jahrgänger sind und immerhin 50, der gute alte James und ich.

Und fast Kollegen. Na ja, zumindest so etwas Ähnliches wie Kollegen. Ich bin allerdings kein Doppelnullagent, im Gegenteil. Charlotte, meine Ex, würde mich eher als Dreifachnull bezeichnen.

Während Kollege James seine Fälle nach dem Willen seines Erfinders zwischen Solarplexus und Oberschenkelinnenseite löst, bin ich eher zwischen Ratzenried, Schnürpflingen und Onstmettingen unterwegs. Die kleine Lokalausgabe des globalen Agenten sozusagen.

Ein ›Bondle‹.

Verfilmt wurde ich noch nicht, doch so schön eine Filmkarriere wäre, sie hat auch Nachteile: Sehen Sie, der gebrauchte Bond wurde schon fünfmal ausgewechselt, ich laufe immer noch als Erstzulassung rum.

Übrigens, während die Produzenten von ihrem ersten Bonddarsteller nur sagten ›der sieht aus, als ob er Eier hat‹, habe ich wirklich welche! Und zwar täglich frische, von den freilaufenden Hühnern auf dem Bio-Hof meiner Nachbarin Felicitas Habergais-Büchdickmann.

Ach so, ich habe mich immer noch nicht vorgestellt. Aber das hat noch Zeit. Wir müssen jetzt los!

Das Konzert hat bereits begonnen …«

SAU TOT, HAS TOT, MUSIKANT TOT!

Der Musikant hing krumm über dem Notenständer und machte einen ziemlich leblosen Eindruck, nachdem er live den plötzlichen Bühnentod gestorben war. Mag sein, dass es Wunschtraum vieler unsterblicher Schauspieler und anderer Bühnenhelden ist, auf offener Bühne zusammenzubrechen und ›coram publico‹ das siechende Leben auszuhauchen, den letzten Odem in den Souffleurkasten zu blasen und den schwindenden Blick noch einmal ins Rampenlicht zu tauchen, doch wirklich wollen will das keiner. Schon gar nicht ein Musikant in der zweiten Reihe des bekannten Orchesters *Pepe Plasmas Blasmusik*.

Der Erfolg dieser Band ließ sich an zahlreichen Preisen messen, die sie im In- und Ausland erspielt hatte. So hatte sie unter anderem den mit einem goldenen Alphorn dotierten *First Official Award of Bohemian Rhapsody* gewonnen. Überhaupt war böhmische Blasmusik derzeit ›in‹, vielleicht sogar ›inner‹ denn je. Polkabeat boomte, böhmische Besetzungen schossen wie Pilze im nassen Herbst aus dem Boden, junge Musikanten hatten mindestens so viel Freude an der ›Vogelwiese‹ und am ›Böhmischen Traum‹ wie an Rap und Hiphop. So war es nicht verwunderlich, dass Pepe Plasma sich mit einer kleinen Besetzung sogar für den Vorentscheid zum Eurovision Song Contest qualifiziert hatte.

Die erfolgreiche Band hatte ein Galakonzert in Friedrichshafen am Bodensee im Graf-Zeppelin-Haus gegeben, wo der Tod während der Polka ›Schorle voraus‹ die Bühne betrat.

Der erste Posaunist Langfried Schieber, solistisch blasend neben seinen Registerkollegen stehend, hörte auf zu spielen, sank auf seinen Stuhl, kippte nach vorn und blieb mit dem Oberkörper auf dem Notenpult liegen, das durch ein physikalisches Wunder sein Gleichgewicht hielt.

Das Blasorchester brachte die Polka noch schwungvoll zu Ende, während sich im Publikum unruhig die Köpfe reckten, um die seltsame Haltung des Musikanten, der in der zweiten Reihe erhöht saß, zu kommentieren. Einzelnen, überwiegend weiblichen Kehlchen entfleuchten ob der schaurig anmutenden Showeinlage schon unruhige Schreie.

Als nach Ende der Polka in klarem F-Dur die Band sich stehend im Applaus sonnte und sich der dahingegangene Posaunist immer noch nicht vom Notenpult erhob, verstärkte sich auch im Ensemble der Eindruck, dass mit dem Kollegen etwas nicht stimmte. Der Registernebensitzer des Leblosen packte ihn unsanft an der Schulter, als wollte er ihn wachrütteln, doch dann fuhr seine Hand zurück, und seine vor Entsetzen geweiteten und vom nächtlichen Gelage des Vortages noch geröteten Augen registrierten, dass der ausgeblasene Posaunist keinesfalls nur beim Nachschlagziehen eingenickt war. Der Mann war mausetot!

Ich saß als großer Freund zeitgenössischer Blasmusik im Publikum in der dritten Reihe und sah meine Zeit gekommen.

Gestatten Sie also, dass ich mich nun doch noch vorstelle: Ich bin Kommissar, na ja, eigentlich nur Privatdetektiv, aber ›Kommissar‹ macht sich in meinem Metier besser. Ich verwende den Titel ›Kommissar‹ allerdings nicht als Berufsbezeichnung, sondern quasi als Pseudonym, und das ist durchaus gestattet. Ich könnte mich nun ja in aller Ausführlichkeit beschreiben, doch was interessieren schon Größe, Gewicht und Toupetfarbe? Nehmen Sie eine Kreuzung aus Heinz Becker, Pierre Brice und John-Boy-Walton – dem jugendlichen Mr. Bean der 70-er Jahre des vergangenen Jahrhunderts – und fertig bin ich!

Mein richtiger Name ist Tsuval. Rainer Tsuval. Für den Nachnamen kann ich nichts. Altes Erbstück aus Belgien. Meinen Vornamen allerdings hat meine Mutter ausgesucht, und ihr außergewöhnlicher – um nicht zu sagen ausgefallener – Geschmack in solchen Dingen wollte es, dass die Konstellation aus Vor- und Zunamen geradezu meinen beruflichen Werdegang vorgab, dieser quasi schon vor meiner Geburt feststand.

Nun ja, meine Uraufführung fand am 25. Oktober 1962 im Kreißsaal des Zentralhospitals von St. Agath-Christi am Stein statt, und ich wurde danach auf den germanischen Namen Rainer getauft.

Als ich Jahre später – ich erinnere mich genau – in der Fernsehsendung ›Aktenzeichen XY-ungelöst‹ mit Ganoven-Ede Zimmermann erstmals vom genialen ›Kommissar Zufall‹ hörte, der schon wieder eine ganze Bande Verbrecher zur Strecke gebracht hatte, stand mein Ziel fest, ich wollte entweder Polizeimusiker werden oder Bullenreiter, sprich, zur berittenen Polizei.

Flöte spielte ich seit meinem siebten Lebensjahr, und meine Liebe zu Tieren aller Art (vor allem verstehe ich etwas von Terrarien und Vogelstimmen) hatte mich nicht nur in jugendlichen Jahren zum Spezialisten für schwäbisch-alemannische Spinatwachteln und Rückzüchter einer ausgestorbenen Amphibienart (der siamesischen Rüsselkröte) gemacht, sondern auch das Glück der Erde auf dem Rücken von transsibirischen Zwergponys finden lassen.

Allerdings stellte ich mir die Sache einfacher vor, als sie war: Mein Dienst bei der Polizei war nur von kurzer Dauer, ich kam beim Polizeimusikkorps als Flötist – wie leider auch sonst einige Mal in meinem Leben – nicht über das Vorspiel hinaus.

Die Ausbildung bei der Bereitschaftspolizei quittierte ich nach drei Tagen Dienst ohne Pferd im Gelände, kopierte den Dienstausweis des Hauptkommissars und kam das erste Mal mit dem Gesetz in Konflikt, als ich mich bei der Anmeldung meiner Privatdetektei als Kommissar ausgab und entsprechende Visitenkarten auf Umwegen im örtlichen Polizeipräsidium landeten. Aua!

Dann kam mir die rettende Idee: Ein Pseudonym, so wurde mir beim Patentamt und bei der Bundesagentur für Datenschutz versichert, konnte niemand verbieten. Also kreierte ich aus meinem Traumberuf Kommissar und meinem Namen ein Pseudonym. Und so steht es bis heute – in Anführungszeichen – auf meiner Visitenkarte:

»Kommissar Zufall«
Rainer Tsuval.
Ihr Spezialist für ungelöste Fälle aller Art.
Ermittlungen nach Maß und Auftrag.
Diskret, erfolgreich, undercover.

Die meisten meiner Kunden, denen ich mich so vorstelle, nehmen sofort Haltung an und denken nur: Wow! Der berühmte Kommissar Zufall! – und schon habe ich den Auftrag … meistens.

An jenem trüben Oktoberabend des Jahres 2012 im wilden Süden unserer Republik, als der Posaunist Langfried Schieber beim zweiten Zug auf ›eins-und‹ (es war so genannter Nachschlag* zu spielen) im dritten Takt des Trios der Schorle-Polka seinen allerletzten Zug tat – so wurde die Aussage seiner Registerkollegen von den Beamten der Kriminalpolizei zu Papier gebracht – kam ich durch meine zufällige Präsenz vor Ort zu meinem neuen Fall:

Als nämlich der langweilige Ansager von *Pepe Plasmas Blasmusik* stammelnd die Bühne betrat und von einem ›kleinen, unangenehmen Zwischenfall‹ stotterte, kam im Saal eine Stimmung auf, die die Kapelle während ihres ganzen Konzerts bislang nicht ein einziges Mal erzeugt hatte.

---

* Musikalischer Fachausdruck für Töne auf der unbetonten Zählzeit

Natürlich wusste ich zu diesem Zeitpunkt noch nicht, dass es sich um einen Mord handelte. Trotzdem war ich intuitiv und durch die jahrelange Erfahrung, die ich inzwischen mein Eigen nennen kann, davon ausgegangen, dass der Musikant nicht so plötzlich eines natürlichen Todes gestorben war.

Um Panik zu vermeiden, beschloss ich daher, das Hungergefühl, das jetzt so kurz vor der Konzertpause in mir keimte, zu unterdrücken, nach vorn auf die Bühne zu eilen und mein Inkognito zu lüften. Dies war einfacher gesagt als getan. Ich hatte die Wahl, mich entweder in meiner Reihe nach rechts oder links an lang ausgestreckten Beinen oder überhängenden Bierbäuchen vorbeizukämpfen oder den kürzeren, aber akrobatischeren Weg über die beiden Rotten* vor mir zu wagen.

Mein Entschluss unterlag einer gewissen Eile, da sich im Publikum schon die ersten Verdächtigen aus den hinteren Rotten aufmachten, den Saal zu verlassen, was unter den gegebenen Umständen keinesfalls zuzulassen war. Also stieg ich meinem Vordermann, sehr zu dessen Missfallen, über die Rückenlehne seines Sitzes auf die Oberschenkel, hielt mich krampfhaft an seiner Schulter fest und tastete mich zum Kopf des vor ihm Sitzenden weiter.

Da das Licht im Saal noch gedimmt war, gewahrte ich zu spät, dass ich auf das zu einem vogelnestartigen Haarhelm gestylten Frisurmonster einer älteren

---

* Fachausdruck aus der Marschordnung für nebeneinander stehende Musikanten im Unterschied zur hintereinander angeordneten Reihe

Dame zusteuerte, als meine Finger auch schon im taftgeschwängerten Haupthaar festhingen, ihre spitzen Fingernägel sich kratzend in meinen Unterarm krallten, mich ihr Hintermann im selben Moment kraftvoll von seinen Schenkeln stieß, und ich so ohne jeden Halt, dafür von Schmerz durchbohrt nach vorn stürzte und eingekeilt zwischen gewölbtem Oberbau und abschüssigem Schoßhang bei der Helmfrisierten landete, wo ich abglitt und zum Boden durchrutschte.

Für eine Schrecksekunde war ich wie betäubt, dann bemerkte ich den unförmigen, fellartigen Gegenstand in meiner Hand und stellte entsetzt fest, dass sich ein Toupet in Fußballgröße zwischen meinen Fingern verfangen hatte. Ich rappelte mich auf, stülpte der jetzt Grauköpfigen die Kunsthaare über den Schädel, stammelte »sorry!«, weil ich die falsche Dame erwischt hatte, nahm ihr den Putz wieder ab, setzte den Skalp seiner wahren Besitzerin auf und hielt, ohne eine Reaktion abzuwarten, auf die Bühne zu. Mit gekonntem Schwung erklomm ich deren Rand und entwand dem verdutzten Ansager das Mikrofon.

»Türen abriegeln! Keiner verlässt den Saal! 110 rufen!«, befahl ich dem Haustechniker und ging zu dem leblos über dem Notenpult Hängenden, der von seinen Musikkameraden in einem doppelten Kreis umringt wurde. Die beiden Feuerwehrleute, die an diesem Abend Bühnendienst hatten, waren herbeigeeilt, um Erste Hilfe zu leisten. Doch ihrem Kopfschütteln entnahm ich, dass es dafür zu spät war.

Zwischen breiten Schultern und schweißtriefenden Achselhöhlen hindurch erkannte nun auch ich, was dem Posaunisten den Tod gebracht hatte: Das kleine Federbüschel eines schmalen, kurzen Pfeils ragte zwischen den Haaren aus dem Nacken wie aus einer Dartscheibe heraus.

Ich hatte vor Jahren den Amazonas befahren und wusste auf Anhieb, was ich vor mir hatte: Mit solchen Pfeilen, getränkt in Curare, einem Gift, das von einigen farblich höchst attraktiven Minifröschen im Regenwald produziert wird, töteten die Indios ihre Beute.

Ob der Pfeil im Nacken des Posaunisten vergiftet war?

Ich wandte mich dem Publikum zu und gab meiner Stimme den beruhigenden Klang eines Hypnotiseurs. So erreichte ich durch mein geschultes Auftreten und die professionellen Anweisungen binnen Sekunden die ungeteilte Aufmerksamkeit des Auditoriums. Ich stellte mich wie gehabt vor, und merkte am ungläubigen Kopfschütteln, dass man mich kannte.

»Achtung, hier spricht die Polizei! Kommissar Zufall, mein Name. Bitte bewahren Sie Ruhe, bis meine Kollegen da sind, und halten Sie Ihren Personalausweis oder den Führerschein bereit!«

Ich fand, ich klang über die professionelle Tonanlage wie die Synchronstimme von Columbo, und mein zerknittertes Gesicht verstärkte sicher diesen Eindruck. Schade, dass ich meinen Trenchcoat an der Garderobe abgegeben hatte.

»Und bis es soweit ist, machen wir noch etwas Musik«, zitierte ich einen bekannten Rundfunkmoderator und fasste den Bandleader ins Auge.

»Habt ihr vielleicht was in Moll oder was Getragenes?«, fragte ich.

»Wir spielen nur Polka, Marsch und Walzer«, entgegnete Pepe Plasma.

»Ein langsamer Walzer?«

»Ohne unseren ersten Posaunisten?«, fragte er.

»Oder ein Signal«, schlug ich vor. So wie in Winnetou III an der traurigen Stelle. Wo sogar Lex Barker geweint hat. Das hatte mich schon als Kind mitgenommen. Damals wollte ich unbedingt Trompete lernen. Doch da noch die Flöte vom Döte auf dem Dachboden lag, ging ich einen anderen Weg.

»Ich kenn' nur ›Sau tot‹ von den Jagdhornbläsern aus Schwäbisch Halali!«, sagte der Trompeter jetzt. »Oder ›Has tot‹ – zur Not. Aber dazu braucht man Parforcehörner, und wir haben nur Tenorhörner und Waldhörner.«

»Vielleicht sein Lieblingsstück?«, half ich und deutete auf den Toten. Plasma gab seinem Orchester die Anweisung weiter.

Sie spielten den Bayrischen Defiliermarsch.

Langfried freute sich nicht mehr.

Mein Hungergefühl kehrte zurück, und ich ging aufs Klo.

BACKSTAGE

Der LKW mit ABS* duftete verlockend. Zwar waren Maultaschen – und zwar geschmälzt und nur mit Zwiebeln, nicht mit Ei – meine Leibspeise, aber Leberkäse war auch nicht zu verachten. Das Brötchen war frisch gebacken, der Leberkäse hatte durch Zutaten wie Paprika und Zwiebeln Farbe und Geschmack einer Pizza Napoli angenommen, und den Senf hatte ich mir auf die Unterseite des saftigen Fleischbrockens schmieren lassen, damit er die sensibelsten Stellen des Gaumens und der Zunge auf direktem Weg erreichen konnte.

Mir lief förmlich das Wasser im Mund zusammen bei der Vorstellung, gleich hineinzubeißen, ich sog den Geruch ein, der Appetit wuchs ins Unermessliche, und dann beging ich den verhängnisvollen Fehler, statt dem Mund meine Augen zu öffnen.

Das war ein unverzeihlicher Fauxpas, denn im selben Moment löste sich der Wunschtraum im Nichts auf. Futsch war der LKW samt ABS, und das einzige Wasser, das lief, war das der Klospülung in der Herrentoilette des Graf-Zeppelin-Hauses in Friedrichshafen am Bodensee.

Nur der Zwiebelduft war noch Realität. Er entströmte in einer schweren Wolke dem Odem des Mannes, der in dieser Sekunde neben mich ans Waschbecken

* Schwäbischer Fachausdruck für: Leberkäsweck (Leberkäse in Brötchen, Stulle, Semmel oder Schrippe) mit a bissle (ein wenig) Senf (Mostrich).

trat, und dessen kantige Visage, die an den alten Ben Cartwright aus Bonanza erinnerte, mich jetzt aus dem Spiegel anstarrte. Der Mann war Polizist, das erkannte ich auf den ersten Blick.

Mein Gespräch mit dem Leiter der Kriminalinspektion 1, Kriminalhauptkommissar Sepp Donner – wie er sich mir vorstellte – auf dem Männerklo verlief nicht zu meinen Gunsten. Der in mehreren Ehen ergraute Bulle – ich erfuhr später, dass er kurz vor der dritten Scheidung stand – hatte offensichtlich schlechte Laune und sprach von Amtsanmaßung, Ämtermissbrauch und Freiheitsberaubung, nur weil ich veranlasst hatte, dass der Saal abgeschlossen wurde und niemand die Halle verlassen sollte.

Seine hohe, krächzende Stimme quietschte wie ein halbfeuchter Putzlappen, der über eine trockene Glasscheibe wischt. Genau die Frequenz, die bei mir unmittelbar Zahnweh erzeugt, weil sie genau den sirenenartigen Ton des Zahnarztbohrers trifft. Doch sein ›S‹-Fehler, der klang, als ob seine Oberkiefervorderzähne sich über die Unterlippe stülpten, machte ihn richtig sympathisch. Statt ›Z‹ brachte er nur ein ›Tf‹ heraus, und jedes ›S‹ klang wie ein ›F‹.

»Tfeugen!«, polterte er los. »Wie foll denn einer auf der letften Reihe waf gefehen haben?«

Ich zuckte die Schultern.

»Vielleicht Opernglas?«, versuchte ich.

»Fie Idiot! Fie können doch nicht fünfhundertfünfundviertfig Leute grundlof in einem Faal einfperren …!«

»600!«, korrigierte ich. »Und nicht 5- sondern 46. Ich bin schließlich auch geblieben.«

»Ffnautfe! Ob fechfhundertfechfundviertfig oder fünfhundertfünfundviertfig fpielt nicht die geringfte Rolle!«, herrschte er mich an. »Wie kommen Fie überhaupt datfu …?«

Ich hielt es zum einen für angebracht, mich vorzustellen, und ihm daher zum anderen meine Visitenkarte unter die Nase zu halten.

»Fofo«, kommentierte er, »ein Kollege alfo! Ab fofort halten Fie fich da rauf, ich bin hier der Kommiffar! Haben wir unf verftanden, Herr Tfufall?«

Er ließ mich stehen wie einen begossenen Pudel.

Ich verließ kurz nach ihm den Sanitärbereich, um trotz seines Befehls wieder aktiv ins Geschehen einzugreifen. Niemand kümmerte sich um mich. Das Getümmel auf der Bühne und im Saal als ein heilloses Chaos zu bezeichnen, wäre leicht untertrieben.

27 Musiker und ein Schlagzeuger – die Leiche des Posaunisten nicht mitgezählt – hingen tuschelnd auf ihren Stühlen, da der echte Kommissar das Verlassen der Plätze verboten hatte, bis durch die Kriminaltechnik alle verwertbaren Spuren gesichert waren.

Die Techniker des Unternehmens, der Hausmeister, die Sängerin und der Sänger, Meister Plasma und die Herren von der örtlichen Feuerwehr hatten sich in einem Pulk zusammengefunden und wurden von einem der Kriminalbeamten zu Einzelgesprächen gebeten.

Behandschuhte Beamte der Kriminaltechnik huschten umher, Fotoapparate und Taschenlampen blitzten auf, Letztere nach Spuren leuchtend, die Auskunft über die Herkunft des tödlichen und offensichtlich hinter der Bühne abgeschossenen Pfeils geben konnten.

Das Publikum hatte der Bühne größtenteils den Rücken zugewandt und strebte den beiden inzwischen wieder freigegebenen Ausgängen zu, wo sich lange Schlangen bildeten, denn der echte Kommissar hatte seine engsten Mitarbeiter um sich geschart und die Anweisung gegeben, jeden im Saal vor Verlassen zu dem Vorgang zu befragen und die Personalien aufzunehmen. Meine Rede!

»Alle 646?«, fragte eine junge Kriminalbeamtin und kassierte dafür nicht nur einen strengen Blick ihres Vorgesetzten, sondern einen formlosen Anschiss:

»Alle fechfhundertfechfundviertfig werden befragt. Wir nehmen von allen Telefonnummer und Namen auf, und dann fficken wir fie nach Haufe!«, herrschte er sie an.

Der begossene Pudel in mir wedelte erfreut mit dem Schwanz. Ich hob das Bein und stieg über die Kabeltrommel, die mir den Weg versperrte, um Langfried noch einmal näher zu betrachten, bevor er irgendwann von den Sanitätern eingetütet und als Sargkonserve aus dem Saal befördert werden würde.

Langfried hatte sich nicht bewegt. Stirn und Nase pressten sich auf den schweren schwarzen Notenständer oder genauer gesagt auf das Notenblatt der Polka

›Schorle voraus‹, deren Töne das Letzte waren, was er als Musikant von sich gegeben hatte, bevor er sein Leben im Mundstück seiner Posaune aushauchte.

Das Mundstück?

Ich betrachtete verwundert seine Posaune. Die linke Hand hielt sich noch verkrampft an seinem Instrument fest, während die Rechte, die im Posaunistendasein als Zugführer dient, sich vom Messingrohr gelöst und dafür an die Brust geworfen hatte. Die Finger krallten sich um den linken Hosenträger, und in dieser seltsamen Stellung auf den Stuhl zurückgesunken, hatte sich Langfried Schieber mit dem Oberkörper auf das Notenpult gelegt und war verschieden. Doch das Mundstück auf seiner Posaune fehlte! Wie sollte er aber so geblasen haben? Außer mir schien das jedoch noch niemand bemerkt zu haben. Ich beschloss, der Sache nachzugehen.

Da beim letzten Ton alle Luft und Lebensfreude aus dem Posaunisten gewichen war, würde der Gerichtsmediziner nichts weiter als den Tod attestieren, eingetreten offensichtlich durch plötzliches Ableben verursacht durch den kleinen Pfeil, dessen Spitze sicher mit einem noch nachzuweisenden Gift versehen war. Zu diesem Zweck wanderte der Pfeil aus dem Stiernacken des Ermordeten in die plastikbehandschuhten Finger eines Kriminaltechnikers und von dort in einem verschließbaren durchsichtigen Beutel direkt in das Labor.

Wie aber, so fragte ich mich, war der Pfeil – mit oder ohne Gift – während des Konzerts unbemerkt in den Nacken des Langfried Schieber gelangt? Die Lösung musste hier am Tatort zu finden sein. Mit der Routine des langjährigen Laienschauspielers, dessen Heimat an manchem Abend die Lustspielbühne von St. Agath-Christi am Stein war, inspizierte ich den Backstagebereich*.

Der schwere schwarze Vorhang war als Bühnenhintergrund im Rücken der Musikanten zugezogen worden. Keine Chance, von dort nach vorn auf die Bühne zu sehen. Der Stoff war zwar in die Jahre gekommen und an manchen Stellen porös und löchrig wie eine Scheibe Appenzeller Käse, und es war durchaus denkbar, durch eines der Löcher ein Blasrohr zu stecken und einen Pfeil abzuschießen, aber wie zielen?

Mein Blick wanderte am Vorhang entlang nach oben.

Da! Ein schmaler Laufsteg hoch über mir, direkt unter der Decke. Ein Metallgitter, nur etwa 30 Zentimeter breit, führte dort oben zwischen den Lichtleisten hindurch. Der Haustechniker oder Beleuchter konnte so bequem die Blenden der Lampen einstellen oder kaputte Leuchtmittel auswechseln. Aber konnte man von dort auf die Bühne schießen? Ich musste es herausfinden.

Eine kurvenreiche Wendeltreppe führte mich in einer engen Spirale nach oben. Meine Beine zitterten, und ich versuchte, das Schwindelgefühl in mir zu unterdrücken. Vorsichtig balancierte ich über den Steg in die Richtung, wo geschätzte fünf Meter unter mir der Posaunist saß.

---

* Fachausdruck: vom Publikum aus nicht zugänglichen Bereich hinter der Bühne

Fast stolperte ich dabei über eine Klarinette, die auf dem Gitterboden lag. Der Schussapparat?

Ich startete hier oben das Experiment: Ich hielt die Klarinette, deren Mundstück fehlte, wie ein Blasrohr schräg nach unten, ungefähr im selben Winkel, in dem ein Klarinettist sein schwarz verkohltes Instrument hält, rotzte etwas Spucke aus der Kehle, zielte kurz und spuckte hindurch.

Treffer!

Der Kriminalhauptkommissar, der sich neben dem Stuhl des Toten positioniert hatte, fuhr sich mit der rechten Hand ins Genick. Seine Finger fühlten den feuchten Schleim, er wirbelte herum und starrte den hinter ihm stehenden, kleinwüchsigen, offensichtlich rangniedrigeren und ahnungslosen Beamten an und wischte die schlonzigen Finger an dessen Hemdsoberarmärmel ab.

Was er dabei blaffte, verstand ich in meinem luftigen Versteck leider nicht. Ich nahm die Klarinette mit und kletterte nach unten. Den Beweis, dass der Schuss von dort oben möglich war, hatte ich erbracht, das Experiment war geglückt.

Dennoch konnte es auch anders gewesen sein. Ich untersuchte noch einmal den Vorhang. Irgendetwas störte mich. War es auf der Bühne? Im Saal? Ich versetzte mich zurück in das Konzert.

Die Musiker saßen noch immer auf der Bühne herum und wurden einzeln befragt. Das sparsame Licht erfasste betroffene Mienen. Die Schlangen im Saal waren noch nicht kleiner geworden. Hier war alles hell erleuchtet.

Genau! Das war es, was mich störte! Die Lichtverhältnisse waren total andere als zur Tatzeit. Der Haustechniker stand tatenlos und etwas gelangweilt am Bühnenabgang.

Ich gedachte, ihm eine wichtige Aufgabe zu übertragen, trat auf ihn zu, baute mich vor ihm auf und gab meiner Stimme den Klang von John Wayne in Rio Bravo, als er Stumpy den Gefangenen übergibt. Die Dringlichkeit meiner Bitte wurde ihm daher sofort bewusst.

»Es ist für den Erfolg unserer Ermittlungen unabdingbar, dass wir noch einmal dieselben Lichtverhältnisse schaffen, wie während des Konzerts«, sagte ich.

»Jetzt?«, fragte er.

»Nein«, antwortete ich. »Zwischen Allerheiligen und Totensonntag!«

Er starrte mich an und hatte verstanden. Ich sah ihn nie wieder sich so schnell bewegen. Während er sich im Regieraum an den Lichtschaltern zu schaffen machte und im Saal die Beleuchtung langsam zurückgefahren wurde, huschte ich hinter den Vorhang.

»Welcher Arff macht denn im Faal daf Licht auf?«, hörte ich den Kommissar brüllen, als auch schon die Frontscheinwerfer in grellem Halogen die Bühne in gleißendes Weiß tauchten.

Das wollte ich sehen! Klar und deutlich konnte ich sogar durch den brüchigen Vorhang die Silhouetten der Leute auf der Bühne erkennen wie im Schattenspiel. Jede Kontur, jeder Körper hob sich als schwarze Figur vor dem Gegenlicht ab. Direkt vor mir erkannte ich den kantigen Leib des Hauptkommissars, der auf dem Podest der Posaunisten stand und befahl, das »Feifflicht im Faal wieder eintfuffalten!«

Ich stülpte meine Lippen wie zu einem Kuss über die obere Öffnung der Klarinette, steckte diese durch ein größeres Loch im Vorhang, fasste durch ein zweites Loch die Gestalt ins Auge, röchelte kurz und erfolgreich und spie den Schlonz gekonnt ins Ziel. Die Hand des Hauptkommissars schlug abermals wie eine Fliegenklatsche ins Genick und landete in der zähen Suppe.

Leider konnte ich seinen Gesichtsausdruck wegen des Gegenlichts auch beim Blick durch das Vorhangloch nicht erkennen. Aber der geblähte Hals verriet mir, wie sein Atem pumpte, und ich beschloss, die Klarinette aus dem Vorhang und mich mit sofortiger Wirkung zurückzuziehen.

Wehe, wenn der Kommissar erführe, wer der wahre Schütze war!

Ich duckte mich und hielt die Luft an. Wie zur Lebensrettung ging das Licht auf der Bühne plötzlich aus. Der Haustechniker experimentierte. Ich schlich auf allen Vieren zwischen die zahlreichen Equipmentkisten, die hinter der Bühne abgestellt waren, ließ die Klarinette, in deren Innerem sich sicher der genetische Fingerabruck des Mörders fand, dort zurück und machte mich klein. Von dort aus plante ich meine Flucht.

Nun wusste ich also, dass es möglich gewesen war, während des Konzerts sowohl hinter als auch über der

Bühne den Pfeil mit der Klarinette abzuschießen. Blieb nur die Frage, warum der Mörder sich ausgerechnet Langfried Schieber zum Ziel auserkoren hatte?

Dass diese Frage, so gestellt, auch nicht zur Lösung des Falles führen wurde, war dem begossenen Pudel in mir zu dieser Zeit noch nicht klar. Sicher war hingegen eines: Wenn der Pfeil während des Konzertes hinter der Bühne, ob von oben oder von hinter dem Vorhang abgeschossen worden war, konnte keiner der Musikanten der Mörder sein.

Während ich darüber nachdachte, legte sich das nächste Problem wie eine Eisenklammer auf meine linke Schulter.

KLAMMERSÄNGERIN

»Hallo!«, flüsterte es zärtlich an meinem Ohr.

Ich vermutete sofort eine von Schauspiel oder Gesang geschulte Stimme, die beim ›O‹ die Lippen zu einem vollkommenen Kreis formt.

»Sie müssen mir helfen! Bitte!« Das Flöten des Pirols – eindeutig!

Kaum zu glauben, dass diese hauchzarte Gimpelstimme zu der schweren Hand gehörte, die meine linke Schulter kräftig niederdrückte, so kräftig, dass ich nicht einmal aufzustehen vermochte. Ich versuchte, die Klammer abzuschütteln, doch sie hatte sich wie ein Schraubstock in meinen Schulterknochen gebohrt, und als ich meinen Hals langsam nach hinten drehte, um den Besitzer der Dompfaffstimme und des Eisenklammergriffs zu identifizieren, blickte ich direkt auf eine hügelige Herbstlandschaft in den Zentralalpen.

Nur die indirekte Beleuchtung der Hinterbühne warf, zusammen mit dem Grün der Notausgangslampen und dem blauen Backstagelicht, einen diffusen Schimmer auf ein schattiges Massiv, eine schwarze Steilwand, die sich hinter mir erhob. Ganz weit oben, von meiner Tallage aus fast nicht zu erkennen, glänzte mattsilbern das Gipfelkreuz als Kettchenanhänger auf einer gewölbten Brust.

Als der Klammergriff an meiner linken Schulter etwas nachließ und fast zeitgleich die Leuchtstoffröhren an den Bühnengangwänden wieder flackernd zum Leben erwachten, erwachte auch ich aus meinem Alpentraum, erkannte in der schwarzen Steilwand den Abhang einer Dirndlschürze und in dem schattigen Massiv eine Wucht von Frau, was mir die Vorsilbe ›Mont‹ im Namen einer gigantischen Sängerin plausibel erklärte. Ich folgte den sanften Rundungen nach oben, am um den schneeweißen Hals gehängten Silberkreuz vorbei zum Gesicht der Dirndlträgerin.

Vor mir stand die Sängerin des Orchesters!

Knallig rot leuchtete der heftig geschminkte Mund inmitten des Vollmondgesichts. Diesem Mund waren heute Abend während des ersten Konzertteils Worte entfleucht, die aneinandergereiht so schöne Texte ergaben wie:

Wenn du mich küsst,
Beginnt mein Herz zu sumsen,
Ich träum davon, dich endlich mal zu
fragen,
Welch' Pasta du für deine Zähne nützt ...

Oder so ähnlich hatte sie gesungen. Na ja. Zu singen versucht. An der Saalakustik hatte es nicht gelegen. Während ihr beim Sprechen die Worte mit der Ausdrucksvielfalt unserer heimischen Vogelwelt entfleuchten, hatte ihre Singstimme bestenfalls jammernde Uferschnepfenqualität. Und der Klammerreim war obendrein mies. Ich löste mich aus meiner gebückten Haltung, stützte mich auf den Boxen ab und richtete mich zu meiner vollen Größe auf. Trotzdem wäre, um ihr Aug in Aug gegenüberzustehen, ein Sessellift nicht unpraktisch gewesen. Von unten, also aus der dritten Zuschauerreihe, hatte sie weniger bedrohlich auf mich gewirkt, die intensive Nähe und Abgeschiedenheit hier hinter der Bühne aber machten mir Angst.

Die Matrone hatte die Arme jetzt über ihrem Mieder verschränkt, was zugleich die atemberaubende Aussicht ein- und meine Gedanken nicht mehr so sehr beschränkte.

Ihre unvergleichliche Stimme schließlich war es, die

mich wieder zu 100 Prozent in die Wirklichkeit zurückkatapultierte.

»Sie müssen mir helfen!«, flehte die Waldohreule klagend.

»Sie sind doch die Sängerin?«, stammelte ich etwas hilflos.

»Ich bin von Ihrer Stimme sehr beeindruckt!«, log ich, und hoffte, dabei nicht rot anzulaufen.

»Nur von meiner Stimme, junger Frrreund?«, schnarrte die Wiesenralle und rollte dabei das ›R‹ wie einst Zarah Leander, die Unerreichte. Bildete ich es mir ein, oder schleuderten mir ihre Augen sanfte Blitze entgegen?

»Ich bin Kammersängerin. War drei Jahre in Stuttgart, zwei Jahre in Wien, Hamburg und Zürich.«

»An der Oper?« Meine dünne Stimme versprühte nur einen Hauch ihrer Gewalt.

»Oper?« Sie kolorierte auf dem ›O‹ wie ein Kockock mit Sprachfehler und hielt den Sopran am Ende der zweiten Silbe fragend oben.

»Ach iwo!«, klang es zeternd wie der Paarungsruf der Wacholderdrossel, »Musical!«

»Oh?« Ich spielte den Interessierten. »Welche Rolle?«

»Das spielt doch keine Rolle«. Gleichgültiges Schnarren des Schilfrohrsängers. »Wer will sich heute schon auf eine Rolle festlegen! Man wird dabei sofort in eine Schublade gepresst!«

Und die müsste Sarggröße haben, fügte ich in Gedanken hinzu.

»Ich habe die Oma in *Ich war noch niemals in New York* gespielt, die Schöne im *Biest* und die Gazelle im *König der Löwen*«, plätscherte die Gartengrasmücke.

Nicht gerade herausragende Gesangspartien, wusste ich als alter Musicalfreak, und die Gazelle musste mindestens ein Wasserbock gewesen sein, doch ich biss mir auf die Zunge.

Die Klammersängerin fragte, diesmal schwermütig flötend wie ein Fitislaubsänger:

»Und Sie sind von der Polizei, nicht wahr?«

Wenn diese singende Bergidylle Kammersängerin war, konnte ich getrost als Polizist durchgehen. Also nickte ich.

»Kommissar Zufall«, flüsterte ich geheimnisvoll und registrierte, wie sie vor Ehrfurcht erstarrte wie eine Rohrdommel im Schilf des westlichen Bodensees.

»Der berühmte Kommissar Zufall!«, gurrte die Ringeltaube, »Constanze Voorte-Singh, mit *C* wie Coloratur«, stellte sie sich vor, »mein verstorbener Mann war Chinese«, fügte sie noch erklärend hinzu und reichte mir ihre Rechte.

Da war sie wieder, die Klammer. Die Frau hatte den Händedruck eines Orang-Utans und konnte sicher wie der Seewolf Raimund Harmstorf selig eine rohe Kartoffel mit der bloßen Hand zerquetschen.

Mein zartes Detektivhändchen verschwand in ihrer Pranke wie ein Streichholz in einem Schraubstock. Ich fragte mich im Stillen, woran wohl ihr chinesischer Mann gestorben war.

»Ich bin Privatdetektiv«, führte ich noch geschäftstüchtig ergänzend an.

»Können wir uns treffen, in meinem Zimmer?«, schnickerte das Rotkehlchen in ihr und hielt noch immer meine Hand umklammert, als würde sie bei einer falschen Antwort mit der Folter beginnen. Ich überlegte daher nicht lang.

»Gern«, log ich.

»Gut«, sang sie. »Wir wohnen alle im ›Goldenen Geier‹. Ich habe Zimmer 106«, schnurrte der Ziegenmelker. Hatte es etwas Verruchtes, wie sie die ›6‹ aussprach, oder bildete ich mir das nur ein?

»Ich erwarte Sie zum ersten Akt in einer Stunde, vielleicht habe ich einen Auftrag für Sie«, hörte ich noch, ehe ich mich ihrem Klammergriff entwand und das Weite suchte.

WAL, DA BLÄST ER!

Das Wort ›Akt‹ klang noch negativ besetzt in meinem Ohr, als sich mein Magen wie ein angeketteter Hofhund zu Wort meldete: Er knurrte. Verzweifelt dachte ich an die verspielte Gelegenheit, mir in der Konzertpause ein Leberkäsweckle zu besorgen. Hätte der Mörder nicht erst im zweiten Teil zuschlagen können? Das hätte den dreifachen Vorteil gehabt, dass Publikum und Orchester den Tathergang gesättigt erlebt hätten, der Veranstalter nicht auf seinen LKWs sitzengeblieben, und der Pudel in mir nicht zum angeketteten Hofhund mutiert wäre. Aber logische Überlegungen scheinen solchen Menschen fremd zu sein und ich tröstete mich mit dem Gedanken, dass der Täter ebenfalls Hunger leiden musste. Auch die Musiker, die noch immer in kleinen Gruppen auf der Bühne saßen und standen, machten einen ausgehungerten Eindruck, als ich das Ende des schwarzen Backstagevorhangs erreichte und dem echten Kommissar direkt in die Arme lief. Die Worte, mit denen er mich empfing, sprühten nicht gerade vor Heiterkeit.

»Da find Fie ja, Tfufall. Waf bilden Fie fich eigentlich ein? Warum haben Fie daf Licht aufmachen laffen?«

Ich erklärte ihm meine Beweggründe und führte ihm vor Augen, auf welche Weise der Pfeil den Weg in das Nackenstück seines Opfers gefunden hatte.

»Fo?«, zischte er, »Fie miffen fich alfo in die Arbeit der Politfei ein! Halten Fie fich da rauf! Und jettft verffwinden Fie! Und wenn ich Fie noch einmal fehe, laffe ich Fie wegen Behinderung der Ermittlungen verhaften. Verftanden?!«

Ich nickte und täuschte den Betroffenen vor. Wenn ich – was ich hoffte – von der Klammersängerin den offiziellen Auftrag bekam, mich des Falles anzunehmen, konnte dem Privatdetektiv kein Kommissar der Welt verbieten, zu ermitteln – ha!

Das weiße Schild mit dem Pfeil und der schwarzen Aufschrift ›Catering‹ leuchtete neben der Tür, die zu den Garderoben führte, und schien mich zu hypnotisieren. Der LKW tauchte wieder vor meinem geistigen Auge auf, diesmal nicht als Pizzafleischkäse, dafür in einer Größe, die ihn rings um das Brötchen zwei Zentimeter breit heraushängen ließ, während ABS heraustroff. Ich nahm den Anblick in mir auf, wurde aber kein bisschen satt davon.

Im Gegenteil.

Der Pudel in mir erschnüffelte den Geruch von totem Tier. Ein weiterer Cateringpfeil wies mir den Weg. Ich folgte dem schmalen Gang entlang der offenstehenden Garderoben bis zum Ende des Korridors. Dort hing an einer geschlossenen Tür ein weiteres Schild, diesmal ohne Pfeil. Ich war am Ziel! Der Cateringraum der Plasma-Bläser!

Bei der Leibesfülle der meisten Musikanten, die ich noch vor einer halben Stunde auf der Bühne hatte sitzen sehen, machte ich mir nicht allzu viel Hoffnung, dass vom Catering noch etwas übrig war, außer vielleicht Trauben oder Gurkenscheibchen.

Und doch, der Totestierduft schien mich förmlich in den Raum zu saugen, aufdringlich zwängte er sich unter dem Spalt der Tür hindurch in meinen guten Riecher, der mich in dieser Beziehung noch nie im Stich gelassen hat.

Wo es was zu essen gibt, rieche ich das. Zumindest wenn es sich um analoges Essen handelt, am liebsten totes Tier der Gattung PDF: Paarhufer, Drecksäue, Federvieh. Am allerliebsten klein gehackt und durch Nudelteig getarnt. Beim Gedanken an Maultaschen lief mir das Wasser im Mund zusammen. Das genau war der Duft, der mich jetzt in jenen kleinen gekachelten Raum führte, in dem die Musikanten der Plasmaband vor Beginn des Konzerts ihr Abendessen eingenommen hatten.

Schwäbisches Musikantenmenü, prognostizierte ich. LSD: Lebendfutter, Soße und Doigwara. Manche Abbreviationen funktionieren nur im Dialekt. Doigwara heißt Teigwaren, damit das auch nördlich der Mainlinie klar ist. Schninuso meint dasselbe: Schnitzel mit Nudeln und reichlich (tier-)körpereigener Flüssigkeit, sprich Soße. Mmmh!

Genau nach einem solchen kulinarischen Dreigestirn war mir jetzt. Ein feines, in Ei, Mehl und Panade getauchtes Schnitzelchen, das mindestens den halben Teller bedeckte, die andere Hälfte durch feine, zu Maulwurfshaufengröße geschichtete Nudeln verziert und von einem braunen Bratensoßesahnehäubchen gekrönt.

Mmmmmhhhhhh!

Leckerleckerleckerleckerleckerlecker!

Und schon setzte bei mir der corpusimmanente, ferngesteuerte und logistisch ausgeklügelte Nahrungsmittelspeditionsmechanismus ein, initiiert von Nase und Auge in kongenialer Partnerschaft, gesteuert durch das Großhirn, importiert vom Mund, verzollt vom Gaumen, transportiert über die Speiseröhre, endgelagert im Magen und exportiert vom Gedärm.

Doch diesmal schlug schon die Initialzündung fehl. Statt Schninuso lümmelte nur noch ein knappes halbes Dutzend Musikerforellen in einem Heißwasserkocher: geplatzte Schüblinge – geplatzte Träume! Heiße Weiße & tote Rote. In Schweineenddarm gepresstes zermatschtes Fleisch. Das Wasser im Heißwasserkessel war kalt. Die Würste demnach auch. Von Jägerschnitzel mit Spätzle und Soß' waren nur noch Reste auf den im Raum verteilten schmutzigen Tellern zu erspähen.

Dem Double des ›Bullen von Tölz‹, der seinen Kessel neben dem Kessel der Würste hängen hatte und sich gerade zwei Rote parallel in den Schlund schob, schien das egal zu sein. Ich versuchte, mich zu erinnern, mit welchem Instrument ich den Musikanten auf der Bühne gesehen hatte.

Er war ein klarer Fall für Greenpeace, dachte ich mit Blick auf den gestrandeten Großsäuger. Wenn der am Strand liegt …

»Mhnallhomn!«, presste er einen Buchstabenbrei, der wie eine Mischung zwischen Hallo und Mnamnam klang, aus der vollgestopften kauenden Öffnung seines runden Gesichts, als er mich sah.

Er brachte die gefüllten Darmstücke auf den Transportweg Richtung Endlager und schickte einen lautstarken Knoblauchrülpser auf der Gegenfahrbahn in meine Richtung. Ich wich dem Geschoss geschickt aus, bekam nur einen säuerlichen, nach totem Aal duftenden Seitenwind ab und versuchte immer noch, das mampfende Gesicht einem der Musikanten zuzuordnen, die vor Kurzem noch die Schorle-Polka intoniert hatten.

Was hatte dieser Wal geblasen? An die Tuba zu denken, war ein glattes Vorurteil. Die Art und Weise, wie er jetzt seine dritte, knapp blockflötenlange und ebenso dicke Bockwurst mit den Fingern beider Hände festhielt, sie fast zärtlich über die Unterlippe legte, nur mit den Oberkieferzähnen sanft das Würstchenhäutchen ritzte, und dabei mit den Fingern nicht vorhandene A-Löcher und B-Klappen öffnete und schloss, deutete eindeutig auf einen Klarinettisten hin.

Vor meinem geistigen Auge erschien die linke (vom Publikum aus gesehen) Rotte des Orchesters, das edle Register der entflammbaren Instrumente, also Klarinetten.

Da entdeckte ich ihn! Halbrechts, fast in der Mitte, hatte er das frontale Bühnenbild beherrscht wie ein Ozeandampfer einen Segelboothafen. Dort hatte er gesessen, mit hochrotem Kopf und ermüdendem Ansatz die letzten Algen vom Klarinettenblatt geschlotzt, während direkt hinter ihm Langfried Schieber seine letzten Züge geschoben hatte.

Ich tue mich sehr schwer, Masse in Kilogramm auszudrücken, doch ich wage zu behaupten, dass der Mann es ohne Gewichtsprobleme mit einem zentralafrikanischen Zwergflusspferd in Größe und Gesamtvolumen unschwer aufgenommen hätte. Und mit einem Mal war mir klar geworden, woher der seemännische Ausdruck: »Wal, da bläst er!«, rührte.

Sein Gesicht hatte Kürbisqualität, der Hals verschwand vollkommen zwischen Unterkiefer und Hemdkragen, der Oberbau wurde kaschiert von einem zeltähnlichen weißen Hemd, das Mühe hatte, seinen Platz in der sich nach unten wölbenden Hose zu behaupten. Ich war mir sicher, dass der Mann seine Klarinette im Sitzen einfach auf seinem Unterbauch auflegen konnte, um den richtigen Anblaswinkel zu erreichen.

Ich beobachtete den geschwollenen Klarinettisten beim Essen seines Würstchens. Die Blockflöte mit Haut mutierte längentechnisch gesehen zur Glissandopfeife und schließlich zur Okarina, bis nur noch ein Zipfelchen schnullergleich zwischen den Lippen verschwand. Er kaute ungerührt weiter, ohne mir auch nur einen Griff in den Wurstkessel anzubieten. Schließlich fuhr er mit Daumen und Zeigefinger zwischen seine Zähne, zog die Wursthaut sabbernd heraus und warf sie in hohem Bogen Richtung Mülleimer, den sie verfehlte. Stattdessen landete sie zwischen den Gurkenscheibchen, wo sie wie eine zusammengeschrumpelte Dattel liegen blieb.

»Trennkost!«, sagte er, und ich erstickte schier bei der Knoblauchfahne, die sich aus dem geöffneten Mund in meine Richtung wälzte.

»Ich trenne Wurst und Haut!«

»Sind Sie schon befragt worden?«, fragte ich und gab meiner Stimme den Klang von Autorität und Polizeigewalt.

»Nein«, sagte der Trennköstler und griff ein letztes Mal in den Wurstkessel, der danach leer war. Ein Drittel der Roten verschwand ungehäutet in seinem Innern. Ich zog mein Kärtchen, er las, und seine Kaubewegungen hörten abrupt auf.

»Polizei?«

Ich nickte und ließ ihm Zeit, das vorletzte Wurststück zu schlucken.

»Und was wollen Sie von mir?«, fragte er schmatzend.

»Wo waren Sie …?«

Scheiß Routinefragen! Zuviel Tatort geguckt! Natürlich hatte er auf der Bühne gesessen, das hatte ich doch selbst gesehen. Also noch mal von vorn!

»Wie heißen Sie?«

»Bltle«, mampfte er.

»Hä?«

»Blättle«, antwortete er nun deutlicher. »Heini Blättle.«

»Sie sind Klarinettist?«

»Es-Klarinette!«

Ich sah das letzte Wurstdrittel sein irdisches Dasein beenden. Mit Haut. Ess-Klarinette. Das passt, dachte ich und wusste nun, woher dieses hohe Instrument seinen Namen hat: Der Wal bläst Ess-Klarinette!

Mahlzeit!

Die Klarinette, die ich über der Bühne gefunden hatte fiel mir ein und ich fragte:

»Vermissen Sie ein Instrument?«

»Nö«, sagte er, »nicht dass ich wüsste.«

»Haben Sie irgendeine Vorstellung, weshalb Langfried Schieber …?«

»Nein!«, kam es in schroffem Sforzato*. »Ich saß direkt vor ihm und habe nichts gehört und nichts gesehen.«

Also kein verwertbarer Zeuge.

»Aber es muss Ihnen doch aufgefallen sein, dass er hinter Ihnen plötzlich auf seinen Ständer gefallen ist?«

»Ich hatte Forte**. Eine schwere Stelle. Da hatte ich keine Zeit, mich auf Langfrieds Ständer zu konzentrieren.«

Themenwechsel.

»Dieser Langfried Schieber – kannten Sie ihn schon lang?«

»Wir kommen aus demselben Ort. Unsere Eltern waren Nachbarn.«

»Das heißt, Sie waren Jugendfreunde?«

»Könnte man so sagen. Wir waren zusammen in der Musikschule beim Flöten, danach in der Jugendkapelle. Später haben wir uns aus den Augen verloren. Seit zwei Jahren sind wir zusammen bei Plasma.«

»Wie würden Sie ihn beschreiben?«

Blättle zögerte. Er schien zu überlegen, nach den richtigen Worten zu suchen.

»Man soll nicht schlecht über Tote reden«, sagte er schließlich, »aber er war nun mal Posaunist.«

---

* Musikalische Vortragsbezeichnung für stark betont hervorgehobene Töne.

** Musikalische Vortragsbezeichnung für kräftig, stark, laut

»War er gut?«

»Ein guter Posaunist? Sagen wir mal so: Wenn er zweimal denselben Ton zog, klang es wie Chromatik*. Wegen seines Nachschlags nannten wir ihn ICE.«

»ICE?«

»Er kam immer zu spät.«

»Das heißt, im Orchester hatte man keine allzu gute Meinung von ihm?«

»So könnte man es schmeichelnd umschreiben.«

»Hatte er Feinde?«

»Sagen wir es anders herum: Er hatte keine Freunde! Bis auf …«

Er brach ab. Ich ließ ihm Zeit. Es brachte nichts, ihn zu drängen.

»Constanze«, es klang fast wie ein Flüstern.

»Die Sängerin?«, hakte ich nach. Blättle nickte, und ich fragte: »Die beiden waren ein Paar?«

»Das kann man so nicht sagen. Es wurde viel getuschelt. Langfried ist – äääh – war verheiratet. Aber nicht mit Constanze, falls Sie wissen, was ich meine.«

Ich nickte dankbar. Constanze würde mir beim ersten Akt auf Zimmer 106 diese Frage beantworten müssen. Bevor ich nachhaken konnte, wurde die Tür zum Cateringraum geöffnet und der Hauptkommissar trat ein.

Er würdigte mich keines Blickes und ging direkt auf Heini Blättle zu.

»Ah, da haben wir noch den letften Mohikaner«,

* Musikalischer Fachausdruck für Tonfolge in Halbtonschritten

scherzte er und klopfte dem verdutzten Klarinettisten auf die breite Schulter. »Alle anderen haben ihre Auffagen ffon gemacht. Nun alfo tfu Ihnen: Wie heiffen Fie, waf blafen Fie und wie ftanden Fie tfu dem Toten?«

»Aber das habe ich doch alles schon Ihrem Kollegen erzählt!«, protestierte Blättle und deutete auf mich.

Ich schrumpfte unter dem strafenden Blick des Kriminalhauptkommissars auf Laubfroschgröße und schlüpfte aus dem Raum, bevor er einen erneuten Verweis aussprechen konnte. Als ich die Tür hinter mir schloss, sah ich gerade noch, wie der leitende Ermittler nach den glänzenden Gurkenscheibchen schielte, gezielt nach der geschrumpelten Dattel griff und sie sich genüsslich in den Mund schob.

DOKTOR SMRT

Der in schwarzem Glanzlack leuchtende Smart mit dem dunkelgrauen Blechsarg auf dem Dachgepäckträger parkte direkt vor dem Bühneneingang. Ein schlanker Glatzkopf im schwarzen Anzug stieg aus und nickte mir ernst zu. Ich war eigentlich nur zum Hinterausgang geschlichen, um den Fragen der Kollegen von Kriminalhauptkommissar Donner an den Saalausgängen zu entkommen, jetzt lief ich offensichtlich dem Leichenbeschauer direkt in die Arme.

»Mein Name ist James Smrt«, sagte der elegant Gekleidete, »eigentlich Doktor Smrt. Von *Leichen-Smrt & Co.*«

Seine Figur entsprach seinem Namen. Er war smart, dürr und hager, dabei mindestens 1,90 Meter groß, und der schwarze Anzug flatterte an ihm wie an einer Vogelscheuche. Weißer Bartflaum entquoll seinen knöchernen Wangen, sein zerfurchtes Gesicht glich dadurch einem Relief der verschneiten Rocky Mountains.

Die Augen lagen düster unterhalb des kahlen Schädels in ihren Höhlen, die Nase war kurz und an ihrer Spitze eingedrückt, die Lippen schmal und blutleer, dazwischen ließen sich zwei Reihen gelb gerauchter Zahnstummel erahnen.

Insgesamt würde sein Gesicht jeder Piratenflagge zur Ehre gereichen, dachte ich, seine Gebeine schienen bei jedem seiner Schritte zu klappern, und ich glaube nicht, dass es je eine perfektere Personifizierung von Karl Mays 100-jährigem Cowboykönig *Old Wabble* gegeben hat.

»Kommissar Zufall«, stellte ich mich vor. »Von der Detektei Zufall & Co.«

»Aha. Ich vertrete den werten Kollegen Dr. Praunfih, der heute Abend mit seiner Gattin einen Privattermin hat.«

Er lachte dabei schallend und schlug sich mit der flachen rechten Hand auf die geballte linke Faust.

»Stellungsbefehl im Schürzengraben, wenn Sie verstehen, was ich meine.«

»Dr. Praunfih ist …?«

»Der Leiter der Gerichtsmedizin«, ergänzte er. »Wir helfen uns aber bei Leichenfunden hin und wieder gegenseitig aus. Ich bin als Arzt ebenfalls pathologisch tätig und leite gleichzeitig ein modernes Bestattungsunternehmen. Synergieeffekte nützen, lautet meine Devise, nach dem Motto: *Heute gestorben, begraben schon morgen!* Hahaha!«

Ich konnte über seinen schwarzen Humor nicht so recht lachen, beschloss aber, unauffällig an seiner Seite zu bleiben, um vielleicht das eine oder andere Detail zu erlauschen, wenn er seine Untersuchungen begann.

Dr. Smrt fischte eine schwarze Tasche, die Pippi Langstrumpfs Goldkoffer ähnelte, vom Rücksitz des Smart, setzte seine Nickelbrille auf und sah mich, nach dem Weg fragend, an. Ich ergriff die schwarze Tasche, er nickte dankbar und folgte mir auf dem Weg zu Langfried Schieber.

»Waf machen Fie ffon wieder hier?«, schnauzte mich der Donner an, als ich den Backstagebereich betrat.

»Wir vertreten Dr. Praunfih«, sagte Dr. Smrt in einem Ton, der keinen Widerspruch zuließ. »Und jetzt lassen Sie mich und meinen Assistenten bittschön ungestört arbeiten. Der Patient erwartet uns!«

Ich streckte dem verstummten Kriminalbeamten grinsend die Zunge heraus, nur so weit, dass er es gerade nicht sehen konnte, und führte Dr. Smrt an Donner vorbei zur Bühne.

Jener war wie von sich selbst gerührt stehen geblieben und hatte kein Wort mehr herausgebracht. Punktsieg Smrt, dachte ich dankbar und beschloss, meine Rolle als Assistenzpathologe perfekt zu gestalten.

Ich führte meinen Chef zu seinem Patienten, rückte neben Langfried Schieber einen Stuhl zurecht und stellte den Arztkoffer mit gekonntem Schwung darauf ab.

Das Klirren im Inneren irritierte mich leicht, sicher Reagenzgläser mit kostbaren Chemikalien!, durchfuhr es mich, und ich hoffte, keinen Glasbruch verursacht zu haben. Vorsichtig öffnete ich die Kofferschnalle und spähte hinein. Alles heil geblieben, Gott sei Dank. Weder Gordon's Gin noch polnischer Wodka oder Black Label waren ausgelaufen. Dr. Smrt hatte ein ganzes Arsenal derartiger Betäubungsmittel im Gepäck. Er streifte sich Gummihandschuhe über, kniete neben Schieber und tastete nach dessen Puls. Unsicher wandte er sich an mich und flüsterte:

»Was könnte man denn zur Todesursache sagen – Ihrer Meinung nach?«

Darauf hatte ich nur gewartet! Endlich war meine Kompetenz gefragt. Ich spulte mein Wissen ab:

»Blasrohrpfeil von hinten. Wahrscheinlich vergiftet. Vermutlich durch eine Klarinette hinter dem löchrigen und im Gegenlicht durchscheinenden Vorhang backstage abgeschossen. Landete direkt im Genick des Opfers. Hier, Sie können die Einschussstelle noch erkennen, der gerötete Punkt unterm Haaransatz. Ich vermute Curare, das Pfeilgift der Amazonasindianer, gewonnen aus dem Hautgift südamerikanischer Frösche der Gattung *Philgivtimpluth*. Der Tod trat wohl durch Intoxikation ein.«

»Ich danke Ihnen für Ihre Ausführungen, werter Kollege«, sagte Smrt und erhob sich. »Sie scheinen Experte auf dem Gebiet der Toxikologie zu sein!«

»Zuviel der Ehre, James«, erwiderte ich. »Ich bin Terrarianer und kenne mich in der Haltung und Biologie von Pfeilgiftfröschen, Taranteln und Kupferköpfen aus.«

»Kupferköpfen?«

»Schlangenart aus Nordamerika. Tödlich giftig. Den Giftpfeil hat übrigens die Kriminaltechnik schon eingesackt.«

Dr. Smrt schwieg und wandte sich wieder Langfried zu. Vorsichtig bettete er ihn um, er lehnte nun bequem auf seinem Stuhl nach hinten, den Kopf überdehnt. Smrt untersuchte Augen, Nase, Ohren und Mund und zitierte mich abermals herbei.

»Kommen Sie mal näher ran und riechen Sie!«, forderte er mich auf.

Ich beugte mich über Langfrieds Gesicht und sog die Luft ein.

»Sie müssen näher ran! Hier, am offenen Mund. Keine Angst, er beißt nicht!«

Ich hängte meine Nase über Schiebers Mundöffnung und roch – nichts!

»Nun?«, fragte Smrt.

Ich wollte mir keine Blöße geben und erinnerte mich an die Essensreste im Cateringraum.

»Jägerschnitzel?«, antwortete ich. »Mit Spätzle und Soß'?«

»Das wird die Magenuntersuchung zeigen. Ich bin allerdings der Meinung, dass er danach noch etwas anderes zu sich genommen hat. Na?«

Ich roch die Alkoholfahne deutlich, doch die kam von Smrt. *Jack Daniels*, wollte ich schon sagen, doch weshalb sollte ich es mir mit meinem Doktorvater verscherzen? Ich roch noch einmal, sog kräftig ein.

Süßlich?

Bitter?

Säuerlich?

Ich hatte noch nie in meiner langen Karriere als Privatdetektiv meine Spürnase vermisst, doch heute ließ sie mich im Stich. Ich schüttelte resigniert den Kopf und sah Smrt fragend an.

»Bittermandel!«, sagte er und betonte jede Silbe. »Und wenn dieser Junge nicht mindestens drei Aprikosenkerne gefressen hat, möchte ich wetten, dass ihm jemand eine gute Portion Zyankali verpasst hat!«

Ich erstarrte in Ehrfurcht.

Jetzt roch auch ich die Bitterkeit, die über Langfrieds Lippen hing. Bittermandel – Blausäure – Zyanid. Hatte ich alles schon mal gelesen. Aber konnte man Zyankali auch mittels Blasrohrgiftpfeil verabreichen?

»Welches Instrument hat er gespielt?«, fragte Smrt und riss mich aus meinen Gedanken.

»Schieber zog Posaune«, antwortete ich und zeigte auf sein Instrument, das der Tote noch in seiner verkrampften Hand hielt.

»Aber das Mundstück fehlt. Ich habe es vorher schon festgestellt«, setzte ich noch flüsternd hinzu.

Er starrte auf das Instrument. Dort, wo normalerweise das Mundstück saß, gähnte noch immer ein schwarzes Loch im Rohr. Ich winkte einen der Kriminaltechniker heran, die noch auf der Bühne umherhuschten.

»Hat jemand von Ihnen das Mundstück entfernt?«, fragte ich im scharfen Ton eines Vorgesetzten. Der Beamte schüttelte den Kopf.

»Wir haben noch nicht mal die Fingerabdrücke von der Posaune genommen. Kollege Klämmerle wollte sich darum kümmern. Von uns hat keiner das Instrument angerührt.«

Ich dankte und nahm Smrt ein paar Meter zur Seite. Langfried und sein Instrument blieben unbeobachtet, was sich Minuten später als folgenschwerer Fehler erweisen sollte.

»Jemand muss nach der Tat das Mundstück entfernt haben!«, flüsterte ich. »Schieber hat drauf geblasen, als er plötzlich nach vorn kippte, das habe ich selbst gesehen. Und ohne Mundstück geht das nicht!«

»Wir müssen das Mundstück finden!«, meinte Dr. Smrt. »Könnte mir vorstellen, dass es neben einem durchdringenden Messinggeschmack auch einen Hauch von Zyanid aufweist. Lippen und Zunge werde ich selbst untersuchen. Möchte wetten, dass sich in Speichel und Mundraum Zyanidspuren finden. Auch die rosarote Verfärbung seiner Gesichtshaut spricht dafür.«

Ich schwieg ehrfürchtig. Mochte dieser Mann auch Alkoholiker sein, sein Scharfsinn schien darunter nicht zu leiden. Sollte er recht behalten, und nicht der Pfeil, sondern das Zyankalimundstück die Tatwaffe sein, kamen auch die Musikanten auf der Bühne als Täter in Betracht.

Ich wollte die Klarinette holen, die ich als Blasrohr in Verdacht hatte, um sie Dr. Smrt zur Untersuchung im Labor zu überreichen, doch das Blasrohrinstrument war verschwunden – und somit auch jede Möglichkeit, aus ihrem Inneren genetische Spuren des Mörders zu finden.

Wir kehrten zu Langfried zurück, und ich erstarrte abermals. Das Posaunenmundstück war auf wundersame Weise wieder an seinem Platz gelandet!

Verdammt! Wir hatten den Toten und die Posaune doch nur für Sekunden aus den Augen gelassen! Mindestens ein Dutzend Musiker stand in unmittelbarer Nähe, knapp eine Armlänge von Schiebers Platz entfernt; jeder von ihnen konnte das Mundstück wieder unbemerkt auf die Posaune gesteckt haben. Auch Smrt hatte das registriert, als ich fragend auf das Instrument zeigte. Er nahm das Mundstück ab und roch daran. Dann nickte er:

»Ich werde das ganze Instrument untersuchen, aber

ich bin mir sicher, dass eventuelle Zyanidspuren inzwischen mit größter Sorgfalt beseitigt worden sind. Das Mundstück riecht nach Seife. Und um die Frage, wer das Mundstück entwendet hat, muss sich Kommissar Donners Truppe kümmern!«

Wie auf Kommando stand der Angesprochene plötzlich hinter uns. Ich als Kollege übernahm es, ihn zu informieren, was sich schon wieder als Fehler herausstellte:

»Können Sie feststellen lassen, wer Gelegenheit hatte, das Mundstück von Schiebers Posaune zu entwenden und wieder auftauchen zu lassen?«

»Waf fafeln Fie da? Habe ich Ihnen nicht ffon tfweimal gefagt, daff Fie fich nicht in die Ermittlungfarbeit einmiffen follen?«, ereiferte sich Donner und schien die Tragweite meiner Ausführungen gar nicht zu begreifen. Er wandte sich demonstrativ von mir ab und Doktor Smrt zu, der die Untersuchung seines Patienten beendet hatte.

»Sagen Sie den Jungs von der KT, dass sie ihn und das Instrument in mein Institut bringen können«, forderte der Doc mich auf, und ich gab seinen Wunsch weiter.

»Follte er nicht in die Gerichtfmeditfin?«, bellte der Kommissar.

»Mein Institut ist gleich um die Ecke und ist eine Zweigstelle der Tübinger Pathologie. Außerdem muss ich jetzt los, das Zeug muss noch zum Altglascontainer«, sprach's, nahm seinen Getränkekoffer und wandte sich zum Gehen.

»Ftopp! Waf heifft daf? Waf können Fie mir tfum jetfigen Tfeitpunkt fagen, Doktor Fmrt?«

Zwei Sanitäter kamen mit dem Dachsarg von Smrts schwarzen Smart herein und nahmen sich Langfrieds an.

»Wollen Sie die Wahrheit hören?«, fragte Smrt.

»Fowiefo, waf fonft!«, polterte der Kommissar ungeduldig.

»Der Mann ist tot!«, sagte Smrt.

Er war fortan mein bester Freund.

LIZENZ ZUM FLÖTEN

In einer Seitenstraße der Häfler* Altstadt lag versteckt der ›Goldene Geier‹, ein Einsternhotel der gebrauchten Mittelklasse, das offensichtlich den Schwedenkrieg und die Napoleonfeldzüge unbeschadet überstanden hatte. Obwohl die Zeppelinstadt am See wirklich erstklassige Hotels aufzuweisen hatte, war die Plasmatruppe in dieser Absteige untergebracht, offensichtlich waren wegen der gerade stattfindenden Messe derzeit alle anderen Hotels ausgebucht.

Die muffige Geruchsmischung aus altem Bratenfett, feuchten Teppichböden und verblühten Gänseblüm-

* Regionaler Fachausdruck für »Friedrichshafener«

chen passte zum herben Charme der 50er Jahre, der den Empfangsbereich prägte.

Aus demselben Jahrhundert und dazu aus Sachsen schien die Rezeptionistin zu stammen.

»Nu, hammer een'n Wunsch?«, näselte sie.

»Nu freilsch. Zimmer 106?«, erwiderte ich.

»Een' Schdogg höher, der Uffzuch is gabudd!«

Ihre verbrauchte Ausstrahlung harmonierte mit den durchgesessenen braunen Sitzgruppen, die um verschmierte Nierentische gruppiert waren, daneben gaben vom Sperrmüll verschonte Stehlampen mit faltigen Schirmen ein schmutzig grünliches Leuchten von sich. Verstaubte Plastikblumen in Kugelvasen und drei Tröge mit Hydrokulturfüllung, in denen zwei Gummibäume und eine Zimmerlinde vor sich hin vegetierten, hießen mich herzlich willkommen.

Vor der schwach gefüllten Bar hing eine knapp volljährige und ebenso -busige Azubiene hinterm Tresen und machte gelangweilt eines dieser neumodischen Sudokurätsel.

Ich huschte an ihr vorbei, grüßte flüchtig, sauste geräuschlos die teppichbodenbelegte Treppe nach oben und stolperte im ersten Stock, wo der Flur im rechten Winkel abbog, über ein Hindernis, das sich mir in Form eines auf kleine Räder geschraubten Wagens in den Weg stellte.

Die beschürzte Putzfrau südländischer Herkunft schrie bestürzt »Jessasmaria!« und schlug die Hände über dem Kopftuch zusammen, als sich der Inhalt des Hotelzimmerzubehörnachschubwagens über die 33 Stufen der Einsternhoteltreppe Richtung Parterre entleerte.

All das, was ich sonst immer mitgehen ließ und großzügig an Verwandte, die keine anderen Geschenke verdienten, weitergab, holperte, kullerte und kugelte vor meinen Füßen treppab: Kugelschreiber, Notizblöcke, Flaschenöffner, Aschenbecher, Minischokoladentäfelchen und 3x3-Zentimeter-Gummibärchentütchen.

Ich bückte mich, um einen der Kugelschreiber und zwei Flaschenöffner einzusacken, musste dabei mit meinem Hinterteil den umgekippten Wagen so unglücklich tangiert haben, dass er erneut Schwung bekam und nun seinerseits den Fluchtweg über die Treppe antrat. Er überholte dabei seinen Inhalt, ratterte wie ein unbemannter Bob im Eiskanal talwärts und knallte der rätselhaften Bardame vor die Theke. Ich ließ ihren Aufschrei des Entsetzens hinter mir, indem ich mich schnell in Richtung Zimmer 106 absetzte.

Ich klopfte an, das »Herrrahain!« der Sängerin kollerte mir wie der Reviergesang des Auerhahns entgegen, die Tür sprang auf und ich zurück! Vor mir stand Eva, wie Gott sie entlassen hatte: einen Apfel in der Hand und eine Boa um den blanken Hals.

Sie hatte das Dirndl abgelegt und die Üppigkeit ihrer Figur hinter einem persilarieldashweißen Morgenmantel verborgen. Udo Jürgens wäre vor Neid erblasst! Dort, wo sich der Bademantel auf der blassen Haut niederließ, schimmerte ein in allen Farben glitzerndes Negligé hervor und ließ Glanzvolles erahnen.

Ganz in Weiß wäre es mir sicher nicht zu bunt geworden, aber diese Fülle an Farben und Formen überwältigte mich und zog mich in den Dunstkreis der Blasmusikdiva. Ihre hochhackigen Schuhe hatte sie unter dem Bett drapiert, und so trat sie mir auf Augenhöhe entgegen.

»Na, Sie Zufallsbekanntschaft, haben Sie den Weg zu mir gefunden?«, trillerte sie kleibergleich.

Ich nickte ertappt, gab der Tür einen Kick mit der Ferse und registrierte, wie sie hinter mir ins Schloss fiel. Constanze begrüßte mich mit je einem Küsschen rechts und links, es war mehr als ein Hauch und ich hatte zwei Tage lang gerötete Wangen ob der Geschmeidigkeit ihrer Zunge.

Ich bemühte mich, meiner Stimme den ernsten Klang eines betroffenen Nachrichtensprechers zu geben, und entzog mich ihrem Klammergriff.

»Sie wollten mich sprechen?«, begann ich zaghaft.

»Unter anderem«, zwitscherte die Amsel und nahm auf dem breiten Doppelbett Platz. »Mit Sprache fing alles an. Am Anfang war das Wort. Deshalb bin ich Sängerin geworden. Meine Worte adeln die Musik!«

Dummschwätzerin, dachte ich. Mir haben Instrumentalkonzerte schon immer besser gefallen. Ich mag ABBA am liebsten von den Münchner Philharmonikern, und in der Oper liebe ich die Ouvertüren und deren von verbalem Gekreische ungestörten Ausdruck.

Ich halte es da mit einem meiner berühmtesten Landsleute, dem schwäbischen Schauspieler und Komödianten Willy Reichert, der in seiner Rolle als Pfleiderer einen Satz sprach, der meine Musikphilosophie bis zum heutigen Tag prägt:

»I ka' des G'schroi von dene Weibsbilder ned leida!«

Wie recht der Mann hatte! Das konnte ich natürlich Constanze gegenüber nicht erwähnen.

»Können wir bitte auf den Punkt kommen?«, fragte ich jetzt.

Ich wurde ungeduldig. Meine Zeit war kostbar. Entweder ich verließ das Zimmer 106 in den nächsten 15 Minuten mit einem Auftrag in der Tasche oder ich blieb über Nacht. Noch war die Entscheidung nicht gefallen.

»Ich komme immer auf den Punkt!«, schmetterte der Buchfink in ihr.

Sie machte eine Kunstpause, zog mich neben sich auf das Bett und sirrte dann im Crescendo des Sommergoldhähnchens:

»Sie müssen mir helfen. Langfried wurde bedroht. Er erwähnte den Brief erst vor wenigen Tagen.«

»Er hat einen Drohbrief bekommen?«

Sie nickte.

»Wo ist dieser Drohbrief?«

»Langfried hatte ihn bei sich. Ich denke, in seinem Gigbag*.«

Das war der Koffer, in dem Musiker ihre Instrumente

* Gepolsterte Tasche zum Transport von Musikinstrumenten

und andere unnützliche Dinge aufbewahrten. Es war zu befürchten, dass ihn Kommissar Donner sichergestellt hatte. Trotzdem beschloss ich, noch einmal im Graf-Zeppelin-Haus vorbeizuschauen.

»Und Langfried? Hatte er einen Verdacht?«

»Ich glaube schon. Aber er hat ihn nicht geäußert. – Kommissar Zufall?« Ihre Stimme hatte etwas Flehendes, fast wie der klagende Ruf des Goldregenpfeifers.

»Ja?«

»Was kostet es mich, wenn ich Sie beauftrage, den Tod von Langfried aufzuklären?«

»Das ist Aufgabe der Polizei!«

Ich Arschgesicht! Vermasselte mir aus Angst vor dem übermächtig Weiblichen, das mir gegenübersaß, einen lukrativen Auftrag.

»Bitte!«, klang es weinerlich wie eine Trottellumme, »Sie müssen mir helfen! Ich könnte das nächste Opfer sein. Die Polizei tappt im Dunkeln. Sie verfolgen die falsche Spur!«

»Wie kommen Sie darauf?«

»Der Giftpfeil. Das ist eine Finte. Ein Ablenkungsmanöver. Ich spüre das.«

Ihr Busen bebte wie bei jenen Operettensoubretten, die vor Jahrzehnten bei Heinz Schenk im ›Blauen Bock‹ für einen Bembel als Gage Arien aus Lehárs ›Land des Lächelns‹ geträllert hatten.

»Diesen Verdacht müssten Sie schon beweisen!«

»Das wird Ihre Aufgabe sein. Können Sie blasen?«

Ich erschrak ob dieser unvermittelten Frage.

»Wie bitte?«

Ich wusste nicht, ob ich mich freuen oder scheuen sollte.

»Blasen!« Das Wort klang in meinen Ohren wie der Grunzpfiff der Schnatterente.

Constanze klärte mich auf: »Wir sind momentan etwas unterbesetzt. Nicht nur durch das Ausscheiden Langfrieds.«

»Mit Holz könnte ich vielleicht dienen«, sagte ich vorsichtig und starrte sicher etwas zu direkt auf den entsprechenden Stoß vor ihrer Hütte.

»Na prima. Ich bin eine leidenschaftliche Rohrbläserin!«

»Sie blasen auch?«, fragte ich.

»Yes. Sax. Und Sie?«

»Ich könnte flöten«, gab ich zu, da mich der Auftrag reizte.

»Flöten ist nicht schlecht«, meinte sie, »Posaune wäre zwar besser, dann könnten Sie Langfried direkt ersetzen, aber mit einer Flöte kann ich bei Plasma sicher auch landen.«

»Haben Sie denn so viel Einfluss?«

»Ich kann mir in dieser Band alles erlauben. Ich bin der Star!«, verkündete sie mit erneut bebender Oberweite. *Die würde ich auch umbringen*, durchfuhr es mich.

»Ich könnte Sie als Bläser bei uns einschleusen, und Sie könnten verdeckt in der Plasma-Blasmusik ermitteln.«

»Muss ich da vorspielen?«, fragte ich bangen Herzens.

»Ach iwo. Höchstens bei mir. Haben Sie denn Ihre Flöte dabei?«, zwitscherte der Stieglitz.

Ich verneinte, was sie bedauerte.

»Schade. Ein guter Bläser sollte sein Rohr immer am Mann haben. Und das Vorspiel lassen wir weg. Weiß jemand im Orchester außer mir, dass Sie Polizist oder Prrrivatdetektiv sind?«, fragte sie jetzt und rollte wieder wasserrallig das ›R‹.

»Nur der geschwollene Klarinettist«, antwortete ich.

»Ach, der breite Hein! Na der ist keine Gefahr. Wenn der was zu essen hat, hält er die Klappe. Der ist froh, wenn er bei uns noch mitspielen darf. Ich kümmere mich um ihn.«

Sie sagte das mit dem unterschwelligen Fauchen des Gänsegeiers in der Stimme, dass mir um den armen Hein angst und bang wurde.

»Außerdem kennen mich alle anderen«, ergänzte ich, »ich stand ja vor dem Orchester, als ich meine kleine Ansprache hielt.«

»Dann können Sie also nicht verdeckt ermitteln«, bedauerte sie.

»Vielleicht doch. Ich könnte mich verkleiden«, schlug ich vor. »Perücke, Bart und Bauchprothese. Sicher würden mich die Wenigsten auch ohne Verkleidung wiedererkennen, ich stand ja nur mit dem Rücken vor den Musikern.«

Sie nickte.

»Also, was ist? Nehmen Sie den Auftrag an?«

Ich gab mich zögernd, was im Normalfall den Preis in die Höhe trieb.

»Oder interessiert Sie der Fall nicht?«, fragte Constanze.

»Ich bin immer an neuen Fällen interessiert«, gab ich zu, »doch Sie werden sicher verstehen, dass das alles eine Frage des Honorars ist.«

Sie nickte verständnisvoll.

»Logo. Sie bekommen Ihre Kohle schon. Was verlangen Sie denn?«

Ich nannte meinen Tagessatz.

»Dazu kommen natürlich noch Spesen.«

»Die sind bei uns dabei. Hotelzimmer, Essen und Getränke. Und was den Tagessatz angeht …«, ihre Stimme klang nasal wie der Balzruf der Kurzschnabelgans, »könnte ich da einen Teil in Naturrralien bezahlen …?«

Mir fielen keine Gegenargumente ein, und sie fügte schmachtend hinzu:

»Mir wäre dann noch wichtig, zu wissen, ob Sie mich auch zu den Verdächtigen zählen!«

»Das ist ohne genauere Untersuchung schwer zu sagen. Wie standen Sie denn zu dem Ermordeten?«

»Nun ja, Langfried und ich waren … gute Freunde.«

»Wie gut? Waren Sie und er ein Paar?«

»Ich bitte Sie! Langfried war verheiratet.«

»Ah so. Und wo waren Sie zur Tatzeit?«

»Während der Schorle-Polka?«

»Genau.«

»Nun – …« Sie hielt die Luft an, überlegte zehn Sekunden und sagte schließlich: »Ich muss backstage gewesen sein. Vico wird das bezeugen können. Wir sitzen immer zusammen hinter der Bühne, wenn wir nicht singen müssen.«

Vico war ihr Duettpartner, Vico Lahla, ein jugendlich wirkender Mittdreißiger, schätzte ich, der seine Versuche einer Solokarriere aufgegeben hatte und sich nun im Schatten Constanzes sonnte.

»Ich werde ihn fragen, aber wenn er Ihnen kein Alibi geben kann, werden Sie mir Ihre Unschuld noch beweisen müssen!«

»Können wir das nicht gleich hier errrledigen?«, scheckerte die Elster, und ich spürte, wie ihre Hand in Richtung meines Zentrallabors robbte.

»Wie meinen?«, röchelte ich und hörte das Scharren ihrer forschenden Finger am Reißverschluss.

»Ich werrrde dirrr meine Unschuld beweisen«, trillerte die Schwanzmeise, und ihre nasse Zunge kratzte mir das letzte von Ohropax verschonte Schmalz aus den Gehörmuscheln. Dann drückte sie mich auf das Bett und warf sich mit ihrem ganzen Gewicht über mich.

Der weiße Morgenmantel glitt zu Boden, das paradiesisch bunte Negligé öffnete sich wie von Zauberhand, und ihre sagenhafte Oberweite ergoss sich über mein Gesicht, überlappte meine Ohren und nahm mir den Atem.

So meiner Sinne beraubt, ergab ich mich in mein Schicksal und ging, kurz nachdem sie gekommen war.

»Du bist engagiert! Unser nächster Auftritt ist am Samstag bei einer Saukirbe irgendwo am Neckar! Bring deine Flöte und eine Piccolo* mit. Ich schick dir eine SMS!«, ratterte die Pfeifente noch, und ich war mir ihrer Unschuld bewusst.

Wieder einmal fühlte ich mich wie mein Jahrgänger James Bond, der von ›M‹ mit einem neuen Auftrag ausgestattet wird:

GIGBAG

Mein Weg führte mich vom ›Goldenen Geier‹ noch einmal ins Graf-Zeppelin-Haus, wo ich dank meines bisher erreichten Bekanntheitsgrads ungehindert bis in die Orchestergarderoben vordringen konnte. Der Polizeitross war bis auf wenige Beamte der Kriminaltechnik verschwunden, und auch die Musiker hatten sich nach der frühzeitigen Beendigung des Konzerts rasch in Richtung der nächsten Kneipe davongemacht.

Die Garderoben waren daher verlassen. Bis auf leere und halbvolle Flaschen, die auf den Tischen standen, und einige Teller mit Resten des Caterings.

In der dritten Garderobe fand ich ihn, wie ihn Constanze mir beschrieben hatte: Schiebers Gigbag, ein

---

* Kleine Form der Querflöte

grauer Golfsack für ein Surfbrett in Miniatur, lag geöffnet auf einem der Garderobentischchen vor einem Spiegel, ein Lederbeutel von der Größe einer zusammengeschobenen Posaune, mit Reißverschlusstäschchen für Kleinutensilien und einem Fach für Noten.

Welch ein Glück, dass die Kriminalpolizei in Sachen Musik nicht firm genug war, um zur Posaune des Toten auch noch nach dem dazugehörigen Koffer zu suchen. Ich zog meine Latexhandschuhe an, um keine Spuren zu hinterlassen, und untersuchte den Inhalt.

Neben dem Dämpfer, den er offensichtlich auf der Bühne nicht benötigt hatte, fand ich in einem kleinen Utensilientäschchen ein Fläschchen Zugöl, das nach gar nichts schmeckte, einen weichen gelben Lappen mit weißen Flecken, eine Mundstückbürste, zwei Bleistifte – einen mit, einen ohne Radiergummi, aber beide abgebrochen – ein Döschen ranziges Fett für den Stimmzug, ein Päckchen Präservative und ein kleines Stimmgerät.

Im Reißverschlussfach an der Außenseite lagen zwei offensichtlich stark verbrauchte Mundstücke, die ordentlich Grünspan angesetzt hatten, und das Notenfach war, bis auf eine Ausgabe der ›Schönsten Choräle für das Lebensende mit drei Buchstaben‹ – gemeint musste die Ehe sein – gähnend leer. Keine Spur des von der Klammersängerin erwähnten Drohbriefs.

Da entdeckte ich am Boden des Gigbags eine Art Geheimfach, nur durch einen Klettverschluss zu erkennen.

›Ritsch‹ machte es, und ein grauer Briefumschlag grinste mich an. ›Ratsch‹ machte es, und er wurde mir aus der Hand gerissen. Wie der Blitz war Donner aufgetaucht und fauchte mich an:

»Waf tfum Teufel haben Fie denn ffon wieder hier tfu fuchen?«

»Nichts«, stammelte ich, doch der Kommissar hinderte mich rüde an weiteren Erklärungen.

»Waf ift daf für ein Brief? Adreffiert an Langfried Ffieber, ja?«

Er fuchtelte mit dem grauen Umschlag vor meinen Augen herum, als wolle er mir Luft zufächeln.

»Und daf ift ficher fein Pofaunenkoffer?«

»Sein Gigbag«, korrigierte ich vorsichtig.

»Ffnautfe!«, herrschte er mich an, »Daf Ding wird konfitfiert! Alf Beweifftück! Und tfum letften Mal: Wenn Fie fich noch einmal in die Unterfuchungen der Kriminalpolitfei einmiffen, laffe ich Fie in Ficherungfverwahrung nehmen. Dann fitfen Fie, daf ift fo ficher wie daf Amen in der Kirche!«

Sprach's und entschwand mit dem Brief. Nun stand ich ohne Indizien da und hatte dazu vielleicht dem Kommissar zu einem Ermittlungserfolg verholfen, falls der Brief von entsprechender Brisanz war.

ALTMETALL

Ich nützte die nächsten Tage, um mich auf meinen Einstand bei *Pepe Plasmas Blasmusik* vorzubereiten. Als Erstes suchte ich meine Querflöte. Seit mich meine Ex Charlotte verlassen hatte, war ich zu meinem alten Ordnungssystem zurückgekehrt: Ich räume nichts mehr auf und nütze die Zeit, die ich dadurch spare, um mir zu merken, wo ich suchen muss. Die Flöte fand ich beim Altmetall.

Möbel hatte ich ohnehin so gut wie keine mehr, die hatte fast alle Charlotte mit in die Ehe gebracht. Am Tag, als sie ausgezogen war, hatte ich bei einem der Agrarökonomen in unserem Dorf einen Traktor mit Fahrer und Anhänger be- und alle Möbel vor das Haus gestellt.

Kurz nachdem die aus Pressspan und Furnierholz geschnitzten Objekte wie in einem Ikea-Freilichtmodellzimmer den schmalen Gehsteig vor unserem Mehrfamilienhaus bevölkerten, setzte der Wolkenbruch ein und verwandelte Bretter, Seitenwände und Zierleisten in wellpappeähnliches, aufgedunsenes Schwemmholz. Bauer Sauberle, der als Traktorfahrer fungierte, fluchte, als er zusammen mit seinen beiden Söhnen die regenschweren, voll gesogenen Stücke auf den Hänger hieven musste.

Ich nannte ihm Charlottes neue Adresse und gab Anweisung, meiner damals noch zukünftigen Ex ihr Eigentum direkt vor die geschlossene Garage zu kippen.

Ich wusste, dass ihr Alfa Romeo um diese Tageszeit im Pferch war, und stellte mir schmunzelnd ihr Gesicht vor, wenn sie ihn ausparken wollte und durch die Masse ihrer gesammelten Möbel daran gehindert wurde. Aber Horst-Udo, ihr Neuer, war Landschaftsarchitekt und würde mit der Holzlieferung schon etwas anfangen können.

Mein Pech war, dass in Charlottes Viertel just an jenem Tag Holzabfuhr angesagt war, und das komplette Holzhorrorszenario vor ihrem Haus schon nach einer Viertelstunde im Schlund eines Müllschluckers landete.

Mich hatte allein der Spaß mit Traktor, Fahrer, Helfern und Schlechtwetterzulage einen Tausender gekostet, abgesehen vom körpereigenen Schweiß beim Heraustragen der Vierzimmereinrichtung. Charlotte hatte nichts davon mitbekommen und stellte mir zusätzlich die verschwundenen Möbel durch ihren Scheidungsanwalt in Rechnung.

So lebe ich heute – bis auf ein halbes Doppelbett und einen eineinhalbtürigen Kleiderschrank im Schlafzimmer – quasi möbelfrei, staple meine Wäsche in alten Obstkisten, getrennt nach schmutzig und schon länger schmutzig, lagere mein gebrauchtes Geschirr bis zur erneuten Verwendung in warmem Wasser und spüle den Kaffeesatz durch Aufgießen mit Grauburgunder aus der Tasse. Natürlich über meine Gurgel.

Der Rest meiner verbliebenen Besitztümer stapelte sich großzügig verteilt in den beiden leeren Zimmern und in der Garage, wo – wie in den meisten Musikergaragen zwischen Rasenmäher, Schneeschippe, Tischtennisplatte und Winterreifen auch ein Tenorsaxophon zwischengelagert war.

Jeder von uns hat irgendwann während seiner Karriere mal Tenorsaxophon geblasen, ob der philharmonische Posaunist, der damit während seines Studiums in einer Tanzband Geld verdiente, oder der Fagottist, der in den Ferien bei der Bodenseeschifffahrt mit dem Saxophon als Signalhornist jobbte, oder der Flötist, der sich wegen der gleichen Klappenlage leicht tat, dem Instrument Töne zu entlocken.

Fragen Sie doch mal in Ihrer Nachbarschaft und Sie werden feststellen: Tischtennis und Tenorsaxophon hat fast jeder mal gespielt. In meiner Eigenschaft als Hobbyornithologe hatte ich es sogar benutzt, um mit dem nebelhornartigen Ton den Ruf der Rohrdommel im Wollmatinger Ried zu imitieren. Und um es in der Garage nicht mit dem Rasenmäher zu verwechseln, hatte ich den Saxophontrichter mit einem Nachtschattengewächs bepflanzt, das auch im Schummerlicht der Garage bestens gedieh.

Ein großes Regal in der Garage enthielt all jenes, was ich sonst als nutzlos und somit für in Kürze entsorgbar ansah. Neben dem Hochzeitsalbum, einigen gläsernen Salatschüsseln und einer Sammlung Altmetall, einem wasserdurchlässigen Sprudelbad und einer Heizdecke ohne Stromkabel, befand sich hier auch meine Querflöte in bester Gesellschaft.

Ich hatte das löchrige Chromrohr nach meiner Zeit als junger Musikant eine Zeitlang als Ausströmer in meinem Zweihundertliterwarmwasseraquarium verwendet, bis alle Fische entweder durch Metallintoxikation eingegangen oder in den Klappen der Grifflöcher stecken geblieben und infolge des Bewegungs- und Futtermangels ebenfalls verendet waren.

Das Mundstück hatte ich damals mittels einer ausgeklügelten Drahthalterung in der Toilette direkt unterhalb der Wasserzufuhrrille verankert. Es war ein idealer Behälter für schmale WC-Duftsteine und reduzierte deren Verbrauch um fast 32 %. Später diente mir das Mundstück wechselweise als Teigschaber und, in heißem Wasser erhitzt, als Bierwärmer für eisgekühltes und dadurch für meinen empfindsamen Magen zu kaltes Bier. Zu dieser Zeit war der Aquariumausströmer mangels Fischen entbehrlich geworden, und ich konnte ihn um einskommazwei Zentimeter verkürzt als Garderobenstange im damals noch dreiteiligen Kleiderschrank verwenden.

Später, nachdem Charlotte ausgezogen war, war die Querflöte in ihren Einzelteilen in der Garage beim Altmetall gelandet. Nachdem der Flötenkoffer, in Unter- und Oberteil getrennt, eine neue Verwendung in Form zweier Blumenkästen gefunden hatte, waren die Flötenteile in einem der wenigen Tupperbehältnisse endgelagert, die Charlotte nicht zu Horst-Udo mitgenommen hatte.

Sie hatte an den Polstern Schimmel und an den Metallklappen leicht Grünspan angesetzt. Die Federn waren angerostet, der Kork hart wie Stahl, und der Ton, den ich dem mühevoll zusammengesteckten Gesamtinstrument zu entlocken versuchte, erinnerte an eine Kreuzung von Didgeridoo mit Keuchhusten und heiserem Eichelhäher. Doch für einen Aushilfsjob bei *Pepe Plasmas Blasmusik* würde es reichen müssen.

Jetzt brauchte ich nur noch eine Piccoloflöte, und zwar schnell und billig.

DIGTROM

So führte mich mein Weg an jenem nebelverhangenen Oktobermorgen mal wieder zu *Joe's Music Outlet*, einem Laden im Industriegebiet von Kluftern an der Knatter im Bodenseehinterland.

Joe begrüßte mich als alten Bekannten und ließ die Trompete, an der er gerade in seinem Akustiklabor herumgeschraubt hatte, unter dem Lötkolben liegen. Ich fragte ihn nach einer gebrauchten Piccoloflöte.

»En Miniwaagrechthobel brauchsch? Holz oder Silber? Hano, mir gugged mol, was i han!«

Bestürzt nahm er die Nachricht vom Ableben Langfried Schiebers entgegen, der am Vormittag seines Todes noch bei *Joe's Music Outlet* vorbeigeschaut hatte, wie Joe mir erzählte.

»Ihr kanntet euch?«, fragte ich erstaunt.

»Ja freilich«, erwiderte Joe in seinem Bodenseeschwäbisch, »du weisch doch, bei mir lasset älle repariera, ob se beim Tschäims Laascht oder beim Ernscht Huddr spielet. Qualität isch gfragt.«

»Und was wollte Schieber bei dir? Eine neue Posaune kaufen? Oder seine alte reparieren?«

»Noi. Sei Alte isch vor zwoi Monat auszoga, und für a neue Posaun' hat er koi Geld ghet. Er isch wega seiner Erfindung komma.«

»Was für eine Erfindung hat Langfried denn gemacht?«, fragte ich, neugierig geworden.

»Eigentlich darf i jo gar nix sage, aber jetzt, wo er em himmlischa Posaunechor mitspielt …« Er wischte sich mit dem Ärmel eine Träne aus dem Auge. »Der hat fei' ebbes auf em Kaschta ghet, des hat dem keiner zu'traut! Komm' mal mit!«

Joe führte mich durch seine Werkstatt, in der Blech in allen Stimmlagen auf Ausbeulen und Löten wartete, in den nächsten Raum, der als Holzlager diente und wo sich Klarinetten und Flöten wie Knochen in einem Beinhaus stapelten.

Er zog einen schmutzigen roten Vorhang beiseite, und ich folgte ihm in sein Allerheiligstes, das ›Stimmzimmer‹. Wie oft hatte er mich früher hierher mitgenommen, um die Stimmung zu testen.

Die Ausstattung des Raums war ganz auf den Zweck abgestimmt. Um eine perfekte Akustik zu gewährleisten, hatte er Bierkästen mit der Öffnung seitlich als schalldämpfende Hohlkörper bis unter die Decke gestapelt und hielt stets sein Augenmerk darauf gerichtet, dass die vollen Flaschen der jeweils neuen Elemente Abend für Abend geleert wurden, da nur so eine gewisse akustische Trockenheit gewährleistet wurde.

Bei Tag ersetzte er die leeren und damit ihres Werts enthobenen Akustikelemente wieder durch volle, und der Prozess der akustischen Feinjustierung des Raums begann erneut. Die Stimmung in Joes Stimmzimmer war so jederzeit perfekt, was ständige Tests bewiesen.

Heute schenkte er der Akustik jedoch keine Beachtung und betätigte sich dafür an einem schmalen Laptop, der auf einem kleinen Tischchen ruhte. Er war durch ein kurzes Kabel mit einer Art Stimmgerät verbunden, an dem ein rotes Lämpchen blinkte. Eine silberne Trompete mit einem seltsam nach Plastik aussehenden schwarzen Mundstück stand neben dem Tischchen in einem Ständer. Joe fuhr den Laptop hoch, und ein Notenblatt erschien auf dem Display.

»Des isch em Langfried sei Erfindung!«, sagte Joe und deutete auf die seltsame Anordnung von Laptop, Instrument und Stimmgerät. Er reichte mir die Trompete mit dem Plastikmundstück und sagte:

»Do! Spiel!«

»Ich kann das nicht«, entgegnete ich. »Ich bin Flötist!«

»Des macht nix. Los, probiers oifach!«

Ich setzte die Trompete an, wie ich es bei den blechschlotzenden Kollegen schon tausendmal gesehen hatte, und presste Luft hinein. Mein Ton klang wie bei Maurice André selig.

Klar, hell, genial. Geradezu meisterhaft.

Ich drückte nach, und der Ton wurde höher. Sauber! Ich besann mich auf die drei Ventile, tat ein paar Griffe, die ich mir mal hatte zeigen lassen, und spielte perfekt Trompete!

Ich versuchte mich am auf dem Laptopbildschirm leuchtenden ›Te Deum‹ von Charpentier und erblasste vor mir selbst. Nie hatte ich einen so schönen Trompetenklang gehört! Dazu fehlerfrei und virtuos.

»Wow!«, sagte ich, nachdem ich abgesetzt hatte, »wie geht das denn?«

»Em Langfried sei Erfindung, sag i doch. Frag mi ned, wie des funktioniert, aber er hat die Trompet digitalisiert. Do, in dem Plastikmundstück steckt dr Chip! So wie im Foto oder in 'ra Kamera oder in 'ma Keyboard. Älles digital. Du gibsch bloß die Nota ins Laptop ei', ond scho' geht's los!«

Moment, durchzuckte es mich, hatte ich das richtig verstanden? Langfried Schieber hatte die digitale Trompete erfunden? Ein Instrument, das mittels Computertechnik perfekter spielte und besser intonierte als jeder Solist? Das war eine musikalische Revolution! Ungläubig hielt ich die digitale Trompete in der Hand.

»Geil, gell?«, fragte Joe mit leuchtenden Augen. »A Digtrom. Ooglaublich.«

Ich nickte, ehrfürchtig den Kopf schüttelnd.

»Und was wollte Langfried Schieber für das Teil?«

»Woiß ned. Er hat erscht no aufs Patentamt wölla.«

»Er hatte noch kein Patent auf die Erfindung angemeldet?«

Heiß durchzuckte mich ein Gedanke. Das Ding war ein Vermögen wert! Wenn sich ein anderer das Patent unter den Nagel riss und dieses Instrument auf den Markt brachte – ich mochte den Gedanken gar nicht zu Ende denken!

Es würde einen Verkaufsschlager geben! Jeder zweitklassige Dorftrompeter konnte zum erstklassigen Solisten werden und den Profis den Rang ablaufen. Noch schlimmer allerdings, wenn Langfried vorgehabt hatte, es unter der Hand zu verhökern. Wer diese digitale Trompete besaß, würde über Nacht zum Star werden.

Hatte man Langfried Schieber deshalb umgebracht? Wollte ein Trompeter die digitale Konkurrenz verhindern? Oder hatte jemand Langfried umgebracht, um sich das Patent unter den Nagel zu reißen?

Ich beschloss, der Sache nachzugehen, kaufte Joe eine gebrauchte Piccoloflöte aus Holz, die zuletzt als Pfeife in einem Spielmannszug gedient hatte für 30 Euro plus sein Schweigen für einen Kasten ›Tannenzäpfle‹ ab und verließ fluchtartig den Laden.

Mein Handy signalisierte mir eine eingehende SMS von Constanze: Sie hatte bei Plasma alles für mich arrangiert, und man erwartete mich als neuen Flötisten.

SPUCKSTOCK

Ich hatte geübt. Töne ausgehalten. Fingerübungen gemacht.

Schließlich wollte ich mir keine Blöße geben. Ich vermutete zwar, dass es Constanze Voorte-Singh durch ihren Einfluss bei Pepe Plasma schaffen würde, mir ein peinliches Vorspiel zu ersparen, doch war es mir lieber, gewappnet im Kreis der Band zu erscheinen.

So hatte ich es nach mehreren einsam durchflöteten Nächten geschafft, Viertel und Achtel in größeren Mengen zu vernichten, und war mir sicher, beim Einstand in der Band gut dazustehen.

Constanze hatte mir in weiteren SMS Spielort und Zeit des Soundchecks bekannt gegeben, und so traf ich kurz nach 17 Uhr in dem kleinen Ort bei Tübingen ein, in dem *Pepe Plasmas Blasmusik* an jenem Abend die traditionelle ›Saukirbe‹ musikalisch eröffnen sollte.

Ich ging durchs Festzelt zum Bühnenbereich. Es duftete schon verlockend nach Fritteusefett und Schlachtplatte, und ich hätte mich eigentlich am liebsten gleich zur Essensausgabe begeben, doch Constanze hatte mir gesagt, dass ich zunächst den Mann kennenlernen musste, der in der Band sozusagen für alles zuständig war, was sich auf der Bühne, davor und dahinter abspielte.

Er würde mir die Noten geben, Trachtenweste und Schlips – weißes Hemd und schwarze Hose brachte jeder Musiker selbst mit – und mich auch sonst mit den Gepflogenheiten der Band vertraut machen.

»Ohne unseren Inspizienten geht gar nichts«, hatte sie gesagt. »Inspizient?«, fragte ich.

»Ja. Man könnte auch Hilfssheriff sagen. Er hat ein bisschen was von Festus Hagen in ›Rauchende Colts‹. Und er ist die rechte Hand vom Chef. Pepe Plasma kann sich schließlich nicht um alles selbst kümmern. Unser Inspizient klärt ab, dass im Saal rechtzeitig das Licht ausgeht, koordiniert die Tour und legt euch die Noten aufs Pult.«

»Also ein Mädchen für alles?«

»Ein bisschen schon. Aber er hilft auch den Technikern beim Aufbau. Man könnte auch Roadmanager sagen.«

Ich kannte bisher nur Roadies. Das waren echt hartgesottene Typen, Muskelpakete mit Tattoos, die locker zehn LKWs auf einmal vertilgten, 15-Tonner-Lkws fuhren und nach der Show noch die Mädels flachlegten, die den Musikanten zu nahe gekommen waren. Ich erwartete daher mindestens einen Bud Spencer oder wenigstens einen Schwarzenegger, was die Körpermaße anging, als mich Constanze hinter die Festzeltbühne zog. Zwischen einem Berg von Boxen und Kisten blieben wir stehen, als sie sagte:

»Das ist Herr Häberle, unser Inspizient!«

Ich sah nach vorn, doch da war keiner! Erst als ich meinen Blick zwei Etagen tiefen gleiten ließ, erblickte ich unter einer Schildmütze, die das Logo der Band trug, ein rundliches Gesicht mit schmalem Oberlippenbart.

Vor mir – oder besser unter mir – stand der Klon von Klein-Helmut, dem Zirkusclown aus ›Salto mortale‹.

1,32 Meter geballte Manneskraft hielt mir die Hand zum Gruß nach oben. Constanze, die mein Erstaunen mitbekommen hatte, flüsterte mir zu:

»Lass dich nicht von seinem Äußeren täuschen. Er ist zwar so klein, dass er mir nicht mal ins Dekolleté schauen kann, hat aber Bärenkräfte!«

Schon sein Händedruck gab ihr recht. Der Kleine hatte eine Pranke, in die meine Hand zweimal passte, und seine Finger umschlossen die meinen wie die Klammern einer Bärenfalle.

»Tach!«, kam es trocken. »Der Neue, aha! Haben Sie keine Uhr? Es ist zehn nach fünf. Wir beginnen pünktlich!«

Tolle Begrüßung, dachte ich. Ich sah zur Uhr. Tatsächlich, zehn nach fünf! Ich hatte den Beginn des Soundchecks verpasst! Doch nachdem die Bühne noch leer war, schien ich ja nicht der einzige Unpünktliche zu sein.

»Querflöte, was? Sie sitzen dann da vorn in der ersten Reihe«, er zeigte auf die Bühne, »zwischen der Akkordeonistin und dem geschwollenen Heini. Na dann viel Spaß!«, sagte der Kleine jetzt jovial und schlug mir dabei lachend auf die Schulter – wobei er sich auf die Zehenspitzen stellen musste. »Herr Zufall, nicht wahr?«

»Richtig. Und mit wem habe ich das Vergnügen?«

»Goliath Häberle aus Wixweiler«, sagte er, »aber die

meisten nennen mich Goli! Da drüben gibt's nachher Catering!«

Er deutete vor die Bühne, wo ich in einem der Seitenzelte den Bratwurstgrill gerochen hatte, und drückte mir einen Bon in die Hand. Jetzt wusste ich Bescheid. Der Inspizient war sozusagen Platzanweiser, Hausmeister, Roadmanager und Küchenchef zugleich.

Im Lauf der Tage lernte ich ihn näher kennen und wusste bald, dass er schlichtweg für alle Unwägbarkeiten auf der Tour zuständig war. Vor allem das, was ständig schiefging, lag in seiner Verantwortung: Pünktlichkeit, Sitz der Uniformen und Bereitstellung von Freibier. Kurzum die Kindergartentante des Orchesters. Noch ahnte ich nicht, dass Goli mir eines Tages das Leben retten würde.

Der Hunger trieb mich gleich zum Bratwurstgrill. Wieder keine Maultaschen! Ich nahm mir eine Rote im Weck' mit Senf und ging, die Flöte in der linken, die Rote in der rechten Hand auf die Bühne zu, wo gerade die ersten Plasmamusiker ihre Plätze einnahmen und eine Kakophonie aus in die Instrumente gerotzten Tönen das Zelt füllte. Der Soundcheck nahm seinen Lauf.

In der ersten Reihe, wo auch ich meinen Platz haben sollte, saß allein der geschwollene Klarinettist Heini Blättle und schraubte an seiner Schwarzwurzel.

»Oh, der Polizist?«, begrüßte er mich knoblauchstinkend und schielte auf den Inhalt meiner rechten Hand »immer noch bei den Ermittlungen?«

»Psst!«, zischte ich, »kein Wort von meinem Beruf! Sie werden heute Gelegenheit haben, mich als Kollege an der Flöte begrüßen zu dürfen.«

»Ach Sie sind das?«, fragte er überrascht, »Constanze hat so was angedroht. Sie sind der Spuckstockspieler? Und weshalb soll niemand wissen, dass Sie Pol- …?«

»Ssssst!«, unterbrach ich ihn und legte meinen Zeigefinger auf die Lippen. Dabei entglitt mir unglücklicherweise die Rote, flutschte, geschmiert vom Senf, aus dem Wecken wie ein Skispringer von der Schanze und landete, durch die Erdanziehungskraft gesteuert, vor mir auf dem Bühnenboden.

Schneller, als ich es seiner Leibesfülle zugetraut hätte, bückte sich der geschwollene Hein, hob die Wurst auf und ließ sie, ehe ich Einspruch erheben konnte, als Ganzes in seinem Mund verschwinden. Kauend deutete er auf meine rechte Hand, nahm den Weck' und schob ihn hinterher.

»Ich bin käuflich«, mampfte er, und der Senf triefte von seinen Mundwinkeln, »und ich ess' alles – außer Schwein.«

»Aber«, stammelte ich und sah den letzten Wurstzipfel in seinem Mund verschwinden, »das *ist* Schwein!«

»Schwein?«, fragte er entsetzt.

»Ja, natürlich! Was dachten Sie?«

»Bock!«, entgegnete er. »Das ist Bockwurst!«

»Sie nehmen mich auf den Arm!«, behauptete ich entrüstet.

»Nein. Im Gegenteil. Schwein ess' ich wirklich nicht. Das fress' ich!«

Er grinste und streckte mir die Hand entgegen.

»Willkommen im Register. Du sitzt neben mir. Ich heiß Heini.«

Fortan waren wir per du.

»Stolz auf Holz!«, setzte er noch hinzu, wobei sich bei den Endsilben *olz* kleine Partikel des Bockwurstwecksenfbreis in meine Richtung entluden. Jetzt war ich getauft und gekauft und Heini Blättle von diesem Tage an mein engster Vertrauter, mit dem ich Garderobe und Bockwürste teilte.

Seine Zunge forschte noch nach den letzten Resten Schweinernes zwischen den Zähnen, als er seine Klarinette ansetzte und ein klingendes C intonierte, um die Stimmung im Orchester zu testen.

»Da hängt noch die halbe Sau mit Senf im Kiefer«, motzte er und benützte sein Mundstück als Zahnstocher.

Das Durcheinander von hohem Blechgekreische, Holzgequietsche, Akkordeongeschrammel, Gitarrenakkorden und Tubagefurze ebbte schlagartig ab, die Instrumente suchten den angestimmten Ton und einigten sich schließlich auf ein Unisono im Umfang einer kleinen Terz. Zufrieden brach Pepe Plasma, der selbst Saxophon spielte, die Stimmungsprobe ab und gab dem Mann am Mischpult das Zeichen für den Beginn des Soundchecks.

Zuvor begrüßte er mich als den ›Neuen‹ und dank des Bartes, den ich mir im Verlauf der vergangenen Woche hatte wachsen lassen und der getönten Brille, die ich trug, brachte mich keiner außer Heini mit dem Privatdetektiv aus Langfried Schiebers Abschiedskonzert in Verbindung.

Während die ersten Töne erklangen, wuselte Inspizient Goli wieselgleich zwischen den Musikanten umher, um hier noch ein Notenblatt zu verteilen, dort ein Kabel zu verstecken oder ein Mikrofon zu justieren. Erst jetzt wurde mir der Bühnenvorteil seiner geringen Größe klar: Er konnte auch während des Konzerts vom Publikum ungesehen zwischen den Notenpulten herumhirschen, um den Musikanten Bier auf die Bühne zu bringen.

Nach und nach gab nun jedes Register einen Beweis seines Könnens ab, beginnend mit der Rhythmusgruppe, bestehend aus Schlagzeug, Gitarre, der strohblonden Akkordeonistin neben mir und dem Heavy Metal des tiefen Blechs, zu dem sich dann die Nachschlagfraktion der verzichtbaren Instrumente, also Hörner und Posaunen, gesellte, schließlich die restlichen Bleche und, weil ein guter Schluss eben alles ziert, letzten Endes das edle Register der Gehölze, zu dem auch meine Flöte zählte.

Ich möchte nun selbst dem mir geneigten Leser Einzelheiten über meinen ersten Soundcheck bei *Pepe Plasmas Blasmusik* ersparen, nur soviel sei erwähnt, dass mir mein Freund Heini Blättle zur Seite stand, als ich die Flötenkadenz in der Plasma-Komposition ›Böhmischer Clown‹ total in den Sand setzte. Wie viel Mühe ich mir auch gab, mehr blubbernde Luft als Flötentöne erblickte das Licht der Festzeltwelt.

»Das Instrument ist noch kalt«, stotterte ich, als Pepe Plasma abbrach.

»Komm, mein Junge, gib mal her«, raunzte Heini Blättle freundschaftlich und nahm mir meine alte Stange aus der Hand. Er war einer jener Holzhacker, die das gesamte Tableau der musikalischen Gehölze beherrschten, ob Saxophon, Klarinette oder Flöte. Mit fachmännischen Bewegungen untersuchte er die Querflöte vom Einblasloch bis zur letzten Klappe, nahm sie auseinander und setzte das lange Ende wie ein Fernrohr ans Auge.

»Das haben wir gleich!«, murmelte er, nahm den Bleistift, den er auf dem Pult liegen hatte, und stocherte damit unter der h-Klappe herum, bis er einen kleinen Gegenstand hervorgepult hatte, der wie ein winziges Stückchen zu heiß gebratener Speck aussah.

Heini reichte mir das pergamentähnliche Schrumpelteil, es war ein luftgetrockneter Fisch, klein und zusammengeschnorrt, der sich zwischen Tonloch und Klappe verfangen hatte, und ich erkannte sofort Anton, einen der Guppys aus meinem Aquarium. Kein Wunder, dass die Flötentöne so blubbernd geklungen hatten!

Unter breit gezogenem Grinsen setzte er das Instrument an, fasste mich ins Auge und ließ einen Luftorkan über das Mundloch fegen, der dem Instrument gar wunderbare Töne entlockte.

Leider hatte er nicht an das zuvor vereinnahmte

Schweinerne gedacht, dessen letzte Reste seine Zunge noch nicht von den Zähnen geschabt hatte, und zum ersten Mal in meinem Leben wurde mir am eigenen Leib klar, warum die Querflöte von Kennern und Kritikern gleichermaßen als ›Spuckstock‹ bezeichnet wird.

Kleingehacktes mit Senf schoss in hohem Bogen aus meiner Flöte und platzierte sich auf meinem Schoß. Pepe Plasma gab bekannt, dass der ›Böhmische Clown‹ heute nicht zur Aufführung gelange, und beendete den Soundcheck.

Die Bühne leerte sich in wenigen Sekunden, denn ein Hornsignal – zweimal lang, viermal kurz, einmal lang – gespielt von einem der Flügelhornisten auf einem alten Naturhorn, lockte zum Catering.

Im selben Atemzug füllte sich das Zelt. Die negative Presse, die auch überregional ausführlich über den während des letzten Konzerts unter merkwürdigen Umständen verblichenen Posaunisten Langfried Schieber berichtet hatte, sorgte dafür, dass sich zur großen Fangemeinde noch zahlreiche Neugierige gesellten, die während des Konzerts auf eine weitere Leiche hofften.

»Ich stell' dir mal noch ein paar von den Leuten vor«, sagte Heini Blättle und zog mich zu einer Gruppe von Musikanten, die sich im Cateringbereich versammelt hatten.

So lernte ich einige meiner neuen Kollegen und eine Kollegin kennen, verkannte Talente und Könner ihres Fachs: Vlad Vell, einen bleichen, langhaarigen rumänischen Schlagzeuger mit unheimlichem Grinsen. Elvis-

Leonid Vraungnechd, der sich selbst für einen der ganz unersetzlichen Trompeter hielt und wegen seiner gigantischen Pfeiftöne ›das Murmeltier‹ genannt wurde. Seine beiden Kollegen am Flügelhorn, Jantje van Faare aus Holland und Friedrich Clarence Drey aus dem Hotzenwald, den Waldhornisten Leo Laub, die blondierte Akkordeonistin Monika Haar, die neben mir saß, sowie Artur Wilhelm Fentil, den Tubisten aus dem Allgäu, den alle nur ›Buffalo Bill‹ nannten, weil er außer Allgäuer Rind vom eigenen Hof nur vegetarisch aß.

Während ich noch dabei war, die vielen Namen zu sortieren und die Gesichter Instrumenten zuzuordnen, fand sich plötzlich einer der Musikanten neben mir ein und flüsterte mich vertraulich an. Ich grub in den Falten meiner Soundcheckerinnerungen und ordnete ihn als Terrorhornist ein.

»Sie sind doch der berühmte Kommissar Zufall?«, raunte er, »von dem man so viel in der Zeitung liest?«

Ich blickte in ein Gesicht, das die Oberfläche eines ausgetretenen Wanderpfads des Schwäbischen Albvereins widerspiegelte. Wie Trittsiegel von Pumastiefeln zeichneten sich tiefe Furchen auf den hängenden Wangen ab, die unter den Augen in Querrinnen mündeten und sich in mächtigen Falten auf der Stirn fortsetzten.

Doch woher wusste er? Er gab mir die Antwort gleich selbst:

»Constanze hat mir den Tipp gegeben. Ich weiß, Sie sind incognito hier. Ich bin Alibert Bratvogel, Tenorist.«

Also hatte ich doch richtig geraten. Marterhorn! Ich

blickte erneut in das faltenreiche Gesicht. Das schüttere Haar schien vor diesem entsetzt zurückzuweichen und gab der nackten Haut viel Platz an der Sonne. Eine Nase wie das Wurzelwerk einer alten deutschen Eiche ragte aus dieser Gesichtslandschaft markant hervor, und um den wulstigen Mund herum zeichnete sich der Ringabdruck des Tenorhornmundstücks wie ein rosaroter Kreis ab.

Ungeachtet seiner Gesichtszüge, die ihn sicher älter aussehen ließen als er war – ich schätzte ihn auf Mitte 40 – hatte er einen für einen Musiker ungewöhnlich gut proportionierten Körperbau.

Ich hatte in Vorbereitung meines Einsatzes bei *Pepe Plasmas Blasmusik* ein wenig recherchiert und wusste, dass Alibert Bratvogel seit fünf Jahren in dem Ensemble Tenorhorn spielte, ab und zu auf der Posaune aushalf und bei einem der Solostücke auch mit dem Geröllhaldensaxophon, das auch unter dem Namen Alphorn bekannt ist, auftrat.

Seine Kollegen nannten ihn in Abkürzung seines Namens Alibert Bratvogel nur AB, sprachen dies aber USAisch aus, also nach amerikanischem Vorbild, wo aus DJ ein Diitscheij wird und aus JR ein Tscheijaar. So hieß denn AB bei allen nur Eiibii.

»Können wir uns treffen? Nach dem Konzert?«, fragte Eiibii mit gesenkter Stimme.

»Wo?«

»Kennen Sie die Wurmlinger Kapelle?«

»Nein«, antwortete ich, »spielen Sie da mit?«

»Das ist kein Witz«, entgegnete er todernst. »Ich weiß, warum man den Schieber umgebracht hat.«

Ich zuckte zusammen.

»Und warum sagen Sie es mir nicht gleich jetzt und hier?«

»Weil es jetzt Essen gibt«, argumentierte Eiibii. Und da hatte er natürlich recht. »Sie haben doch das Hornsignal gehört. Zweimal lang, viermal kurz, einmal lang. Und danach muss ich mich einspielen. Ich habe ein schweres Konzert heute Abend.«

Selbstverständlich. Wie konnte ich das vergessen! Man musste schließlich Prioritäten setzen.

So gingen wir zunächst zum Catering und verabredeten uns für nach dem schweren Konzert zum Rendezvous auf dem Bergfriedhof der Wurmlinger Kapelle. Ich ahnte nicht, welch tragische Wendung dieses Date für das Leben des Musikanten nehmen sollte.

DIE ROSE DER BEHMISCHÄN PRÄRIE

Es gab Schlachtplatte im Zelt, und wir machten dem Gericht beim Essen alle Ehre. Ich fühlte mich sehr an ein Lied von Reinhard Mey erinnert. *In der heißen Schlacht am kalten Buffet da gilt der Mann noch als Mann!* Man sollte nicht glauben, was in einen Musikanten alles hineingeht, wenn es nichts kostet. Oder wie es Heini Blättle so treffend ausdrückte:

»In einen gesunden Körper passt immer noch was rein!«

Das Kesselfleisch dampfte fettglasiert auf dem triefend nassen Sauerkraut. Blut- und Leberwurst, am Tellerrand wie aufblasbare Schwimmhilfen drapiert, verhinderten ein Überschwemmen der näheren Umgebung. Das Traditionsessen der Saukirbe verschwand in den Schlünden der Musikanten, und ich nutzte die Zeit des Caterings, um mich unter meinen neuen Kameraden umzusehen.

Zwei Dutzend mampfende Herren auf drei Biergarnituren verteilt, am oberen Ende Pepe Plasma, der Chef, ihm gegenüber Starsängerin Constanze in ihrer ganzen kolorierten Pracht. Plötzlich verstummte das Schmatzen und Rülpsen, als sich der Zeltvorhang zum Cateringbereich öffnete und *sie* den Raum be- und zugleich in mein Leben trat.

Es war, als ginge die Sonne auf an jenem trüben Oktoberabend. Sie schwebte elfengleich auf eine der Bierbänke zu, wo sich die Ärsche drängten, ihr Platz zu machen. Doch wie von meinen Gedanken ferngesteuert, steuerte das märchenhafte Wesen auf mich zu, der ich am äußeren Ende der Bierbank saß. Ich rückte meinem Nebenmann, dem geschwollenen Heini, auf die Pelle, um der Elfe Freiraum zu bieten, und schon hatte sie neben mir denselben genommen. Es war, als ob neben mir eine Rose in voller Pracht erblühte.

»Ich bin ääh der Neue«, stammelte ich, »Rainer ääh Tsuval. Und wer sind ääh Sie?«

»Bin ich Libuše Kabelková«, hauchte sie, und ihre Stimme war hell und klar wie das Glöckchen, das am Heiligen Abend zur Bescherung ruft. Sie sprach ihren Namen sanft und rund und wohlklingend mit böhmischem Akzent *Läbuschää* aus und ich sah eine Mischung von Marie Versini als Nscho-Tschi in den Armen von Lex Barker und Lieselotte Pulver in ihrer Rolle als Piroschka vor mir.

Neben mir saß in der Tat die schönste Frau, der ich je in echt begegnet war. Ihr Haar war ein Hauch von Kupfer, ihre Augen hatten den Glanz von schwarzbraunen Murmeln, die Sommersprossen tanzten elegant wie Ballerinas auf ihrer stupsigen Nase, ihr Mund lächelte mich an, und die Grübchen in ihren Wangen sprühten vor Sympathie.

»Gehören Sie zum Orchester?«, fragte ich, in der Hoffnung, vielleicht eine Bläserin des Holzsatzes übersehen zu haben.

»Aber nein!«, entgegnete sie fast entrüstet. »Bin ich Sängerin!«

»Oh? Ich dachte, Constanze Voorte-Singh …?«

»Constanze ist sich alte Gäschichte. Vor Pause von Konzert. Dann, nach Pause, bin ich Hehäpunkt fir Publikum.«

Mein Herz hüpfte vor Freude. Da ich bislang nur den ersten Konzertteil von *Pepe Plasmas Blasmusik* miterlebt hatte, war mir der Auftritt der Himmlischen bisher entgangen.

»Und Sie?«, fragte sie zurück, während ihre Finger fast zärtlich die Leberwurst aus der Haut pellten.

»Ich spiele Flöte«, stammelte ich, während mein stumpfes Messer mit der glatten Haut der Blutwurst kämpfte, die wie ein mit Wasser gefüllter Luftballon in meinem Sauerkraut herumhüpfte.

»Oh, Fletä«, flötete indessen Libuše jetzt fast zärtlich, »ist sich schenäs Instrument. Wollte ich immer schon lernän Fletä!«

Ich könnte dir die Flötentöne schon beibringen, hatte ich auf der Zunge, doch irgendwie wollte diese plumpe Anmache nicht über meine Lippen kommen. Stattdessen hörte ich mich sagen:

»Na prima! Abgemacht! Ist mir ein Vergnügen, Ihnen das Blasen beizubringen.«

Libuše errötete und schenkte mir ein schelmisches Lächeln, das mich in diesem Augenblick zum glücklichsten Mann der Welt machte. Die Blutwurst in meinem Teller vollführte eine Pirouette und entglitt meinem Messer.

Heini, der neben mir saß und sich gerade die vierte Blutwurst einverleibte, schob mich mittels Masse seines Körpers näher zu Libuše, sodass sich unsere Oberschenkel berührten. Gleichzeitig spürte ich, wie ihre Fußsohle sanft über meinen Fußrücken glitt. Niemand außer mir und meinem kleinen Freund bemerkte diese zärtliche Berührung, die mein Blut in Wallung brachte und mir Schweißperlen auf die Stirn zauberte. Ich hatte es inzwischen mit meiner Plastikgabel auf die Blutwurst abgesehen, die sich aber dem Aufspießen durch geschickte Drehungen in der Sauerkrautschlacke entzog.

»Oh ja«, erwiderte Libuše mein Angebot, »ist sich Blasän viel schenär als Singän.«

Ich spürte meine innere und äußerliche Erregung und wusste instinktiv, dass es Zeit war, das Thema zu wechseln. Immerhin war ich hier, um einen Kriminalfall zu lösen, und sagte daher:

»Ist es nicht schrecklich, die Sache mit eurem Posaunisten?«

Sofort wurden Libušes Augen feucht. Ich hatte einen wunden Punkt getroffen.

»Ja. War sich Langfried so liebä Kolläga.«

Mit dem geschulten Blick des Jägers fixierte ich die Blutwurst im Teller und holte mit der Gabel aus.

»Wo waren Sie denn, als es passierte?«

Sie fischte ein Taschentuch aus ihrer Bluse und trocknete sich die Augen.

»Oh Mann!«, hörte ich plötzlich Heini Blättle neben mir brummen. »Jetzt ist der kurz vor dem Ziel und haut 'ne Vollbremsung rein!«

Die Blutwurst lag nichts ahnend im warmen Sud, als die Gabel aus etwa einem halben Meter Entfernung senkrecht von oben zustach.

»Was sagst du?«, fragte ich unvorsichtigerweise nach.

»Du Hasenhirn!«, raunte er. »Da blüht neben dir das pralle Leben, und als du sie soweit hast, kommst du mit 'ner Leiche an! Fängst an, nach Wasser zu graben, und sobald die Wiese feucht ist, schüttest du das Loch mit Sand zu!«

Die Zargen der Gabel waren am feuchten Häutchen der Blutwurst abgeglitten und steckten nun im Pappteller fest.

»Was fir Loch?«, fragte Libuše und erhöhte durch Näherrücken den Druck auf meinen Oberschenkel.

»Ach nix«, stammelte ich. »Loch im Teller. Da, wo meine Gabel steckt.«

»Warum Sie fragän nach Leichä?«, hakte sie nach, und ich beschloss, sie über meine wahre Identität aufzuklären.

»Ich bin Detektiv!«, flüsterte ich so leise, dass nicht mal der geschwollene Heini es mitbekam, und setzte dann noch einen drauf: »Kommissar Zufall, vielleicht haben Sie schon mal von mir gehört? Aber bitte, das muss unter uns bleiben, ja?«

Ich zog die Gabel aus dem Teller und startete einen erneuten Angriff auf die widerspenstige Blutwurst. Libuše schleuderte ihr Besteck in den Teller und sprang auf.

»Sie sind Kommissar?«, schrie sie so laut, dass alle Köpfe herumfuhren.

Mein »Pst!« kam zu spät und zu leise. Die Gabelspitzen ruhten auf der Blutwurst und drückten sie nieder, um die Haut zu ritzen und an ihr Innenleben zu gelangen. Langsam erhöhte ich den Druck.

»Kommissar?«, flüsterte sie jetzt, und die Köpfe der anderen beugten sich wieder über ihre Teller. Ich nickte bedeutungsvoll. Die Blutwursthaut wölbte sich nach innen.

»Und wenn Sie irgendetwas wissen oder gesehen haben, vertrauen Sie mir!«, forderte ich sie auf.

Immerhin musste sie während der Tat hinter der Bühne gewesen sein und konnte etwas bemerkt haben.

»Hab ich nix gesehän«, sagte sie traurig. »War ich noch in Garderobä meinä, wenn Pfeil giftigäs sich bohrt in Langfrieds Hals steifän.«

Also kam sie als Zeugin wohl nicht in Betracht. Meine Faust umfasste die Gabel, stieß kraftvoll zu, glitt ab und beförderte die Blutwurst in hohem Bogen über den Tellerrand auf Libušes Schoß. Dazu schwappte ein Spritzer Krautsoße über den Tellerrand und landete zielgerichtet auf ihrer Landhausmode, just an jener Stelle, wo sich mir über der weißen Brüstung des Blusenbalkons das pralle Leben in doppelter Ausführung entgegenwölbte.

Ungeschickt versuchte ich, die Krautsoßenspritzerflecken mit einer Serviette in das Muster ihres Mieders einzumassieren, während meine Linke nach der Blunze in ihrem Schoß tastete. Doch Libušes Hand war schneller, griff nach der prallen Wurst, umfasste sie und legte sie mit einer fast zärtlichen Bewegung wieder auf meinen Teller zurück. Unsere Blicke begegneten sich, und das glänzende Leuchten ihrer fast schwarzen Augen bohrte sich tief in mein Herz.

»Bin ich froh, dass Sie sind Kommissar«, sagte sie, und ihre Finger ruhten sanft auf meiner Wurst. »Hab' ich Angst wegän Merdär.«

»Das müssen Sie nicht«, entgegnete ich, während die Serviette in meiner Linken die Trockenlegung des Krautsoßenflecks fortsetzte. »Ich bin ja jetzt bei Ihnen!«

»Trotzdäm«, beharrte sie. »Merdär ungeheimlichär ist unter uns, und Opfär nächstäs wird sich bald umgebracht sein!«

»Sie glauben, dass er noch einmal zuschlägt?«, fragte ich.

Sie nickte und ließ meine Wurst los.

»Ich spiirä. Und bin ich froh, dass Sie sind Schutzengäl meinigär.«

Ja! Ich würde ihr Schutzengel sein und kein Auge von ihr lassen, solang der unheimliche Mörder in den Reihen der Musiker sein Unwesen trieb. Ich würde sie beschützen gegen alle Killer dieser Welt!

Wer es wagte, dieser herrlichsten aller Blumen unter den zarten Pflanzen dieser Welt auch nur ein Haar zu krümmen, würde meine Faust zu spüren bekommen, so wahr ich der berühmte Kommissar Zufall war – howgh, ich habe gesprochen!

»Und wann du gefangän Merdär«, hauchte sie jetzt – und ich spürte ihr Herz unter meiner Serviette klopfen – »kennän wir machän Unterricht in Blasän, nur ich und du!«

Ihr tschechischer Akzent und das »du« klangen wie Musik in meinen Ohren. Über beide derselben hatte ich mich verliebt!

Unsterblich verliebt in Libuše Kabelková, die Rose der behmischän Prärie.

EIIBII

Am Ortseingang von Wurmlingen begrüßte mich ein grünes Schild mit den Worten. »Ludwig Uhland war zu Besuch«. Leider hatte ich keine Zeit, das durch jenes Kirchlein dort droben auf dem Berg berühmt gewordene Dorf näher kennenzulernen. Doch ich hatte inzwischen meine Hausaufgaben gemacht und Erkundigungen eingezogen. So wusste ich, dass der schwäbische Dichter und – laut Heinz Erhardt »Erfinder der gleichnamigen Straße« – sich und der Kapelle ein Denkmal mit den schönen Versen »Droben stehet die Kapelle« gesetzt hatte. Darin war, unter anderem, vom »schauerlichen Leichenchor« die Rede, was mit zu denken gab. Ich hatte bislang nur Männer- oder Kirchenchöre gehört und war gespannt.

An des Dichters Halle am Ortsausgang Richtung Hirschau, von wo aus ich einen löwenstarken Rostbratenduft mit Bratkartoffeln wahrzunehmen glaubte, stellte ich meinen Wagen ab. Nachdem ich dem »Ludwig- Uhland-war-zu-Besuch«-Schild mit wasserfestem Stift hinzugefügt hatte: »Kommissar Zufall auch!«, ignorierte ich den lockenden Hirschauer Bratkartoffelrostbraten und ging bebenden Herzens und hungrigen Magens bergauf.

Ich gewahrte den Schatten der Friedhofsmauer, wie er sich über mir gegen den fast schwarzen Abendhimmel schob. Kein Stern war zu sehen, nur das gleichmäßige Blinken eines Flugzeugs auf dem Weg zum nahen Stuttgarter Flughafen durchzuckte die Dunkelheit. Ich ahnte den Asphalt des schmalen Bergwegs mehr als ich ihn sah, und doch trat ich nicht einmal daneben. Wie schnell sich die Augen doch an die Dunkelheit gewöhnten!

Plötzlich blieb ich stehen und lauschte. Hatte ich Schritte gehört? Kam Alibert Bratvogel, genannt Eiibii, der mich für nach dem Konzert auf den Bergfriedhof der Wurmlinger Kapelle bestellt hatte, hinter mir her oder wartete er oben auf mich? Was wollte er von mir?

Ein mulmiges Gefühl hatte mich beschlichen, seit ich meinen Opel verlassen und mich in der nächtlichen Einsamkeit auf den beschwerlichen Fußweg zur Kapelle gemacht hatte. Was, wenn er mich in eine Falle lockte? Wenn Langfried Schiebers Mörder mich da oben erwartete, um mich kurzerhand ins Jenseits zu befördern und gleich an Ort und Stelle anonym zu verscharren?

Für die letzten 100 Meter bis zum Eingang des oberen der insgesamt drei Friedhöfe auf dem Kapellenberg benötigte ich zehn Minuten. Der Weg war steil, die Stufen am Ende uneben und unregelmäßig, die Schlachtplatte in meinem Inneren rebellierte, doch es gab keine Toilette weit und breit. Ich war noch nie hier oben gewesen und kam mir etwas doof vor, allein, mitten in der Nacht auf dem Weg zu einem Friedhof, der weit außerhalb des Ortes auf einem Berg lag.

Ich blieb stehen und holte tief Luft. Der nächtliche Spaziergang vom Parkplatz am Fuße des Kapellenbergs, wo mein alter Kadett das einzige abgestellte Fahrzeug war, bis hier oben hatte mich angestrengt, zumal ich rasch gegangen war. Ich lauschte in die Nacht, doch die Schritte, die ich mir zu hören eingebildet hatte, waren verstummt. Vielleicht war es das Echo meiner eigenen Schritte gewesen, zurückgeworfen als Trompetenecho der Nacht von der Stützmauer des mittleren Kapellenfriedhofs?

Worauf hatte ich mich da nur eingelassen? Statt mit den anderen Musikanten in der Hotelbar zu sitzen, vielleicht an der Seite der tschechischen Nachtigall Libuše, rannte ich in der Finsternis einen Buckel hoch, um mich mit einem Tenoristen zu treffen! Irgendwie hatte ich das Gefühl, dass es wichtig war, was er mir zu sagen hatte. Nicht umsonst hatte er diesen Treffpunkt bestimmt, hier oben in der fast mitternächtlichen Abgeschiedenheit der Wurmlinger Kapelle.

Daran und an Libuše dachte ich, während ich die letzten Stufen zum Eingang des oberen Friedhofs hinaufschritt. Düster ragte das Gemäuer der Wurmlinger Kapelle neben mir auf, ich zögerte unter der steinernen Pforte und betrat dann die oberste Plattform der terrassenförmigen letzten Ruhestätte. Meine Schritte knirschten im Kies, und ich erstarrte, als ich vor mir im dunklen Friedhofsgrund das ausgehobene Grab erahnte. Daneben stand eine düstere Gestalt, deren Silhouette sich schwach gegen den Nachthimmel abhob. Jetzt kam sie auf mich zu und ich erkannte den Tenorhornspieler Alibert Bratvogel.

»Nettes Plätzchen«, meinte er träumerisch, »zum Sterben schön, nicht wahr?«

»Kommt drauf an, was man vorhat«, erwiderte ich weitaus weniger euphorisch als der Euphoniumspieler und beschloss für mich, den lauschigen Ort auf alle Fälle wieder lebendig zu verlassen. Ich achtete bei jedem meiner Schritte darauf, der offenen Grabgrube nicht zu nahe zu treten und dem jungen Tenor nicht den Rücken zuzuwenden.

»Waren Sie schon mal hier oben?«, fragte er jetzt, und als ich verneinte begann er unaufgefordert zu schwärmen: »Man hat bei Tag einen herrlichen Blick in fast alle Himmelsrichtungen. Nur nach Osten versperrt der Spitzberg den Blick Richtung Tübingen. Man kann über einen waldigen Höhenweg von hier aus durch das Landschaftsschutzgebiet bis zu den Mauern von Schloss Hohentübingen wandern. Müssen Sie unbedingt mal machen!«

Er hatte einen kleinen Gegenstand in der Hand, und ich mutmaßte schon, er würde sich eine Zigarette anzünden. Doch es war ein Lippenbalsam, den er aufschraubte und mit dessen Stift er sich sanft über die Lippen fuhr.

»Für den Ansatz«, erklärte er, »wollen Sie auch?«

Ich schüttelte dankend den Kopf, und er setzte seine Landschaftsbeschreibung fort:

»Im Norden liegt der Höhenzug des Schönbuchs, der sich bis nach Herrenberg erstreckt. Man kann von hier aus mit bloßem Auge die Stiftskirche erkennen, bekannt als die Glucke vom Gäu, weil sie wie ein brütendes Mutterhuhn auf dem Sporn über der Altstadt thront. Dahinter beginnt der Schwarzwald.«

Seine rechte Hand fuhr in die Jackentasche, und ich rechnete schon damit, jede Sekunde das kalte Metall einer Waffe aufblitzen zu sehen. Vorsichtig schielte ich nach einem Fluchtweg und fragte mich, ob ich mir bei einer Flanke über die Friedhofsmauer nur das Bein oder gleich das Genick brechen würde. Zu meiner Erleichterung beförderte er nur zwei Bierflaschen ins Freie und streckte mir eine entgegen.

»Für den Ansatz«, erklärte er abermals, »ich hab so trockene Zähne. Wollen Sie auch?«

Ich nickte dankbar, nahm die Bierflasche entgegen und suchte nach meinem Taschenmesser. Eiibii blickte sich um und sein Blick blieb an einem der markanten kantigen Grabsteine hängen.

Er versuchte, die Inschrift zu entziffern, murmelte »Entschuldigung, Berta!« und entfernte den Kronkorken durch einen gekonnten Handkantenschlag am Rand des Steins. Mit einem lauten ›Plopp‹ hüpfte der Verschluss von der Flasche, und wenige Tropfen Bier benetzten die Herbstastern auf Bertas Grab.

»Prost, Berta!«, hörte ich Eiibii sagen, dann setzte er an und nuckelte die Flasche leer.

Ich schluckte trocken, entrüstet über diese Pietätlosigkeit. Eiibii hatte sich unterdessen noch einmal Lippenbalsam aufgetragen und nahm jetzt seinen Job als Reiseführer wieder auf:

»Im Süden sieht man Rottenburg, die alte Bischofsstadt am Neckar, dahinter die ausgedehnten Waldhänge des Rammert, ganz weit in der Ferne sogar den Plettenbergturm, den Rossberg und schließlich die Achalm.

Und wenn die Sicht gut ist, kann man sogar die Silhouette des Hohenzollern erkennen.«

»Stammen Sie von hier, weil Sie sich so gut auskennen?«, fragte ich bewundernd und ließ die volle Bierflasche vorsichtig hinter dem Grabstein zu Boden gleiten.

»Nein«, erklärte Eiibii. »Ich war Glasbläser im Harz, bevor ich als Musiker in den Westen 'rübergemacht habe. Aber ich interessiere mich für Land und Leute.«

Wieder fuhr der Fettstift über seine Lippen, und er verwischte die Schmiere mit seiner Zunge.

»Wie lang spielen Sie schon bei Pepe Plasma?«

Er ließ den Lippenstift in eine Jackentasche gleiten.

»Seit elf Jahren.«

Er holte Luft, wahrscheinlich um mir jetzt seine Lebensgeschichte zu erzählen, doch darauf hatte ich keine Lust. Ich wollte endlich wissen, weshalb er mich zu nachtschlafender Zeit auf den Friedhof bestellt hatte.

»Sie sagten, Sie wissen, warum man Langfried Schieber umgebracht hat?«, fragte ich daher.

»Richtig. Es wird nur nicht einfach sein, es zu beweisen.«

Jetzt komm schon, Junge, mach's nicht so spannend, dachte ich und bemerkte im selben Augenblick eine seltsame Veränderung in Eiibiis Verhalten. Sein Atem wurde unregelmäßig, er begann zu keuchen, sagte noch:

»Er musste sterben wegen der Dick- …«, und weiter kam er nicht.

Ein absterbendes Röcheln entrang sich seiner bis dato durstigen Kehle, die leere Bierflasche klirrte, als sie auf die steinerne Grabeinfassung prallte, dann folgte ihr der leblose Körper des ehemaligen Glasbläsers und landete rücklings auf dem Grab Bertas.

Ich bückte mich über ihn, ertastete keinen Puls mehr und stellte, als ich mich über sein Gesicht beugte, jenen seltsamen Geruch fest, auf den mich Dr. Smrt bei dem toten Posaunisten aufmerksam gemacht hatte: Bittermandel.

Zyankali!, schoss es mir durch den Kopf.

Wie bei Langfried Schieber! Ich kannte zwar das endgültige Obduktionsergebnis noch nicht, doch war ich mir sicher, dass sich Doktor Smrts Vermutung bewahrheiten würde. Und nun hatte man den nächsten Bläser auf diese Weise beseitigt, kurz bevor er sich mir offenbaren wollte.

Der Balsam!, durchfuhr es mich, und ich leckte über meine spröden Lippen. Fast hätte auch ich davon genommen! Ich durchsuchte Eiibiis Jackentaschen, um das vermeintliche Tatwerkzeug sicherzustellen. In der rechten Außentasche wurde ich fündig. Noch einmal bückte ich mich über den am Boden Liegenden, doch es waren keine Lebensfunktionen mehr festzustellen. Der Tenorhornist Alibert Bratvogel hatte sein irdisches Dasein praktischerweise direkt auf dem Friedhof beendet.

Ich beschloss, den Leichenfund anderen zu überlassen, schleifte Eiibii an den Hosenbeinen zu dem offenen Grab und ließ ihn hineinplotzen. Dann verwischte ich die Spuren unseres nächtlichen Gesprächs so gut es ging, nahm die beiden Bierflaschen, Eiibiis leere und meine volle, an mich und verspürte plötzlich das menschliche Bedürfnis des Königstigers.

Meine Pietät verbot mir allerdings, den Friedhof zu missbrauchen, und so füllte sich Eiibiis leere Bierflasche wieder bis zur Hälfte. Solchermaßen erleichtert verließ ich, die beiden Bierflaschen in der Hand, den Gottesacker.

PROFIT

Unter dem efeuumwucherten steinernen Tor, das den Eingang zum oberen Friedhof bildete, prallte ich mit einem Fremdkörper zusammen, der mir akustisch jedoch sofort bekannt vorkam.

»Fieh mal einer an! Der feltfame Kommiffar Tfufall! Fo ein Tfufall!«

Vor mir stand, am Rand des oberen Kapellenbergfriedhofs, Kriminalhauptkommissar Sepp Donner, mein alter Freund vom Bodensee. Oh Mann, der hatte mir gerade noch gefehlt! Wie kam der Donner vom Bodensee kurz vor Mitternacht auf den Bergfriedhof in Wurmlingen? *Das* konnte kein Zufall sein!

»Wie kommen Fie denn hierher?«, zischte er und zerrte mich auf den Platz zurück, den ich soeben verlassen wollte.

»Dieselbe Frage könnte ich Ihnen stellen!«, antwortete

ich daher ohne Zögern. Zu meinem großen Erstaunen schnauzte er mich nicht an, sondern antwortete ganz brav:

»Ich habe eine anonyme FMF bekommen. Ift die von Ihnen?«

Er fischte sein Handy aus der Tasche, fingerte auf den Tasten herum und hielt mir schließlich die Zeilen einer SMS unter die Nase:

Der Nächste bitte! Tatort: Wurmlinger Kapelle um Mitternacht. Kein Scherz!

Ich verneinte und stellte die beiden Bierflaschen neben dem Grab Eiibiis ab.

»Und waf machen Fie dann hier oben?«

»Schlachtplatte verdauen«, sagte ich.

»Fo? Aufgerechnet auf dem Gottefacker?«

»Frische Luft schnappen«, versuchte ich.

»Und datfu latffen Fie ekftra den Berg hoch? Ertfählen Fie mir doch keinen Ffeiff!«

Ich zuckte mit den Schultern. Irgendwie wurde mir klar, dass ich in der Tat in der ›Ffeiffe‹ saß. Früher oder später würde Donner auf den abgelegten Eiibii stoßen, und dann war ich dran! Zur Tatzeit am Tatort, mit dem Toten verabredet, die vermeintliche Tatwaffe in der Tasche.

Ich war geliefert!

Um abzulenken, fragte ich nach dem Inhalt des Briefs aus Langfrieds Gigbag, den Donner mir abgenommen hatte.

»Geht Fie ja eigentlich nichtf an«, antwortete er. »Ef war nur ein Liebefbrief.«

»Ein Liebesbrief?«

Er zog das graue Kuvert aus seiner Manteltasche und fuchtelte damit vor meinem Gesicht herum. Dann ließ er den Brief wieder in der Tasche verschwinden. Zu gern hätte ich gewusst, was darin stand, und fragte nach. Der verheiratete Posaunist habe wohl ein Verhältnis gehabt, erklärte er mir, und seine Geliebte habe ihm in dem Brief gedroht. Das passte zur Aussage Blättles, der mir ja von der Beziehung Constanzes zu Schieber berichtet hatte. Donner ließ mir keine Zeit, meinen Gedanken nachzuhängen. Da er unbedingt wissen wollte, was ich hier zu suchen hatte, versuchte ich die Flucht nach vorn und faselte ebenfalls etwas von einer Einladung.

»Ebenfalls anonym«, erläuterte ich. »Aber ich war neugierig und bin hierher spaziert.«

»Moment«, stutzte Donner, »Fie haben auch eine Einladung bekommen? Aber wotfu?«

Jetzt war ich am Zug. Ich nuschelte etwas von ›Beerdigung‹ und leuchtete mit meiner Taschenlampe, die zur Ausrüstung eines ordentlichen Privatdetektivs selbstverständlich dazugehört, in die Grube zum offenen Grab Eiibiis. Das Licht traf auf das in Furchen erstarrte Gesicht Bratvogels und seine in den nächtlichen Himmel starrenden Augen. Donners Blick folgte meinem Strahl und erstarrte ebenfalls.

»Mift! Wir find tfu fpät gekommen!«, bemerkte er trocken. »Da werde ich mal Verftärkung holen.«

Er informierte per Handy die zuständigen Kollegen über eine Leiche auf dem Wurmlinger Bergfriedhof.

»Waf heift hier, da wimmeltf nur fo von Leichen!«,

hörte ich ihn maulen. »Natürlich weiff ich, daff daf auf einem Friedhof normal ift. Aber die hier ift friff! – Nein! Nicht friff beerdigt! Friff ermordet!«

Er holte tief Luft und versuchte offensichtlich, dem Beamten am anderen Ende zu erklären, dass diese Leiche noch frisch war.

»Jettft paffen Fie mal auf, Fie Ffwachkopf, ich habe keine Luft, allef tfeimal tfu ertfählen! Hier oben liegt in einem friff aufgehobenen Grab eine friff tfubereitete Leiche ohne Farg. Wir brauchen einen Ftreifenwagen, die Fpurenficherung, die Mordkommiffion und einen Artft, aber tfack-tfack!«

Kopfschüttelnd beendete er das Gespräch.

»Fo ein Arffgeficht!«, fluchte er und holte tief Luft. »Find Fie dabei gewefen?«, fragte er schließlich, »ich meine, alf ef paffierte?«

Ich nickte betroffen.

»Ich war Zeuge«, gab ich zu und begann meine Märchenstunde.

»Alles ging so schnell. Ich sah ihn nur hier in das Grab stürzen, jemand anders lief weg. Ich bin hin, da war er schon tot. Mausetot.«

Uff! Der unbekannte Dritte würde mich vom Fokus der Ermittlungen fernhalten – falls Donner meine Variante der Geschichte glauben würde. Meine Hand umschloss krampfhaft den Lippenbalsam in meiner Tasche. Ich war fest entschlossen, das Beweisstück Doktor Smrt zukommen zu lassen, damit er es auf Zyanidspuren untersuchen konnte.

»Haben Fie eine Ahnung, wie der Mann tfu Tode gekommen ift?«

»Vielleicht hat er sich das Genick gebrochen?«, mutmaßte ich vorsichtig.

»Fie wiffen, wer ef ift? Auch einer auf diefem komiffen Orchefter?«

»Ja. Ein Tenor.«

»Der Sänger?«

»Nein. Schlimmer. Musiker.«

»Komiffe Fache. Tfwei tote Mufiker innerhalb weniger Tage. Ob da jemand daf gantfe Orchefter aufrotten will?«

»Na ja, soo schlecht spielen sie ja dann auch wieder nicht«, warf ich ein.

»Daf kann ich nicht beurteilen. Aufferdem könnte man daf wahrlich einfacher haben. Ein Fprengfattf in die groffe Trommel und Krawumm!«

Er lachte lauthals los, was ich angesichts der vielen Gräber um uns herum als äußerst unpassend empfand. Dann schien ihm wieder einzufallen, dass vor uns noch immer eine Leiche in der Grube lag, und er bat mich, ihm mit der Taschenlampe zu leuchten. Offensichtlich wollte er schon mit der Untersuchung beginnen, bevor die Kollegen eintrafen.

Er kletterte mit meiner Hilfe in das ausgehobene Grab.

»Fo, Genickbruch meinen Fie alfo? Und wie pafft dann daf hier datfu?«

Er hielt mir einen kleinen Gegenstand entgegen, den er offenbar bei dem Toten gefunden hatte, den ich aber im fahlen Licht der Funzel nicht sofort identifizieren konnte. Es sah aus wie ein kleines Büschel Federn, dann sah ich die Metallspitze im Taschenlampenschein leuchten und erkannte den Pfeil.

»Ein kleiner Pfeil! Wie wir ihn im Genick def Pofauniften fichergeftellt haben!«, konstatierte der Kommissar. »Möchte wetten, daff meine Leute daffelbe Gift daran finden werden, ha!«

Ich schluckte trocken. Wie um Himmels willen war der Giftpfeil zu dem Toten in das Grab gelangt?

»Wo steckt er?«, fragte ich daher. Sollte der Mörder auf ihn geschossen haben, während ich mich mit ihm unterhielt?

»Er fteckt gar nicht. Liegt neben feiner linken Ffulter im Dreck. Ift wahrffeinlich beim Fturtf in daf Grab raufgefallen. Die Kollegen werden ffon rauffinden, wo er ihn gepiekft hat. Obwohl er tfiemliche Abffürfungen hat, leuchten Fie mal hierher!«

Mein Strahl erfasste das Gesicht Bratvogels, und der Kommissar verdrehte ihm den Kopf in beide Richtungen. Durch das Schleifen über den Friedhofsweg und in das Grab hinein – die Spuren hatte ich Gott sei Dank verwischt – zogen sich Katzer und blutige Striemen über Hals, Genick und Ohren. Die Gerichtsmediziner würden es nicht leicht haben, hier die Einstichstelle des Giftpfeils zu finden, vermutete ich.

»Diefe Warterei macht durftig«, seufzte der Kommissar und stieg aus der Grube. »Wer weiff, wie lange die auf Tübingen brauchen, bif fie hier oben find!«

Sein Blick fiel auf die beiden Bierflaschen, die ich, nachdem ich auf ihn getroffen war, abgestellt hatte.

»Hätten Fie vielleicht mal 'n Ffluck, Herr Kollege?«, fragte er mit geheuchelter Freundlichkeit. Ich bückte mich und meine Finger umschlossen die beiden Flaschenhälse. Meine Flasche war noch ungeöffnet. Ich fand, es war an der Zeit, mit dem Hauptkommissar Bruderschaft zu trinken.

»Kommen Sie, ich geb' einen aus«, sagte ich leutselig, öffnete meine Flasche mit dem Taschenmesser und achtete peinlich darauf, sie zu behalten, während ich Donner die Bierflasche Bratvogels gab. *Klonk*, schepperte es, als wir anstießen.

»Ich heiffe Fepp«, sagte Donner.

»Rainer. Mit ai.«

»Na dann Profit!«

Kriminalhauptkommissar Sepp Donner setzte an und nahm einen kräftigen Schluck. Dann kam es hoch. Das Blaulicht, das ich schon vor einer Minute in der Ferne blinken gesehen hatte, kam langsam den Berg heraufgekrochen.

»Wo kann man fich denn hier mal erleichtern?«, fragte Sepp, während die ersten Beamten den Bergfriedhof betraten.

Ich unterließ es, auf seine Bierflasche zu deuten.

LEICHEN-SMRT & CO

Nachdem ich als einziger Zeuge den Kriminalbeamten meine Version vom Ableben des Alibert Bratvogel zu Protokoll gegeben hatte, ließ mich Sepp links liegen und wandte sich mit seinen Kollegen dem Tatort und der Leiche zu.

Ich hatte Zeit, nachzudenken. Die Parallelen zwischen den beiden Todesfällen waren erstaunlich. Offensichtlich sollte hier wie da mit dem Giftpfeil über die wahre Todesursache hinweggetäuscht werden. Aber warum? Worin lag der Sinn?

Im Fall von Langfried Schieber konnte ich mir das noch einigermaßen erklären. Wäre er, wie es der Mörder wohl darstellen wollte, während des Konzerts mit einem Giftpfeilschuss in den Nacken getötet worden, würden alle Musikanten, die auf der Bühne saßen, als Täter ausscheiden. Ein perfektes Alibi!

Aber warum der Giftpfeil hier oben auf dem Friedhof? Sollte es ein Hinweis auf denselben Täter sein? Oder war der unwahrscheinliche Fall möglich, dass zwei unterschiedliche Täter es gleichzeitig sowohl auf Schieber als auch auf Bratvogel abgesehen hatten, und der eine durch Hinterlegen des Giftpfeils den Verdacht auf den anderen lenken wollte? Oder hatte ein und derselbe Täter mit zwei Methoden einfach auf Nummer sicher gehen wollen? Giftpfeil plus Zyanid? Oder war alles doch ganz anders?

Was hatten Alibert Bratvogels letzte Worte: »… er musste sterben wegen der Dick- …«, zu bedeuten?

»Wegen der Dick- …?«

Sollte er damit die Digtrom gemeint haben? Ein anderer Gedanke durchzuckte mich wie ein Blitz: oder die dick-e Sängerin? Meine Auftraggeberin, Constanze Voorte-Singh?

Sie hatte mit Sicherheit Gelegenheit gehabt, den Giftpfeil hinter dem Vorhang abzuschießen. Das Alibi, das ihr der Sänger Vico Lahla angeblich geben konnte, hatte ich noch nicht überprüft. Außerdem hatte sie mit Vehemenz behauptet, der Giftpfeil in Langfried Schiebers Genick sei eine Finte gewesen. Wollte sie damit nur von ihrer Tat ablenken?

Aber hatte sie ein Motiv? Ja! Immerhin war die massive Sängerin laut Aussage des Klarinettisten Blättle die Geliebte des verheirateten toten Posaunisten Langfried Schieber gewesen. Jedoch traute ich ihr nicht zu, ihren voluminösen Körper auf die Wurmlinger Kapelle zu hieven. Warum hätte sie sich die Mühe machen sollen, einen Giftpfeil auf Alibert Bratvogel abzuschießen, wo der sich doch mit seinem Lippenbalsam quasi selbst ins Jenseits beförderte? Und vor allem: warum? Hatte er sie als Täterin erkannt? Was hatte er gewusst?

Was hatten die Worte: »… wegen der Dick- …« wirklich zu bedeuten?

Fragen über Fragen. Je länger ich über all das nachdachte, desto sicherer war ich mir, den Mörder der beiden Musiker im Umfeld der Plasmakapelle zu finden. Und Constanze Voorte-Singh würde im Zentrum meiner Ermittlungen stehen, soviel stand für mich fest.

Doch zunächst machte ich mich am nächsten Morgen auf den Weg an den Bodensee in die Praxis von Dr. Smrt.

Über den Spätzlehighway, die A81, die von Stuttgart zum Bodensee führt, erreichte ich Friedrichshafen trotz meines alten Kadetts in gut eineinhalb Stunden. Ich hatte keine Ahnung, wo das Institut des kahlköpfigen Pathologen und Leichenbestatters zu finden war, doch erwies sich meine Vermutung als richtig, in der Nähe des städtischen Friedhofs zu suchen.

Tatsächlich, in einer kleinen Nebenstraße, die unterhalb des Friedhofs an einem Kreisverkehr in das Industriegebiet der Zeppelinstadt führte, leuchtete ein Schild an einem baufälligen barackenartigen Bau. Die ehemals goldene Farbe der Buchstaben blätterte ähnlich ab wie der Putz an der Wand des Gebäudes, doch *Leichen-Smrt & Co* ließ sich ohne Probleme entziffern, und darunter las ich: *Heute gestorben, begraben schon morgen.*

Der schwarze Smart mit dem Blechsarg auf dem Dachgepäckträger stand auf dem einzigen Parkplatz vor der Baracke. Ein kleines silbernes Schild mit den Öffnungszeiten hing neben dem Klingelknopf und gab Auskunft, dass es sich hierbei nicht nur um ein gewöhnliches Beerdigungsinstitut handelte, sondern auch um eine ›pathologische Praxis‹ und das ›Institut für Morbidität und Siechtum der Universität Tübingen, Außenstelle Friedrichshafen‹.

Ich drückte auf den schwarzen Klingelknopf. Von drinnen ertönte ein Totenglöckchen. Danach blieb es still. Es vergingen mehrere Minuten, dann hörte ich näherkommende Schritte hinter der verschlossenen Tür. Endlich wurde geöffnet, und er stand in voller Lebensgröße vor mir: Dürr, hager und glatzköpfig, das Gesicht der Piratenflagge John Silvers aus der ›Schatzinsel‹, die Nickelbrille betonte seinen wissenschaftlichen Auftrag: mein Freund Dr. James Smrt.

»Oh, der Pfeilgiftfroschexperte!«, erinnerte er sich, klopfte mir freundschaftlich auf die Schulter und bat mich, einzutreten. Ich folgte ihm durch einen langen, dunklen, fensterlosen Gang, an dem hinter verschlossenen Glastüren rechts und links mehrere Räume lagen. Meine Nase hatte Probleme, sich an die diversen Gerüche zu gewöhnen, die mir in dem Gang entgegenwaberten und mich an eine Mischung aus Klinik, Imbissbude, Holzhandlung und Kloputzmittel erinnerten.

Dr. Smrt stieß die Türen zu einigen Räumen auf und erläuterte mir im Vorbeigehen deren Zweck.

»Der Verkaufsraum. Urnen und Aschenbecher.«

Nächste Tür.

»Särge in allen Größen und Ausführungen. Eine Stunde Probeliegen gratis. Haben Sie Lust?«

Ich schüttelte dankend den Kopf.

Dritte Tür.

»Die Teeküche für Mitarbeiter, Kunden und zukünftige Klienten. Darf ich Ihnen etwas anbieten? Sahneschnittchen oder Fleischsalat?«

»Nein, danke, ich muss noch fahren.«

»Oder etwas zu trinken?« Er sah zur Uhr. Zehn vor zehn. »Wir könnten den zehn-Uhr-Zug noch schaffen!«

»Ich verstehe nicht?«

Er grinste, öffnete die Kühlschranktür und zog einen kühlen Müller-Thurgau heraus.

»Wo wir doch schon am Bahnsteig stehen!«, fügte er hinzu und öffnete eine Schublade.

»Ich muss nur noch die Weiche stellen«, sagte er und setzte den Korkenzieher an. »Da drüben gibt's die Fahrkarte!« Er deutete auf die Gläser, die auf dem Spültisch standen. Ich nahm zwei davon und stellte fest, dass sich noch verkrustete Rotweinreste darin befanden.

»Ach herrje«, sagte er, »ich hab vergessen, das Signal von Rot auf Weiß umzustellen!«

Rasch gab er zwei Schluck Weißwein in die Gläser und leerte sie. Dann füllte er nach und reichte mir einen der Bembel.

»Zur Einfahrt auf Gleis eins gelangt der Regionalexpress aus Hagnau! Prösterchen! Auf den Zehn-Uhr-Zug! Hätte nicht gedacht, dass ich den heute noch schaffe!«

Er leerte sein Glas und schob mich weiter zur vierten Tür.

»Der Kühlraum für die Langzeitlagerung.«

Ich kam mir vor wie im Eishotel.

Fünf und sechs.

»Die Waschküche für die Neuzugänge. Das Badezimmer mit Dampfstrahler und Moorbad.«

»Moorbad?«, fragte ich nach und erspähte die große Wanne mit schwarzer zähfließender Matschepampe.

»Reine Werbemaßnahme«, erläuterte Smrt, »damit sich die Klienten an das Liegen in feuchter Erde gewöhnen können.«

Die siebte Tür flog auf.

»Der Aufwachraum. Steht fast immer leer.«

Acht.

»Das Labor. Die Sezierstube. Und hier, am Ende des Gangs, mein Allerheiligstes.«

Die neunte Tür flog auf.

»Bitte, treten Sie ein, mein Wertester!«

Ich betrat den Raum am Ende des Flurs und kam mir vor wie in der Schaltzentrale eines Raumschiffs. Modernste Computer, meterbreite Bildschirme, riesige Mikroskope, ein Blinken und Leuchten von Lämpchen und Dioden, medizinische Instrumente, Skalpelle, Pinzetten und anderes metallisch glänzendes Werkzeug.

Auf einem blanken Tisch wölbten sich unter dem sonnenhellen Strahl einer überdimensionalen Lampe nackt die menschlichen Umrisse einer Frau auf einem weißen Laken. Offensichtlich die Leiche, mit der Dr. Smrt gerade beschäftigt war, bevor ihn mein Klingeln unterbrochen hatte.

Als Privatdetektiv bin ich den Anblick von Leichen durchaus gewöhnt, jedoch hier, in dieser seltsam technischen Umgebung, kurz bevor der Doc mit dem Sezieren begann, verursachte mir die nackte Tote leichtes Unwohlsein in der Magengegend.

»Ist Ihnen nicht gut, junger Freund?«, fragte Dr. Smrt freundschaftlich besorgt, »einen Williams vielleicht?«

Ich nickte dankbar.

»Da trinke ich doch einen mit, ich hol ihn nur aus dem Kühlraum, kleinen Augenblick.«

Er wandte sich zum Gehen, und ich sah mich Hilfe suchend um, da ich wenig Lust hatte, in der unheimlichen Umgebung mit einer weiblichen Leiche allein auf den Schnaps zu warten.

»Das heißt, warten Sie!«, sagte Smrt, drehte sich um, ging auf die Leiche zu und rüttelte sie vorsichtig an ihrer Schulter.

»Sezilia, könntest du rasch? Einen Williams für meinen jungen Freund und mich?«

Ich erstarrte, als die nackte weibliche Leiche plötzlich zu sich kam, den Kopf hob, etwas wie »Ist die halbe Stunde schon um?«, faselte, von dem blanken Tisch heruntterglitt, in einen weißen Arztkittel schlüpfte, der über der Stuhllehne vor dem mischpultähnlichen Tisch hing, ihre Füße in weiße Crocs schob und mit eleganten Schritten im Gang verschwand.

»Meine Assistentin Sezilia Stumpf«, erklärte der Doc seinem staunenden Gast und schaltete gleichzeitig mit einem Druck auf einen Knopf an der Wand die helle Leuchtlampe aus.

»Jeden Tag eine halbe Stunde Solarium, man gönnt sich ja sonst nichts«, meinte er lachend, als auch seine Assistentin schon wieder zurückkam und ihm eine Literflasche mit einer klaren Flüssigkeit und zwei Gläser reichte.

»Ich zieh mich noch fertig an und zerlege dann den jungen Bock!«, sagte sie noch und verschwand wieder.

Der Doc schenkte uns ein und bemerkte mein verdutztes Gesicht.

»Sie ist ein wenig unwirsch in ihrer Ausdrucksweise, aber das ist halt die Jugend von heute«, bemerkte er und prostete mir zu. »Wir haben einen Autounfall mit Todesfolge reinbekommen, und fanden beide, dass es zu schade wäre, das überfahrene Reh verkommen zu lassen. Sezilia hat zwei Semester Veterinärmedizin studiert und ihr Vater ist Metzgermeister. Wir teilen uns den Rehbock für Weihnachten.«

Die Gläser klirrten, und ich registrierte dankbar, wie der Williams meine Magennerven wieder beruhigte.

»Verdammt, Sezilia!«, brüllte Dr. Smrt, als er sein Glas geleert hatte, »pass doch auf! Du hast schon wieder den Desinfektionsalkohol mit dem Williams verwechselt!«

Und leise fügte er hinzu: »Ich hab' ihr schon 100 Mal gesagt, sie soll den Willi nicht neben den Reinigungsmitteln aufbewahren! Na ja, was soll's! Die paar Prozent mehr, das härtet ab. Was führt Sie zu mir, junger Freund?«

Ich schluckte trocken, holte den Lippenbalsam, den ich fachgerecht in einen Klarsichtbeutel gepackt hatte, aus meiner Jackentasche und hielt ihn Smrt unter die Nase.

»Ich hätte gern, dass Sie das da untersuchen. Und mich interessiert, was bei der Obduktion von Langfried Schieber herausgekommen ist«, fügte ich noch hinzu.

Smrt nahm die Klarsichtfolie an sich und beäugte deren Inhalt.

»Schieber? Ach ja, dieser tote Posaunist, ich erinnere mich. Nun ja, zweierlei gibt es zu sagen: Erstens, dieser Pfeil in seinem Genick war ein plumpes Ablenkungsmanöver. Vielleicht auch nur ein Scherz. Nicht mal die geringste Spur von Gift. Gestorben ist der Mann an Zyanid. Ich habe Spuren davon in seinem Mund- und Rachenraum gefunden, auf der Zunge, auf den Lippen. Und die Kollegen der Kriminaltechnik haben sein Instrument und das Mundstück unter die Lupe genommen. Man hat das Mundstück zwar gereinigt, aber es waren trotzdem minimale Zyanidspuren nachweisbar, ebenfalls im Posaunenrohr an der Stelle, wo das Mundstück angesetzt wird. Offensichtlich ist Gift in den Schaft gelaufen.«

»Dann sehen Sie sich jetzt diesen Lippenbalsam an!«, sagte ich und beobachtete ihn, wie er die Folie öffnete und vorsichtig seine Nase über den Beutel hielt.

»Oh, eindeutig. Allgäuer Bergkäse!«

Ich war erstaunt. Dieser Mann war wahrhaftig ein Fachmann auf seinem Gebiet. Nicht einmal ich hatte den Geruch wahrgenommen, als ich die Klarsichtfolie aus meinem Rucksack genommen hatte, und doch war es tatsächlich ein Allgäuer Bergkäse gewesen, den ich mir vor zwei Wochen für eine Tour im Laternser Tal als Zwischenmahlzeit in diese Folie eingepackt hatte.

»Und Zyanid, eindeutig!«, ergänzte er jetzt. »Wem gehört dieser Lippenstift?«

»Einem Musiker namens Alibert Bratvogel«, antwortete ich.

»Und wo ist er jetzt?«

»In der Tübinger Pathologie«, sagte ich.

»Bei meinen Kollegen?«, fragte Smrt erfreut. »Moment, das werden wir gleich haben!«

Er nahm das Telefon, drückte die Kurzwahltaste und sprach nur wenige Sätze mit dem Teilnehmer am anderen Ende der Leitung. Dabei nickte er, blinzelte mir zu und legte schließlich auf.

»Sie taten recht, junger Freund, dass Sie zu mir gekommen sind. Dieser Bratvogel ist ebenfalls an Zyanidvergiftung gestorben. Spuren auf Zunge und Lippen!«

Ich grinste und wusste, was ich nun zu tun hatte. Doch ahnte ich nicht, dass ich mein Vorhaben nach dem Willen des Mörders nicht überleben sollte.

PFEILGERADE

Der nächste Konzertauftritt von *Pepe Plasmas Blasmusik* fand noch am selben Abend im südlichen Schwarzwald statt, und ich fuhr zusammen mit Heini Blättle zum Spielort.

Der kleine Ort Menzenschwand liegt am Ende eines einsamen Tals, wo ein Flüsschen namens Alb in einem Wasserschwall vom Feldberg herunterbricht. Direkt am Ufersaum dieses Flüsschens erhebt sich im Hinterdorf eine Halle, wo das Benefizkonzert am Abend zugunsten verschollener Schwarzwaldwanderer stattfinden sollte.

Eine kleine Holzbrücke führt von der Halle über die Alb hinüber zum ›Elchen‹, einem alten Traditionsgasthof, unter dessen Schwarzwälder Walmdach sich unsere Zimmer befanden. Da der ›Elchen‹ weit über den Schwarzwald für seine geniale Küche bekannt ist, waren wir hocherfreut, dort auch unser Essen zu bekommen, zumal im gut sortierten Weinkeller auch über 2000 Flaschen auf uns warteten.

Es war schon erstaunlich, wie schnell Pepe Plasma die Leichen in seinem Orchester kompensierte. Langfried Schieber hatte er kurzerhand dadurch ersetzt, dass einer der doppelt besetzten Tenorhornisten auf die Posaune umgestiegen war. Dies war kein Problem, da die meisten Tenöre parallel auch Posaune spielten, und umgekehrt.

Jetzt musste der Posaunist allerdings wieder zum Tenorhorn zurückkehren, um den verschiedenen Bratvogel zu ersetzen. Pepe rief darauf beim Clubchef der Badischen Blasmusikvereinigung an und bat, man möge doch für den Abend aus einem der südbadischen Musikvereine einen Posaunisten zur Verfügung stellen, für das bisschen Nachschlag.

Der Typ, der dann kurz nach fünf zum Soundcheck erschien, trug noch den blauen Toni mit schwarzen Ölflecken, die Trauerränder unter seinen Fingernägeln boten Nahrung für eine ganze Geierkolonie, und als ich beim Auspacken seines Instruments beobachtete, wie er den durch einen kleinen Hebel gegen das Herausrutschen gesicherten Zug der Posaune mit einer Rohrzange löste, war mir klar, dass der Mann kein Posaunist sondern Hausmeister war. Nun, das war nichts Ungewöhnliches in diesem Register. Es wurde in Insiderkreisen spekuliert, dass es im Großraum München professionelle Streichorchester gab, in denen nur Hausmeister Posaune spielten.

Natürlich war das plötzliche Ableben Eiibiis das Thema Nummer eins während des Soundchecks. Ich erwartete mit Spannung den Auftritt des Gesangstrios und wurde bitter enttäuscht, denn Libuše, die Rose der behmischän Prärie, fehlte.

Ich fragte meinen Nebensitzer, den geschwollenen Heini, nach ihrem Verbleib und er flüsterte:

»Die Kabelková? Die singt heut' nicht. Eiibii war ihr Verlobter, die beiden wollten an Weihnachten heiraten.«

Plötzlich steckte ein kürbisgroßer Kloß in meinem Hals. Libuše, meine Angebetete und der tote Bratvogel ein Paar? Wie konnte mir das entgangen sein! Dabei hatte Constanze doch etwas von Langfried und Libuše erzählt!

Oh wie gern wäre ich ihr Tröster gewesen in diesen schweren Stunden, wie gern hätte ich ihr durch sanftes Streicheln des Halses bis zum Kinn geholfen, die im Schmerz versiegte Stimme wieder zu finden.

Wie gern durch passende Musikantenwitze ihrem Mund zu einem Lächeln verholfen.

Wie gern ihr erzählt, dass es für eine junge, schöne Frau wie sie außer Bratvögeln auch noch andere lebenswerte Hobbys gibt. Doch nichts davon war möglich, denn Libuše hatte in ihrem Schmerz das Zimmer im ›Elchen‹ noch nicht verlassen.

Dafür Constanze!

Und wie! Matronenhaft schwebte – nein! – bebte sie beim Soundcheck auf die Bühne. Eine breite weißschwarze Stola aus dem Fell mehrerer Deutscher Riesenschecken über der Schulter und ein hautenges grünes Glitzerkleid am Leib, stolzierte sie wie eine zweibeinige Python mit der Eleganz der betagten indischen Elefantenkuh, die ich wenige Tage zuvor im Zirkus gesehen hatte, zum Mikrofon, flankiert von Vico Lahla, dem jungen Sänger in ihrem breiten Schatten.

Ich war gespannt.

Würde sich Constanze, die in meinen Augen mittlerweile Hauptverdächtige, durch eine unbedachte

Gebärde oder Äußerung verraten? Doch dann geschah etwas, womit niemand gerechnet hatte.

Es war im elften Takt des Trios der bekannten Polka ›Bist z'alt für mich um auf dich zu steh'n‹, gerade in dem Augenblick, als auftaktig der Einsatz des Gesangsduos erfolgen sollte, als sich Constanze mit einem Aufschrei an ihren breiten Allerwertesten griff und krächzend wie ein Wiedehopf den Pfeil, den sie aus der Arschbacke gezogen hatte, in der Hand haltend, die Bühne verließ.

Heini Blättle neben mir klopfte sich prustend auf die Schenkel und steckte das Klarinettenmundstück, das er abgenommen hatte, zurück auf die Birne seines Instruments. Pepe Plasma brach die Polka ab und eilte hinter seiner Kammersängerin her.

Was war geschehen?

Nun, das wusste keiner so genau, dafür war die ganze Sache viel zu schnell gegangen. Aber durch Tuscheln und Flüstern sprach sich schnell herum, dass wohl irgendeiner sich den Spaß gemacht hatte, Constanze diesen Pfeil unter die Haut zu schießen. Ich schielte auf Heini, der verschmitzt lächelnd die Schultern zuckte und auf seine Klarinette zeigte.

Hatte er das Instrument als Blasrohr genommen und sich als Kammerschütze betätigt? Zuzutrauen war es dem Spaßvogel allemal. Doch woher stammte der Pfeil? Und was, wenn er vergiftet war?

Ich sprang auf und eilte von der Bühne, der kreischenden Sängerin und dem verwirrten Orchesterleiter hinterher. Constanze hatte ihre Stallhasenstola eng um sich geschlungen und war eiligen Schritts aus der Halle geflohen, hinüber ins Hotel. Ich folgte ihnen in gebührendem Abstand.

Ich fand den Dirigenten und seine Sängerin in inniger Umarmung in der Halle des ›Elchen‹, beobachtet nur vom ausgestopften Birkhahn und dem präparierten Dachs, die von ihrer luftigen Position aus der plärrenden Sängerin geradewegs in den Ausschnitt zu starren schienen.

Tröstend, wie ich es bei Libuše allzu gern getan hätte, hielt Pepe mit geschlossenen Augen die heulende Sirene in den Armen, massierte ihr zärtlich den Stier- bzw. Kuhnacken und benetzte mit seinen Lippen ihre nass geweinten Wangen. Die Pfeilspitze ragte aus ihrer krampfhaft geschlossenen Faust.

Die beiden hatten mich nicht bemerkt als ich eintrat, ich schlich mich von hinten an die Kammersängerin an, fuhr ihr sanft mit den Fingerspitzen über den Unterarm bis zur geschlossenen Faust, wo meine Finger eine auffordernde Samba trommelten. Meine Absicht gelang, ihre Verkrampfung löste sich, und sie ließ den Pfeil in meine Hand gleiten, sicher in der Annahme, ihn Pepe übergeben zu haben.

Ich bemühte mich, diese Illusion nicht zu zerstören und schlich, leise und unhörbar, wie ich gekommen war, die Tatwaffe in meiner Hand, die Treppe zu meinem Zimmer im ersten Stock hinauf.

Dort unterdrückte ich den Gedanken nach einem

Schluck Whisky aus meinem Flachmann und betrachtete den Pfeil eingehend. Die Spitze war trocken, offensichtlich nicht präpariert. Auch kein Geruch war festzustellen. Ein Fall für Dr. Smrt, dachte ich und steckte den Pfeil ein. Womöglich wirklich nur ein übler Scherz, doch ich beschloss dennoch, mir den verdächtigen Scherzkeks vorzunehmen.

Als ich die breite Treppe wieder hinunterstieg, hörte ich Stimmengewirr aus der Gaststube und fand dort die übrigen Musikanten, die die Anspielprobe abgebrochen hatten und an einigen Tischen um den grünen Kachelofen herum saßen. Offensichtlich warteten sie auf das Catering.

Heini Blättle verzehrte als Einziger schon einen Rostbraten mit Bratkartoffeln in auf Sonderbestellung gereichter Knoblauchsoße und hatte ein Weizenbier im Glas. Umringt von einigen Musikerkameraden demonstrierte er tatsächlich schmatzend, wie er die Klarinette als Blasrohr angesetzt und den Pfeil auf Constanzes Allerwertesten abgeschossen hatte.

»Sag mal, spinnst du, was soll der Scheiß?«, fuhr ich ihm dazwischen. »Ist dir klar, was du da angerichtet hast? Die Frau steht Todesängste aus! Was, wenn der Pfeil vergiftet war?«

»Ach was, krieg dich wieder ein«, meinte er abwiegelnd. »Das war ein Auftragswerk!«

»Auftragswerk – wie meinst du das?«

Heini Blättle winkte mich näher heran, bis ich seinen Knoblauchodem deutlich spürte, und senkte seine

Stimme zu einem Flüstern. Die Umstehenden spitzten ihre Ohren, doch Heini sagte so leise, dass nur ich es hören konnte:

»Muss unter uns bleiben, kein Wort, auch nicht zu Constanze!«

Ich nickte.

»Die Alte hat mir selbst den Auftrag gegeben. Sollte ihr das Ding pfeilgrad in den Arsch schießen! Weiß auch nicht warum, aber die Sache war ihr einen Rostbraten und ein helles Hefe wert.«

Die Verwirrungen schienen kein Ende zu nehmen. Constanzes Rolle in dem musikalischen Mordkomplott wurde immer undurchsichtiger. Sollte sie selbst den Pfeil auf Langfried abgeschossen haben – was bezweckte sie dann mit dieser Aktion?

Plötzlich ging mir ein Licht auf: Wenn sie Heini tatsächlich heimlich beauftragt hatte, den Pfeil auf sie abzuschießen, wollte sie damit doch nur vom Verdacht gegen sich ablenken!

Doch sie hatte dabei nicht mit meinem detektivischen Scharfsinn gerechnet …

WER IST MERDÄR?

Vico Lahla saß etwas abseits vom restlichen Orchesterpulk in der Gaststube und grübelte. Was ging dem einsamen Sänger durch den Kopf?

»Würdest du heute Abend auch allein singen?«, fragte ich und riss ihn aus seinen Gedanken.

»Allein?«, fragte er zurück und schien nicht zu verstehen, was ich meinte.

»Wenn Constanze auch ausfällt, meine ich«, erläuterte ich den Hintergrund meiner Frage.

»Constanze? Die fällt nicht aus wegen des kleinen Pfeils in ihrem fetten Arsch. Oder glaubst du, ein Rennpferd galoppiert nicht, bloß wegen eines Mückenstichs?«

Ich unterdrückte ein Lachen. Vico hatte es auf den Punkt gebracht. Constanze hatte einen theatralischen Auftritt inszeniert, um zu beweisen, dass sie Opfer und nicht Täterin war. Und heute Abend würde sie auferstehen wie ein straußengroßer Phönix aus der Asche und als Sängerin glänzen, zumal ihre Konkurrentin, mein böhmischer Sonnenschein Libuše, nicht in den Ring trat.

»Sag mal, Vico, an dem Abend, als Langfried starb, wo warst du während des Konzerts, solang du nicht gesungen hast?«

»In der Garderobe oder hinter der Bühne. Warum?«

»Constanze hat behauptet, zur Tatzeit mit dir backstage gewesen zu sein.«

»Während der Schorle-Polka?«

»Richtig.«

»Das kann nicht sein. Bei der Schorle-Polka war ich für mich. Hatte Probleme mit meiner Perücke.«

»Perücke?«

»Jawoll.« Er griff sich in die Haare und riss sich das Toupet vom Kopf. Kahlköpfig wie Dr. Smrt leuchtete sein Schädel, und der jugendliche Tenor wirkte um 20 Jahre älter.

»Die Perücke war verrückt, auf meinem Kopf nach links. Musste das vor dem Spiegel reparieren.«

»Und Constanze? Wo war sie zu dieser Zeit?«

»Hinter der Bühne.«

»Allein?«

Vico Lahla nickte und stülpte sich seinen Haarersatz wieder über.

»Mir ist ganz schlecht auf einmal von all diesen schlimmen Sachen«, klagte der Sänger plötzlich.

»Ich hab Whisky in meinem Flachmann. Nimm mal einen Schluck, das hilft! Zimmer 11 im ersten Stock, hier ist der Schlüssel«, bot ich an, und er nickte dankbar. Mit meinem Zimmerschlüssel in der Hand wankte er nach draußen.

Mein innerer Schweinehund lachte. Constanze hatte verspielt! Ihr Alibi war soeben flöten gegangen. Ich beschloss, am Ball zu bleiben. Was mir fehlte, war ihr Motiv. Welchen Grund hatte sie, Langfried Schieber zu töten?

Noch ahnte ich nicht, dass die Antwort auf diese

Frage von keiner Geringeren kam als von Libuše Kabelková, der reizenden Rose der böhmischen Prärie, die in diesem Augenblick mit tränenroten Augen neben mir auftauchte.

»Kennän wir geheimlich sprechän?«, hauchte sie. »Weiß ich, wär ist Merdär …«

Ich verzichtete auf das Catering im ›Elchen‹, schweren Herzens, muss ich zugeben, denn es sollte die Spezialität des Hauses geben. All diejenigen, die bei früheren Konzerten schon einmal im ›Elchen‹ gegessen hatten, schwärmten in den höchsten Tönen vom ›Ponderosateller‹, einer Kreation des schwäbischen Küchenchefs Frieder, der sein halbes Leben auf einer Ranch im Wilden Westen Arizonas verbracht hatte.

Zarteste Filets von texanischem Schwein, wyoming'schem Kalb und coloradiertem Rind, auf deftigen amerikanischen Wilden Kartoffeln, mit Schwarzwälder Speck und badischen Röstzwiebeln garniert. Das Fleisch plattierte Frieder bei seinen Ausritten unter dem Sattel seines Schwarzwälder Fuchses, die Kartoffeln aus den Äckern zwischen Mississippi und Arkansas wurden in gekochtem Zustand nur kurz mit etwas Butterschmalz angebraten, damit ›Farbe und Power‹ stimmten, und kurz bevor sie aus der Pfanne kamen, lieferten Zwiebel und Speck eine durchschlagende Würze.

Doch meine Ersatzmahlzeit hieß heute Libuše, und die Gelegenheit, mit ihr ungestört zu plaudern, war nie günstiger als zum Zeitpunkt der Trogsitzung, wenn sich die hungrigen Musikanten über das angerichtete Essen hermachten, so lang, bis es nichts mehr hermachte.

Nie sah man die Jungs schneller laufen als zu dem Zeitpunkt, wo der Hornruf – zweimal lang, viermal kurz, einmal lang – zum Catering ertönte oder einer das Zauberwort ›Essen!‹ aussprach.

Dieselben Menschen, die zwei Stunden später beim Betreten der Bühne den Bewegungsdrang einer müden Mammutherde aus Ice-Age versprühten, rannten wie Kühe wenn's zum Melken geht, drängten durch die Tür und nahmen erwartungsfroh Aufstellung am Trog.

Die Ersten, das verhieß ein ungeschriebenes Gesetz, häuften sich Berge von totem Tier und was sonst noch rein musste, auf den Teller, bis er überquoll, die Nachfolgenden fischten sich die Fleischreste aus der Soße, und den Letzten blieb noch die Möglichkeit, Panade und Eingebranntes aus den Blechwannen zu kratzen oder Brotreste in Soße zu tunken.

Immerhin gehörte Essen an sich zu den Lieblingsbeschäftigungen von Pepe Plasmas Truppe, was wissenschaftlich durchaus am Leibesumfang der Betroffenen belegt werden konnte.

Doch an jenem Abend, wie gesagt, hatte ich der Völlerei entsagt, um mich ungestört mit meiner Libuše unterhalten zu können. Wir hatten uns in ihr Zimmer zurückgezogen und uns auf dem breiten Sofa niedergelassen, wo sie – noch immer unter Tränen – in meinen starken Armen ruhte.

Bratvogels Ableben hatte sie sichtlich mitgenommen

und sie schluchzte ununterbrochen, während sie mir in ihrem süßen böhmischen Dialekt erzählte:

»Bin ich schuld«, begann sie. »Hab ich gemacht Schluss mit Eiibii wegän Liebä mit Langfried. Constanze war sich eifersichtig wie verriggd, hat gesagt, soll ich aufheran mit machen Liebä mit Langfried.«

»Ich dachte, du warst mit Eiibii verlobt? Ihr wolltet an Weihnachten heiraten?«

»Ja schon. War auch gligglich mit Eiibii. Aber nach einmal geprobiert Vegäln mit Langfried, hab ich iberlägt anders. Liebä war sich viel schenär mit Langfried als mit Eiibii!«

Oh mein Gott! In welches Sodom und Gomorra war ich da geraten? Ein Beziehungsdrama aus Eifersucht und verschmähter Liebe?

Doch wenn das stimmte, hatte ich endlich mein Motiv für die Täterin Constanze. Sollte sich Langfried tatsächlich wegen Libuše von Constanze abgewandt haben, hatte sie allen Grund gehabt, ihn umzubringen. Eifersucht war nach den offiziellen Kriminalstatistiken immer noch das Mordmotiv Nummer 1.

Jetzt jedoch wollte ich hören, was mir Libuše zu enthüllen hatte, und ich dachte an die Worte, mit denen sie mich hierher gelockt hatte. *Weiß ich, wär ist Merdär …*

»Wer?«, fragte ich daher, »wer hat Langfried und Alibert umgebracht?«

»Merdär ist …«, hob sie an und kam nicht weiter.

»Viiiiiico! Aaaaaaaah!«

Der Schrei gellte durch die verschlossene Tür und kam aus dem gegenüberliegenden, nämlich meinem Zimmer. Ich eilte auf den Gang und sah Constanze aus meinem Zimmer taumeln, grün im Gesicht wie ihr Abendkleid und die schwarzweiße Rammlerstola im Schlepp.

»Vi-co …«, stammelte sie, und ihre Stimme erstarb unter meiner Tür in einem Röcheln.

Ich drängte mich an der massiven Sängerin vorbei und starrte auf den Mann, der regungslos vornübergebeugt auf dem Stuhl hing. Mein Flachmann war ihm aus der Hand gekippt, und eine goldgelbe Lache herrlichen Whiskys glänzte auf dem Holzboden neben seinem Toupet, das ihm offensichtlich entglitten war.

»Er ist tot!«, kreischte Constanze, und ein kritischer Blick auf den Regungslosen überzeugte mich davon, dass sie recht hatte: Vico würde nie mehr Lala machen.

FLACHMANN

Bald schon waren einige der anderen Musikanten, alarmiert durch Constanzes Schreikrampf, über die Treppe nach oben geeilt und drängten sich durch die geöffnete

Tür in mein Zimmer. Ich spielte meine ganze Autorität aus, um sie vom Tatort fernzuhalten und brüllte:

»Stopp! Keinen Schritt weiter! Jeder von euch, dessen Fingerabdruck oder Klamottenfussel man hier findet, macht sich verdächtig. Macht die Tür von außen zu und ruft die Polizei! Und sagt das Konzert ab!«, fügte ich noch hinzu.

»Das können wir uns nicht leisten«, fauchte Pepe Plasma, der gerade herbeigeeilt war. »Die Bude ist ausverkauft!«

»Aber Sie haben keine Sänger!«, entgegnete ich, »Libuše trauert, Constanzes Stimme taugt bestenfalls noch für Zahnersatzwerbung, und Vico ist tot!«

»Dann spielen wir eben ohne Sänger!«, donnerte der Orchesterchef.

»Endlich eine gute Nachricht!«, rief einer aus dem hohen Blech.

»Das wird ein schönes Konzert«, hörte ich noch den Schlagzeuger sagen, dann schloss ich die Tür von innen.

Ich war mit Vico allein.

Zwei tote Menschen und ein toter Sänger innerhalb von wenigen Tagen! Langsam wurde mir die Sache unheimlich. Warum, um alles in der Welt, musste Vico Lahla sterben?

Weil er Constanzes Alibi zum Platzen gebracht hatte? Hatte sie beobachtet, wie er mit mir getuschelt hatte? Weil er womöglich der einzige Zeuge gewesen war, der den Mörder oder die Mörderin kurz vor oder nach dem

Mord an Langfried Schieber hinter der Bühne gesehen hatte?

Aber wie war er umgebracht worden? Ich suchte in meinem Zimmer nach einem Giftpfeil oder anderen Spuren. Fehlanzeige. Dann überwand ich meine Scheu und hob den Kopf des Toten ein wenig an. Sein Kinn hatte auf der Brust geruht, ein dünnes Rinnsal war aus seinen Mundwinkeln gelaufen und hatte einen dunklen Fleck auf seinem Hemd hinterlassen.

Mein guter zwölfjähriger Laphroaig!, dachte ich und trauerte dem verschwendeten teuren Single-Malt nach, der sich in der gelben Lache neben dem Ermordeten ausbreitete.

Vorsichtig roch ich an dem Fleck auf Vicos Hemd, um den Whiskyduft einzuatmen, und fuhr erschrocken zurück. Das war nicht der erdige, torfige Duft der schottischen Highlands, der mir hier entgegenschlug. Nein, der herbe, mir inzwischen vertraute Geruch von Bittermandeln stach mir in die Nase!

Mein Blick fiel auf den Holzboden, wo sich die Lache wie eine Krake in Zeitlupentempo Vicos Toupet näherte und von den Kunsthaaren wie in einem Sumpf aufgesogen wurde. Vorsichtig ließ ich mich auf die Knie nieder und näherte meine Nase wie ein schnüffelnder Zwergpinscher der bernsteinfarbenen Flüssigkeit. Der Bittermandelduft war auch hier unüberriechbar. Vico Lahla hatte statt meines Whiskys Zyanid zu sich genommen!

In mir stieg ein Verdacht auf, der mein Herz bis zum

Hals schlagen ließ. Vico hatte nicht Zyanid *statt* meines Whiskys zu sich genommen, sondern Zyanid *mit* meinem Whisky!

Ergo galt der tödliche Giftanschlag ursprünglich gar nicht dem Sänger Vico Lahla, sondern dem Besitzer des Flachmanns, nämlich – *mir*!

Die Erkenntnis schlug mir in Sekundenbruchteilen auf den Magen, und ich fühlte in mir das drängende Bedürfnis nach Erleichterung. Ich schaffte gerade noch rechtzeitig den Sprung auf die Schüssel und spürte es überdeutlich: Ich hatte Schiss, im wahrsten Sinn des Wortes!

Als ich mich nach Minuten wieder erhob und in das Zimmer zurücktaumelte, wusste ich, dass ich Gewissheit brauchte. Da ich keine Handschuhe bei mir trug, aber auf dem Flachmann weder Fingerabdrücke verwischen, noch meine eigenen hinterlassen wollte, nahm ich die Marschgabel aus meinem Flötenkoffer zu Hilfe.

Man benützt diesen zangenförmigen Miniaturnotenständer, der bei Flötisten oder Piccolospielern am Unterarm befestigt wird, als Notenhalterung während der Marschmusik. Zwei starke Sprungfedern sorgen dafür, dass die Noten festgeklemmt werden können, und genau mit dieser Greifgabel setzte ich jetzt meinen Flachmann an und hielt ihn unter meine Nase. In just dem Moment, als sich zwei Zentimeter unterhalb meines Riechorgans mein schlimmer Verdacht bestätigte, flog die Zimmertür auf, und herein polterte kein anderer als Kriminalhauptkommissar Sepp Donner.

»Daf gibtf doch nicht!«, hörte ich ihn mich begrüßen, »Fag bloff, da ift ffon wieder einer von den Bläfern auf der Ftrecke geblieben?«

Wo kam der denn plötzlich her? Reiste er jetzt schon der Plasmatruppe hinterher, in der Hoffnung auf einen neuen Fall? Oder gab es neue Erkenntnisse, die er verfolgte?

Er deutete auf den toten Vico, fasste gleichzeitig mich ins Auge und den Flachmann, den ich immer noch wie angesetzt mit der Marschgabel unter meine Nase hielt.

»Alfo Herr Kollege!«, mahnte er, »Ffnapf im Dienft! Wenn ffon, dann bitte gleichef Recht für alle!«

Sprach's, nahm mir den Flachmann aus der Hand und setzte zum tödlichen Schluck an. Ich hatte keine andere Wahl, zielte und schlug ihm im Bruchteil einer Sekunde die schmale Aluflasche aus der Hand.

Ob ich dabei zu weit ausgeholt oder den Schwung nicht richtig berechnet hatte, weiß ich nicht, doch schoss meine Faust über das Ziel weit hinaus und pflanzte sich haarscharf auf das Kinn des verdutzten Kommissars, der nach hinten wegtaumelte und zu Boden ging. Dort blieb er flach liegen, alle Viere von sich gestreckt, und um seinen Mund spielte das seltsam zufriedene Lächeln eines träumenden Mannes.

Der Flachmann aber landete unversehrt auf dem Boden, und nur wenige Tropfen des Giftcocktails gingen verloren. Ich beugte mich über den k.o.-gegangenen Kommissar und untersuchte seine Lebensfunktionen. Er schlug die Augen schon wieder auf, erkannte mich und fuhr mich an:

»Bift du eigentlich noch gantf bei Troft, du Arffgeficht?«

Im selben Augenblick standen zwei Uniformierte in der Tür. Sicher die Beamten, die von den Musikern gerufen worden waren. Sepp Donner rappelte sich auf, zeigte zuerst seinen Dienstausweis und dann auf mich.

»Nehmen Fie diefen Mann feft, unvertfüglich! Verfuchter Mord und Mord in Tateinheit!«, brüllte er.

»Versuchter Mord?«, stammelte ich.

»Wollen Fie etwa leugnen, daff Fie gerade verfucht haben, mich umtfubringen?«, zischte er, und war zu meinem Erstaunen zum förmlichen ›Sie‹ gewechselt.

»Allerdings!«, widersprach ich, »das Gegenteil hatte ich vor. Ich habe dir das Leben gerettet!«

Ich betonte das ›du‹. Keiner in dem Raum hörte auf mich. Handschellen umschlossen meine Handgelenke, die Belehrungsformel mit von wegen »… kann gegen Sie verwendet werden …« wurde abgeleiert, und man drängte mich unsanft aus meinem Zimmer.

»Achten Sie darauf, dass niemand aus meinem Flachmann trinkt!«, warnte ich noch auf dem Weg zum Vernehmungsfahrzeug der Polizei, doch ich war mir nicht sicher, ob man meinen Worten Beachtung schenken würde.

Nun gut, das war nicht mehr mein Problem, ich hatte meine Pflicht getan und musste nun darauf bedacht sein, selbst mit heiler Haut aus der Sache herauszukommen. Gott sei Dank hatte ich ein wasserdichtes Alibi in Gestalt der bezaubernden Libuše, die bezeugen würde, dass ich während der Tat mit ihr in ihrem Zimmer weilte.

PUSTEBLUME

Ich übergehe jetzt das Verhör durch zwei südbadische Kriminalbeamte. Ich hatte alles, wie es sich abgespielt hatte, zu Protokoll gegeben und auf Libuše Kabelková als Alibi verwiesen.

»Des kenne Se vergesse. Wenn wirklich Gift in ihrm Flachmann war, hedde Se des scho Schtunde vorher eifülle kenne. Und dann sin Se zu dere Sängerin, bis der Kerle 's Gift g'soffe hedd. E scheens Alibi!«

Während ich noch über diese badische Logik nachdachte, tauchte Kriminalhauptkommissar Sepp Donner auf und quetschte sich in das Vernehmungsfahrzeug.

»Kümmern Fie fich um diefe tffechiffe Fängerin, und quetffen Fie fie auf! Ich möchte wiffen, wie fie darauf kommt, diefen netten jungen Mann hier der Tat zu beffuldigen!«, wies er die Kollegen an.

Mein Magen krampfte sich zusammen. Hatte ich richtig gehört? Libuše bezichtigte mich der Tat? Ich hatte keine Zeit, länger darüber nachzudenken, denn der Donner nahm mich in Beschlag.

»Daf war ein aftreiner Kinnhaken«, sagte er anerkennend und rieb sich den Unterkiefer, »und ich atteftiere, du bift fo waf wie mein Lebenfretter!«

Da hatte der Mann wohl recht. Ohne mein Eingreifen hätte der Gute sicher den halben Flachmann auf einen Zug leer gezwitschert und sich eine astreine Zyanidvergiftung eingefangen. Doch ein Dankeschön hatte ich von diesem Menschen nicht zu erwarten. Er gehörte zu jener Spezies, die ihre Gefühlskälte noch dadurch betonen, dass ihnen Worte wie Bitte oder Danke nie über die Lippen kommen. Und so wechselte Donner auch ohne Umschweife das Thema und kam auf Libuše zu sprechen:

»Diefe Fängerin mit dem böhmiffen Aktfent, Libufe – oder wie fie heifft – ich glaube, die will dich reinreiten!«

»Wie das?«, fragte ich.

»Nun, fie behauptet gehört tfu haben, wie du diefen Fänger aufforderteft, auf dem Flachmann tfu trinken.«

»Das stimmt! Vico ging's schlecht. Da hab ich ihm meinen Whisky angeboten und ihm meinen Zimmerschlüssel gegeben.«

»Warum gingf ihm fflecht?«

»Nun, diese Morde an Langfried und Eiibii sind ihm sehr nahe gegangen. Als ihm klar wurde, dass vielleicht seine Kollegin Constanze etwas damit zu tun haben könnte, ist ihm das wohl auf den Magen geschlagen.«

»Confiantfe Voorte-Fing? Waf foll fie mit den Morden tfu tun haben?«

»Sie war das letzte Verhältnis von Langfried Schieber.«

»Dem Pofauniften?«

»Rrrichtig!«

»Und defhalb foll fie ihn vergiftet haben?«

»Langfried hatte ihr den Laufpass gegeben.«

»Laufpaff? Warum?«

»Er hatte was mit Libuše.«

Donners Blick war starr auf mich gerichtet. Man sah ihm an, dass in seinen Gehirnwindungen der Großrechner hochfuhr. Diese Information musste er erst einmal verarbeiten. Klang ja auch reichlich kompliziert. Eine der beiden Sängerinnen hatte was mit dem ersten Ermordeten, der das Verhältnis beendete, weil er was mit der anderen Sängerin angefangen hatte. Der Kommissar dachte nach, was ihn sichtlich Zeit und Anstrengung zu kosten schien.

»Feit wann wufftefst du, daff in deinem Flachmannwhifky Tfyanid war?«, fragte er schließlich.

»Das habe ich erst festgestellt, nachdem ich Vico gefunden hatte.«

»Hm. Und woher weifft du von den diverfen Verhältniffen der Fängerinnen tfu diefem Pofauniften?«

»Das hat mir Libuše gestanden.«

»Aha. Dann fieht die Fache natürlich gantf anderf auf. Diefe Eiferfuchtfgeffichte müffen wir überprüfen. Und diefe Frau nehmen wir am beften gleich mal feft.«

»Constanze?«

»Nein. Libufe.«

Ich erschrak. Libuše?

»Aber warum sie? Constanze hatte einen Grund, ihren treulosen Liebhaber zu ermorden, aber Libuše doch nicht!«

»Wer weiff. Erinnerft du dich an diefen Brief, den du in Langfriedf Gigbag gefunden haft?«

Der Brief, von dem Constanze erzählt hatte? Donner hatte ihn mir abgenommen, nachdem ich ihn in Langfried Schiebers Posaunenetui gefunden hatte.

»Was hat dieser Brief mit Libuše zu tun?«, fragte ich den Kommissar.

Er reichte mir das graue Kuvert, und ich las die wenigen Zeilen, die mit sanft geschwungener Frauenhandschrift an den *lieben Langfried* gerichtet waren:

… und so bitte ich dich, es dir noch einmal zu überlegen, denn wenn du es dir nicht anders überlegst, lässt du mir keine andere Wahl, als das wahr zu machen, wovon ich dir erzählt habe. Und das täte mir sehr, sehr leid.

In großer Liebe.

Deine Libuše.

Ich schluckte. Langfried hatte Libuše den Laufpass gegeben? Nicht umgekehrt, wie sie mir weisgemacht hatte? Das ließ die ganze Geschichte wieder in einem anderen Licht erscheinen, denn dann hätte Constanze ja doch keinen Grund gehabt, Langfried umzubringen.

»Fie hat ihm gedroht«, betonte Donner.

»Ihn umzubringen?«

Donner nickte.

»Fo ffeint ef.«

Ich las den Brief noch einmal. *Lässt du mir keine andere Wahl …*

Jetzt beendete mein Hirn den Standbybetrieb und fuhr hoch. Auf einmal machte alles Sinn! An Libuše hatte keiner gedacht, weil sie offensichtlich kein Motiv hatte. Doch wenn Donners Theorie stimmte, sah das alles anders aus: Zuerst brachte Libuše Langfried um, weil er ihre Liebe nicht erwiderte, und dann Eiibii, weil er der Einzige war, der ihr Motiv kannte! Und vielleicht war er ja eifersüchtig?

›Hab ich gämacht Schluss mit Eiibii wägän Liebä mit Langfried.‹

Und mich hatte sie um den Finger gewickelt, dieses falsche Luder! *›Weiß ich, wär ist Merdär!‹*

Von wegen!

Das hatte sie nur gesagt, um mich in die Falle zu locken.

Mischte kaltblütig Zyanid in meinen Whisky, um auch mich aus dem Weg zu räumen, weil sie mich für gerissen genug hielt, sie als Täterin zu entlarven. Wie geschickt sie durch die Blasrohrpfeile den Verdacht auf Constanze gelenkt hatte!

Ich rief noch einmal den ersten Tatort auf. Ich hatte zunächst auf einen Schuss durch den Vorhang getippt, doch dort hätte der Schütze überrascht und die Blasrohrklarinette gesehen werden können. Viel logischer erschien mir inzwischen als vermeintliche Abschussplattform für den Pfeil der schmale Laufsteg hoch über der Bühne direkt unter der Decke. Dort hatte ja auch die Klarinette gelegen.

Constanze wäre dort oben vielleicht stecken geblieben. Für ein sweet little Rehlein wie meine Libuše war es ein Leichtes, über die kurvenreiche Wendeltreppe, die in einer engen Spirale nach oben führte, dorthin zu gelangen und über den Steg in die Richtung zu schleichen, wo fünf Meter weiter unten Langfried gesessen hatte. Donners Stimme riss mich aus meinen Gedanken:

»Du bift wohl etwaf erftaunt über diefe Neuigkeit, Herr Kollege?«, fragte er.

»Nein … – ääh – ja, ich meine … es ist alles ganz anders, als ich dachte. Würdest du mir diesen Brief bitte überlassen?«

»Du kannft ihn behalten. Wir haben ihn eingefcannt. Und nun fei nicht traurig. Manche Blume entpuppt fich bei genauerer Betrachtung alf Kaktuf.«

Ich nickte.

Meine zarte Rose der böhmischen Prärie als Zyankalimörderin mit einem Blasrohr als Ablenkungsmanöver … eine Pusteblume!

DRUMSYLVANIER

Das Konzert von *Pepe Plasmas Blasmusik* in Menzenschwand wurde zum grandiosen Erfolg – dank des Ausfalls des Gesangstrios. Pepe grub sämtliche Instrumentaltitel aus, die er in der Notenkiste fand, und so kam das Publikum in den Genuss einiger längst verstaubter und lang nicht mehr gespielter Musikstücke, was man den Werken auch anhörte.

Ich selbst hatte mein allergrößtes Vergnügen beim sogenannten Vom-Blatt-Spiel, bei dem man die Stücke einfach so runter rotzt, wie sie auf dem Notenpult liegen, ohne Rücksicht auf Tonart und ähnliche Nebensächlichkeiten. Neben mir saß mein Freund Heini Blättle und zeigte mir, wie ein Profi es macht.

Seine Finger huschten nur so über die silberbeschichteten Klappen seines Holzprügels, und sein Spiel strotzte nur so vor Virtuosität. Beim Tempo seiner Läufe und Triller konnte jedoch kein Mensch kontrollieren, ob das Zeug, das er spielte auch nur annähernd so ähnlich auf dem Notenblatt stand, aber es klang unheimlich geil und turnte auch mich an.

Und so perlten auch die Töne meiner inzwischen eingespielten Flöte heiter aus dem vom toten Guppy befreiten Rohr, hüpften trillernd auf und nieder und umspielten mit einer göttlichen Leichtigkeit das, was die anderen Bläser als Melodie zu spielen versuchten.

Pepe Plasmas Bewegungen passten sich unserer Spieltechnik an, und bald schon ruderten seine Arme so wild in der Atmosphäre, dass der Lufthauch so manches Notenblatt vom Ständer wehte.

Ich kann mich nicht erinnern, das Orchester je so frei und froh gehört zu haben, zumal es keine Sänger gab, derentwegen man seine Spielfreude bremsen und die Lautstärke drosseln musste. Textverständlichkeit spielte keine Rolle, die Dynamik war immer auf ›on‹ programmiert, und was die Tempi anging, ließen wir es einfach laufen.

Da sich auch die anderen Musikanten an die Spielregel ›weniger ist mehr‹ hielten und überflüssige Vorzeichen wegließen oder Notenwerte abrundeten, klangen manche Stücke zwar seltsam verfremdet, aber in sich dann doch wieder sehr harmonisch. Irgendwie gelang es Pepe Plasma auch, die einzelnen Stücke überzeugend zu beenden, was nicht zuletzt auch der Geistesgegenwart des Schlagzeugers Vlad Vell zu verdanken war.

Überhaupt entpuppte er sich an diesem Abend einmal mehr als unersetzliche Stütze des Orchesters, denn egal wie wild Pepe Plasma mit den Armen ruderte und durch eindeutige Zeichen Temponuancen und Lautstärke der einzelnen Register anzuzeigen versuchte, der Drummer zog sein Ding durch. Mit Beckenschlägen und Wirbel, Paradiddle und Rimshot (das sind fachspezifische Schlagzeugtechniken, mit denen jeder Drummer gern um sich schlägt, ohne zu wissen, wie sie wirklich gehen) riss er alles an sich, und die Band folgte ihm willig.

Für Musikwissenschaftler und Theoretiker im Publikum war das Konzert der eindeutige Beweis, dass ein gutes Orchester auch ohne Dirigenten auskommt, das heißt ohne das Zerteilen der Luft in gleichschenklige Dreiecke und ähnliche geometrische Formen, was bei den meisten Orchestern eher zu Verwirrung als zu Einheit führt. Jene stellt in solchen Fällen dann der Schlagzeuger her, wie auch im Falle von *Pepe Plasmas Blasmusik*.

Wirklich gute, spielfähige Ensembles wie Streichquartette oder Klavierduos haben sich daher schon im Lauf der Musikgeschichte entschlossen, ohne Dirigenten aufzutreten, was ihrem Erfolg allerdings ebenso wenig Abbruch tat wie der endgültige Verzicht auf einen Schlagzeuger.

Auch in neuzeitlichen modernen Besetzungen übernahmen mehr und mehr sogenannte Drumcomputer die Aufgaben der menschlichen Rhythmusgeber, im Falle von *Pepe Plasmas Blasmusik* war dieses Problem jedoch noch nicht gelöst worden, und so saß im Hintergrund des Orchesters auf seiner speziellen Empore der Drummer Vlad Vell auf seinem Schlagzeughocker und behandelte sein gigantisches Set wie ein Musiker nur seine beste Freundin behandelt: Mit gefühlvollen Reibebewegungen und sanften Schlägen brachte er die weiße Haut der Kleinen zum Glühen, schabte sanft über die elf Becken, die sich ihm willig entgegenwölbten, bewegte sich in rhythmischen Bewegungen auf und ab und bumste seine Base*, dass sie vor Freude zu hüpfen schien.

Seine Ekstase übertrug sich auf die Band, die plötzlich ohne Ende groovte, und mir fiel auf, dass wir Vlad Vell bisher in keinster Weise in die Ermittlungen einbezogen hatten.

Wieso auch?

Immerhin saß er während des Mordes an Langfried Schieber tatkräftig hinter dem Drumset, 1000 Augen aus dem Publikum als Zeugen dafür, dass er nie und nimmer in der Lage war, einen Giftpfeil in das Genick des Posaunisten abzuschießen.

Aber halt!

Reset!

Der Blasrohrschuss aus der verschwundenen Klarinette war doch nur ein Ablenkungsmanöver gewesen! Allerdings ein geniales, wie sich schon allein darin zeigte, dass auch ich immer wieder den vermeintlichen Giftpfeil vor Augen hatte. Dabei hatte sich das Gift in Wirklichkeit auf dem Messingmundstück befunden! Und später auf dem Lippenbalsam und im Flachmann.

Ich hatte auf einmal das Gefühl, dass das strahlende Lachen des Drummers etwas Dämonisches hatte. Konnte es ein Motiv für den Schlagzeuger geben, den Posaunisten aus dem Weg zu räumen? War der Nachschlagbläser Langfried Schieber als Rhythmusgeber ein

* sprich: Beis – von Basedrum, Ausdruck für Große Trommel, richtig: Bassdrum.

Konkurrent für Vlad Vell? Gab es nicht 1000 Gründe, einen Posaunisten ins Jenseits zu befördern, von der Schaffung neuer Arbeitsplätze bis zum akustischen Umweltschutz?

Ich beschloss, den Schlagzeuger unter die Lupe zu nehmen. Ich hatte ohnehin den Eindruck, als habe er sich bisher immer um ein Gespräch mit mir gedrückt. Dann würde eben ich auf ihn zugehen.

Plötzlich fühlte ich, dass er mich fixierte. Zwischen den Vorhängen seiner langen, strähnigen grauen Mähne schienen seine Augen förmlich zu funkeln. Plötzlich sah ich Christopher Lee vor mir – war da nicht eine gewisse Ähnlichkeit? Vlad Vells Zunge bewegte sich schleckend und sabbernd zwischen seinen schmalen Lippen, der Mund öffnete sich leicht, und ich hätte in diesem Moment schwören können, in beiden Mundwinkeln spitze Eckzähne im fahlen Bühnenlicht leuchten zu sehen.

Hatten sie nicht erzählt, dass Vlad Vell aus Rumänien kam? Transsylvanien womöglich? Ja, das waren die kalten, blutleeren Augen Draculas, die mich anstarrten!

Instinktiv blickte ich wieder auf mein Notenblatt und suchte dabei die Nähe Heini Blättles. Auf einmal war mir klar geworden, weshalb der geschwollene Klarinettist seine Nahrungszufuhr ständig mit Knoblauch anreicherte. Er wusste um Vlads Herkunft und Vergangenheit!

Ich spürte einen kalten Schauer auf meinem Rücken.

Das Lächeln des Vampirdrummers kroch mir in die Knochen. Ich sah in meinem Augenwinkel, wie er den rechten Arm hob, hörte seinen Aufschrei und brach sofort mein Flötenspiel ab. Das war zur rechten Zeit, Vlad Vell hatte durch das Hochreißen seines Arms und den Schrei das Ende des Stücks angezeigt und die Polka abgeschlagen. Das Orchester verstummte.

Ich atmete auf. Offensichtlich war meine Fantasie mit mir durchgegangen. Vlad Vell lachte befreit, und von weiß glänzenden Eckzähnen oder blutleeren Augen war nichts zu sehen. Das Publikum tobte und bekam die ›Alten Kameraden‹ gleich zweimal als Zugabe, da weitere Stücke nicht mehr in der Mappe waren.

Vlad Vell spielte dabei die Locke – also die achttaktige Schlagzeugeinleitung – so locker und flockig, dass mir all meine düsteren Gedanken auf einmal absurd vorkamen. Dieser Mann war weder Vampir noch Mörder. Ich hatte dem rumänischen Drumsylvanier unrecht getan.

Nach dem Konzert suchte mich Hauptkommissar Sepp Donner im Cateringraum auf. Seine Miene verriet nichts Gutes.

»Haft du diefe tffechiffe Fängerin gefehen?«, blaffte er mich an.

»Tschechische Sängerin? Du meinst Libuše?«

»Ja, genau die!«

Ich verneinte. Wie sollte ich auch? Ich hatte die letzten drei Stunden auf der Bühne gesessen und die Pause sinnierend allein in meiner Garderobe verbracht.

Nach dem Konzert hatte ich mich mit Heini Blättle in den kleinen Raum unter der Bühne begeben, wo es noch eine Kleinigkeit zu essen gab, da ich ja vor der Mucke nicht am Catering teilgenommen hatte. Heini erklärte sich solidarisch und schaufelte sich zwei heiße Rote aus dem Wasserkessel auf den Teller. Da das Wasser inzwischen kalt geworden war, waren auch die Würste leicht abgekühlt, doch Heini hatte die gute Idee, sie für fünf Minuten in die Thermoskaraffe für Kaffee zu tauchen. Dass die Roten danach nach Koffein schmeckten, ließ ihn kalt, er tarnte den Geschmack durch scharfen Senf und schob sich die Würste als Paar parallel in den Schlund.

Kurz drauf war der Kommissar aufgetaucht.

»Habt ihr noch Kaffee da?«, hatte er gefragt und nach einem der Pappbecher gegriffen.

»Sicher!« Und schon schüttete Heini den Kaffee, in dem er soeben noch die Würste gebrüht hatte, in des Kommissars Becherlein. Der wunderte sich etwas ob der oben schwimmenden Fettaugen, was Heini mit dem Satz »klar, Fett schwimmt nun mal oben« kommentierte und genoss den Wachmacher, ohne dass ihm das Würstchenaroma etwas auszumachen schien.

Jetzt nahm er mich beiseite und flüsterte geheimnisvoll:

»Die ift verffwunden. Weg, Fpurlof!«

»Libuše spurlos verschwunden? Das glaube ich nicht. Dadurch würde sie sich ja erst recht verdächtig machen! Hast du drüben im ›Elchen‹ in ihrem Zimmer gesucht?«

»Klar. Überall. Nichtf tfu machen. Aber daf ift nicht fo fflimm. Wir haben intfwiffen einen anderen Verdächtigen!«

»Ach?«, fragte ich arglos. »Und darf ich fragen, wen?«

»Dich!«

Die Antwort traf mich wie ein Hammerschlag. Ich fühlte, wie meine Knie weich wurden, und mir schwarz vor Augen.

»Du bift der Eintfige, der bei allen Morden vor Ort war!«

Da hatte er recht. Ich war im Saal, als Langfried verschied, ich war auf dem Friedhof, als Eiibii das Zeitliche segnete, und man hatte mich in flagranti bei der Leiche Vicos erwischt.

»Und welchen Grund sollte ich haben, zwei Musiker und einen Sänger umzubringen?«

»Daf werden wir ffon noch herauffinden! Man munkelt im Orchefter, daff auch du waf mit Conftantfe hatteft und tfufättflich heimlich hinter der Libufe her bift. Vielleicht waren dir die beiden Mufiker im Weg? Und durch daf Gift in deinem Flachmann wollteft du von dir ablenken!«

»Ach nee, ich hatte was mit Constanze und bin auch noch hinter Libuše her?« Eigentlich entsprach das den Tatsachen.

»Und deswegen lege ich erst mal die beiden ehemaligen und aktuellen Liebhaber der Damen um, um freies Schussfeld zu haben?« Denkbares Motiv.

Donner nickte, holte tief Luft und sagte dann, wobei er jedes Wort betonte und mir beide Hände schwer auf die Schultern legte:

»Und waf nicht von der Hand tfu weiffen ift: Wir haben auf dem Flachmann deine Fingerabdrücke gefunden. Deine und die def Toten! Und wir wiffen, daff du ihm fogar angeboten haft, auf deinem Flachmann tfu trinken!«

»Logisch sind da meine Fingerabdrücke drauf, es ist ja schließlich auch mein Flachmann, du Arffloch!«, schrie ich, riss mich los und suchte mein Heil in der Flucht.

Der Kommissar griff nach seiner Dienstwaffe, vergaß aber, dass er noch den Kaffeebecher in der Hand hielt und kippte sich den heißen Inhalt über die Hose. Ich hörte ihn fluchen.

Zeitgleich hatte sich Heini Blättle ihm in den Weg gestellt und verschaffte mir so einen Vorsprung. Ich hechtete die Treppe nach oben zum Bühnenausgang, wo ich dem Tubisten Artur Wilhelm Fentil in die Arme lief.

Der Mann kam aus dem Allgäu, wo es Usus war, den Nachnamen vor den Vornamen zu stellen, und man vom Huberschorsch, vom Müllertony oder vom Haferfranz sprach.

Der Fentilartur hatte sein Instrument trichterunter abgestellt und polierte die goldene Oberfläche, während er dem Mundstück, das er lose in der anderen Hand vor den Mund hielt, fortwährend furzende Töne in verschiedener Höhe und Länge entlockte.

»Was ist, warum hast du's so eilig? – Musst du aufs Klo?«, fragte er, als ich an ihm vorbei drängte.

»Nein verdammt!«, kreischte ich. »Ich muss hier raus. Der verrückte Kommissar hat mich plötzlich in Verdacht, der bringt's fertig und locht mich ein. Ich hau ab!«

Der Fentilartur zögerte keinen Augenblick.

»Los, da rein! Ich bring dich rüber zum ›Elchen‹, von da aus kannst abhauen!«, sagte er und deutete auf den Tubagigbag, der neben dem Bühnenausgang auf dem Boden lag.

»Bin ich nicht zu schwer?«, fragte ich.

»Ach was. Wenn ich Golf spiel, trag ich mindestens so schwer!«

Der schwarze Sack aus festem Stoff bot einem Mann meiner Größe genügend Platz, und so zögerte ich nicht, kroch wie in einen Schlafsack hinein, und der Fentilartur schloss über meinem Haupt den Reißverschluss.

Die Nacht, die mich umfing, machte mir wenig Angst, schon oft hatte ich bei meinem Ermittlungen in vollkommener Dunkelheit verharrt, ob im Nebenraum düsterer Spelunken, in Kellergewölben alter Burgen oder in den Schlafzimmerschränken der von mir betrogenen Ehemänner.

Ich hörte die Stimme des Kommissars, durch den schwarzen Stoff des Tubasacks gedämpft, dann spürte ich, wie ich hochgehoben und auf eine Schulter gepackt wurde.

Ich bemerkte das Öffnen der Tür, fühlte kalte Luft und wurde auf unbequeme Weise irgendwohin getragen. Plötzlich wurde mir doch unwohl. Ich hatte am Nachmittag auf einem der Höfe neben unserer Spielstätte den Holzhäcksler laufen hören und zugesehen, wie zwei Männer meterlange Baumstämme zu Hackschnitzeln verarbeiteten.

Ich versuchte, in meinem dunklen Gefängnis die Richtung zu erahnen, in die der Fentilartur mich trug. Wäre es nicht nach Verlassen der Halle gleich rechts Richtung ›Elchen‹ gegangen?

War der Tubaspieler nicht nach links abgebogen? Kalte Schauer durchliefen und düstere Gedanken quälten mich.

Warum tat der Fentilartur das? Welchen Grund hatte er, das Risiko einzugehen und mir zu helfen? Sollte die Aktion am Ende eine Falle sein? Ein abgekartetes Spiel?

Hatte ich den Fentilartur nicht auch schon mit Libuše in trauter Zweisamkeit erlebt? Hatte sie am Ende jetzt ihn beauftragt, mich artgerecht zu entsorgen, nachdem ihr Mordversuch mit dem Zyanidwhisky fehlgeschlagen war?

Minuten vergingen, die mir wie Stunden vorkamen. Ich versuchte, mich im Dunkeln zu orientieren. Brachte mich der Fentilartur nach links um die Ecke, um mich im Häcksler dann um die Ecke zu bringen?

Ich sah schon die Schlagzeile am Montag in der ›BLIND‹:

Musiker verschwunden – Polizei findet Kleingehacktes im Tubasack.

Oder: *Erst versackt, dann klein gehackt. Leiche im Häcksler püriert.*

Oder: *Das Ende einer traumhaften Karriere: Plasmaflötist umweltfreundlich entsorgt.*

Fentilarturs Schritte wurden langsamer, ich hielt den Atem an und erwartete jede Sekunde das Aufheulen des Häckslermotors. Doch dann wurde ich sanft zu Boden gelassen. Wieder einmal wurden alle meine Verdächtigungen innerhalb eines Augenblicks zerstreut. Der Reißverschluss ging auf, dann half mir der Allgäuer Tubist aus seinem Sack. Er hatte mich bis unmittelbar vor den Hoteleingang getragen.

»Ich bin einen Umweg gegangen. Falls ich dem Kommissar aufgefallen wäre, hätte ihn das vielleicht verwirrt.«

Ich verschwieg meine eigene Verwirrung und dankte dem Kollegen für die Fluchthilfe.

»Und jetzt? Was hast du vor?«, fragte er.

»Ich muss meine Unschuld beweisen«, flüsterte ich und überlegte, wie riskant es war, auf mein Zimmer zu gehen und meine Sachen zu holen. Vielleicht wartete dort die Polizei auf mich?

Ich duckte mich in den Schatten eines Baumes und beobachtete den Hoteleingang, während der Fentilartur seinen leeren Tubagigbag schulterte und wieder zur Halle hinüberging, um ihn mit seinem Bass zu füllen.

In einigen Hotelzimmern brannte Licht, doch ich wusste nicht, in welchen. Zwei Polizeiautos und das Vernehmungsfahrzeug parkten noch immer vor dem Haus, daneben erkannte ich den schwarzen Smart mit dem Dachgepäckträger, auf dem James Smrt von *Leichen-Smrt & Co.* normalerweise seinen grauen Blechsarg transportierte. Doch der Sarg fehlte. Sicher war der Profibestatter damit oben in meinem Hotelzimmer, um den armen Vico Lahla in seine vorletzte Ruhestätte zu betten.

Ich überlegte fieberhaft. Irgendwie musste ich es schaffen, unbemerkt von hier fortzukommen. Meine Ausgangslage war alles andere als beneidenswert: Kommissar Donner verdächtigte mich des Mordes. Der Mordanschlag, dem Vico zum Opfer gefallen war, hatte eigentlich mir gegolten. Libuše Kabelková, die ich für die Hauptverdächtige hielt, war spurlos verschwunden.

Ich hatte nur eine Chance, mit heiler Haut und einigermaßen unschuldig aus der Geschichte herauszukommen, wenn es mir gelang, die Täterin zu überführen. Doch dazu musste ich mich zuerst einmal selbst in Sicherheit bringen.

Ein Geräusch am Haupteingang des ›Elchen‹ ließ mich aufhorchen. Die schmale Tür ging auf, und heraus kam, in seltsam gebückter Haltung, Dr. Smrt von *Leichen-Smrt & Co.* Ihm folgte, im Abstand einer Sargeslänge der Schlagzeuger Vlad Vell, den er wohl kurzfristig zu seinem Gehilfen ernannt hatte, wie einst mich nach dem Ableben von Langfried Schieber. Sie trugen den Blechsarg die Treppe herunter und stellten ihn neben dem Smart auf den Asphalt.

»Und wie kommt der jetzt da rauf?«, fragte Vlad Vell und zeigte auf den Dachgepäckträger.

»Da brauchen wir noch mal zwei Jungs«, antwortete Dr. Smrt. »Meinen Sie, Sie finden zwei Freiwillige?«

»Klar!«, sagte Vlad zuversichtlich. »Ich hole unsere Jungs vom Heavy Metal. Die sind es gewöhnt, schwere Kisten zu verladen.«

Er entfernte sich in Richtung der Halle.

»Ich geh' noch mal rasch rein, habe meine schwarze Tasche drinnen vergessen!«, rief Dr. Smrt dem Schlagzeuger nach und verschwand im ›Elchen‹.

Das war meine Chance! Ich hatte inzwischen alle Möglichkeiten durchgespielt, von hier zu verschwinden, doch ich war auf keine vernünftige Idee gestoßen. Ich war mit Heini gekommen, hatte also keinen eigenen Wagen, um mich abzusetzen. Donner würde sicher alle Musikerfahrzeuge kontrollieren, um meiner habhaft zu werden. Zu Fuß konnte ich den Feldberg oder St. Blasien erreichen, doch dann? Ich musste abtauchen, mindestens nach Freiburg oder Stuttgart, um mir anonym in der Stadt ein Hotelzimmer zu nehmen, wo ich in Ruhe nachdenken, telefonieren und vielleicht im Internet recherchieren konnte.

Auf das Zeug aus meinem Zimmer konnte ich verzichten, die Flöte hatte ich bei mir, und so fasste ich kaltblütig den Entschluss, im Dunkel der Nacht vor dem ›Elchen‹ ein zugegeben ungewöhnliches Fluchtmittel zu nützen.

Der Blechdeckel ließ sich leicht abheben, ringsum war es finster, und doch kam es mir vor, als wäre die Nacht im Sarg noch dunkler. Ich drückte den armen Vico ein wenig gegen die Außenwand und legte mich der Länge nach neben ihn. Eigentlich hatte ich vor, ihm den Rücken zuzustrecken, da ich Kuscheln mit einer Leiche nicht unbedingt sehr angenehm fand, doch auf solche Kleinigkeiten konnte ich in meiner jetzigen Situation keine Rücksicht nehmen.

Es war Eile geboten, denn Smrt konnte jeden Augenblick zurückkommen. Also überwand ich mein Vorurteil, bildete mir ein, Vico sei die quicklebendige Libuše, legte ihm meinen Arm um die Taille und vergrub mein Gesicht in die strähnigen Haare seiner ohnehin leblosen Perücke.

Seltsamerweise roch er mehr nach Whisky als nach Zyanid, doch ich dachte nicht weiter darüber nach, während ich den Deckel über uns beiden schloss. Ich versuchte, ihn so zu verankern, dass er nicht abrutschen konnte, und stemmte mich von innen leicht dagegen. Er ließ sich zwar öffnen, weil niemand von außen die Verriegelung betätigte, doch der Deckel saß gut fest und hielt.

Ich merkte, dass ich auf dem kahlen Blechboden kalte Füße bekam, und begann meine Zehen in den Schuhen zu bewegen, als der Sarg nach oben gehoben wurde. Durch die dünne Blechwand hindurch hörte ich Vlad, Artur, Smrt und Basstian, den zweiten Tubisten schnaufen und schimpfen, während wir schwankend und schaukelnd auf dem Dach des Smart landeten.

Es folgten metallisch klickende Geräusche, mit denen der Sarg auf dem Dachgepäckträger befestigt wurde. Kurz darauf startete der Motor, und Vico Lahla und ich begannen unsere gemeinsame Reise.

EINGESARGT

Die ewige Nacht im Inneren eines Blechsargs hatte etwas Befremdliches. Ich überlegte, ob sich ein Thunfisch in einer Konservendose oder ein Hühnerei im Karton ähnlich fühlte wie eine Leiche im Sarg.

Auch Thunfisch und Hühnerei waren nicht allein eingesperrt, wenn sie ihre letzten Reisen antraten, sondern umgeben von gleichgesinnten Artgenossen und hatten somit ein ähnliches Schicksal wie ich (wobei ich mich schon wieder schwer tue, bei Eiern von Artgenossen zu sprechen, aber solche Philosophien gehen dir einfach durch den Kopf, wenn du eingesargt auf einem Smartdach durch die Gegend gefahren wirst).

Während ich mich also fühlte wie ein Thunfisch oder ein Ei, begann mein Rücken zu jucken, doch ich hatte keine Chance, mich zu kratzen. Der Platz war einfach zu beengt, und mir kam die Idee, dass die Erfindung eines Doppelsargs vielleicht eine Marktlücke war.

Sämtliche Transportmittel waren heutzutage als Zweisitzer erhältlich, ob Motorrad, Auto sowieso, selbst Rikscha und Fahrrad, das man dann Tandem nannte.

Auch sonst war unser ganzes Leben auf traute Zweisamkeit ausgelegt. Ob in Bus oder Bahn, überall saß man zu zweit nebeneinander, selbst unter wildfremden Leuten. Skilift, Gondel, Tretboot, immer schön zu zweit, man schlief im Doppelbett, aß am Zweiertisch, selbst Schuhe, Socken und Saiten waren gewöhnlich nur paarweise zu bekommen. Vielleicht wäre es auch eine Option für Thunfisch und Hühnerei, paarweise verpackt zu werden. Womöglich würde sich das Thunfischei oder der Eierthun zu einem Renner entwickeln?

Ich beschloss, sollte ich diesen Trip wohlbehalten überstehen, die Marktnische für Thuneier von einem Marktforschungsinstitut ausloten zu lassen und einen Prototyp in einen Testlauf zu schicken. Den Slogan hatte ich schon im Kopf, doch leider keine Möglichkeit, ihn mir zu notieren: »Planst du eine Feier nun, nimm zum Menü den Eierthun.«

Mit solchen Gedanken hielt ich mich bei guter Laune und versuchte, das Jucken meines Rückens zu ignorieren. Irgendwann musste ich dann wohl eingeschlafen sein, mein rechter Arm, der auf Vicos Bauch ruhte, war entspannt nach oben gewandert. In meinen Träumen genoss ich Libušes Nähe, wähnte sie längst nicht mehr als verdächtige Mörderin und spürte die Wölbung ihrer Brust in meiner Hand. Plötzlich entfuhr ihr ein Schrei, der mich hochschrecken ließ.

Ausgeträumt!

Ich schlug mir den Kopf am Sargdeckel an und lag starr vor Schreck, als ich bemerkte, dass es Vico war, der geschrien hatte! Jetzt bewegte er sich, seine Hand griff nach meinem Arm, schob ihn von seinem Oberkörper nach unten, und der böhmische Akzent, vor allem aber die helle Stimme, mit der er mich zurechtwies, machte mir mit einem Schlag klar, neben wem ich hier lag: Es war nicht die Leiche Vicos, sondern der quicklebendige Körper Libušes, der sich neben mir erstreckte so weit der Sarg reichte.

Aus dem Traum war brutale Realität geworden, ihre Unschuld war keinesfalls erwiesen, und ich wurde mir darüber im Klaren, dass ich mit einer potentiellen Mörderin im Sarg lag, die sich ihrer bisherigen Liebhaber mit Zyanid entledigt und es als Nächstes auf mich abgesehen hatte!

Meine Hand auf ihrer Brust war nicht geträumt gewesen und hatte in ihr jenen Schrei und die heftige Reaktion ausgelöst, die jetzt die von mir schon geglaubte wundersame Auferstehung Vicos in eine ganz gewöhnliche Verwechslung verwandelte: Die flüchtige Mörderin Libuše hatte dieselbe Idee wie ich gehabt und den Sarg als Fluchtversteck benutzt.

»Nix machän Liebä in Sarg mit Läbuschä!«, schimpfte sie und hielt meine Hand krampfhaft von ihrer Brust fern.

»Um Gottes willen, nein! Wie kommst du denn darauf und hierher?«, fragte ich im Dunkeln und entwand meinen Arm ihrem Griff. Dabei stieß ich mit dem Ellbogen gegen das Blech, was einen lauten Schlag auslöste. Auch Libuše strampelte sich frei und stieß mit ihren Beinen mehrfach gegen die Sargwand, dass ich schon fürchtete, unsere Ruhestätte könne ob so viel Unruhe vom Autodach fallen.

»Muss ich weg von Merdärgrube«, erklärte sie mit unschuldig klingender Stimme. »Sarg von Vico war gutä Meglichkeit.«

»Und Vico? Was hast du mit seiner Leiche gemacht?«

»Vico liegt scheen untär Bett deinigäs. Und ich hipfä in Sarg, bevor jemand merkt.«

»Sauber«, gab ich zu. »Und wie soll das jetzt weitergehn?«

»Ich hipfä wieder raus, wenn Wagän hält. Und du? Warum du liegst drin in Sarg?«

»Ich muss auch weg. Es geht um meine Unschuld«,

antwortete ich wahrheitsgemäß, ohne zu ahnen, welche Folgen das haben konnte.

»Oh«, schnurrte sie, »du noch unschuldig? Soll ich nehmän?«

Ich spürte ihre Finger, die noch vor wenigen Sekunden meine Hand von ihrer Brust ferngehalten hatte, plötzlich über meine Hüfte wandern.

»Nein danke!«, stieß ich heftig hervor. Zu gut hatte ich noch in Erinnerung, was aus ihren letzten Liebhabern geworden war. Und ich hatte wenigstens vor, den Sarg lebendig zu verlassen. Zumindest dieses eine Mal.

»Du wolltest mir sagen, wer der Mörder ist!«, stieß ich hervor, mich an unsere letzte Begegnung vor dem Ableben Vicos erinnernd.

»Ja«, gab sie zu, »hab ich Vergemutung, wär ist Merdär.«

»Vermutung? Ich dachte, du weißt es?«

»Ist sich egal, ob Vergemutung oder Weißichwas.«

»Und? Wen verdächtigst du?«

»Ich glaubä, Merdär ist …«

Ihre Stimme verstummte. Der Smart war stehen geblieben und jemand hatte an den Sarg geklopft.

»Herein!«, stieß ich hervor, doch wohl nicht laut genug.

»Herrrein!«, wiederholte ich, diesmal lauter.

Der Deckel wurde aufgeschoben, und ich blickte in das leichenblasse Gesicht von Dr. Smrt. Der ellenlange, dürre Kerl stand aufrecht neben seinem Smart, und sein Unterkiefer reichte gerade bis zur Unterkante des Sargs.

Er grinste mich an, und zwischen schmalen und blutleeren Lippen schimmerten zwei Reihen gelb gerauchter Zahnstummel in den Sarg herein.

»Endstation, alles aussteigen«, sagte er und half zunächst mir und dann Libuše aus dem Sarg und über das Dach des Smart auf den Boden. Er hatte auf einem verschwiegenen Waldparkplatz angehalten, da dem erfahrenen Bestatter die Unruhe und Bewegung auf dem Dach des Leichensmart natürlich aufgefallen waren.

»Woher wussten Sie, dass wir da drin sind?«, fragte ich erstaunt.

»Ach wissen Sie, wir sind heutzutage auf alles vorbereitet. In einer Zeit des Komasaufens gehören lebende Leichen zum Alltagsgeschäft. Ich habe in meinen Transportsärgen ganz einfache Bewegungsmelder angebracht, die funktionieren wie bei der Außenbeleuchtung am Hauseingang. Sobald sich was bewegt im Sarg, ob Ratte oder lebende Leiche, blinkt bei mir im Smart ein Lichtlein fein, und dann sehe ich nach dem Rechten. Doch jetzt zu Ihnen. Ich nehme an, dass Sie Ihre Ermittlungen in meinen Sarg geführt haben. Was aber hat die junge Dame hier zu suchen? Oder gehört Sie am Ende zu Ihnen?«

Doktor Smrts Augen funkelten lustig, und ich dachte einen Augenblick darüber nach, ihm mein Patent des Doppelsargs anzubieten. Doch Libuše kam mir zuvor, indem sie sagte:

»Bin ich unschuldig in Merdärhehle gelangt. Egal mit wäm ich fangä an vergniglichäs Lebän, er bald mausetot.

Ist sich wie Fluch auf Liebä meinigä. Constanzä immer hat Gligg mit schneenä Stimmä und mit Liebä. Ich nix als Pech. So gehä ich zurigg nach Behmän.«

In diesem Augenblick tat sie mir fast leid, und ich zweifelte schwer daran, ob diese herrliche Frau, die blühende Rose der böhmischen Prärie, die Auster unter den Muscheln der Eger, wirklich eine kaltblütige Mörderin war.

GRUFT GROOVED

Smrt holte mich aus meinem Plädoyer.

»Und Sie, werter Kollege? Habe gehört, dass der Mord eigentlich Ihnen gegolten hätte. Sind Sie deshalb ausgebüxt? Haben wohl die Hose gestrichen voll, was? Und wohin soll die Reise jetzt gehen?«

Ich schwieg zunächst. Smrt schien von dem Mordverdacht, den der Kommissar inzwischen gegen mich hegte, nichts mitbekommen zu haben, und so schien es mir völlig in Ordnung, dass er mich zunächst zu den Unschuldslämmern zählte.

»Und Sie?«, fragte ich. »Wie kommen Sie als Bestatter vom Bodensee ausgerechnet in den Südschwarzwald?«

In der Tat kam es mir komisch vor, Dr. Smrt schon wieder am Ort des Geschehens vorzufinden, ebenso übrigens wie den Kommissar, der sich ebenfalls weitab seines Zuständigkeitsbereichs befand.

War es nicht an der Zeit, meine Ermittlungen auch in diese Richtungen auszudehnen?

War es nicht mehr als merkwürdig, dass sowohl Donner als auch Smrt zufälligerweise immer dann zur Stelle waren, wenn einer der Jungs aus Plasmas Truppe ein Zyanidproblem hatte? Was, wenn das kein Zufall war?

Warum sollte denn nicht mal in einem skurrilen Krimi auch der skurrile Kommissar in die Rolle des Täters schlüpfen?

Vielleicht waren die beiden ja sogar Komplizen?

Der Kommissar und sein Bestatter.

Das Krokodil und sein Nilpferd.

Bonny and Clyde.

Ein Fall für zwei.

Smrts Antwort gab meiner Theorie auch noch Nahrung:

»Kommissar Donner war so nett, mich auf meinem Diensthandy anzurufen. Er meinte, da ich in den Fall von Anfang an involviert sei, sei es praktisch, mir auch hier die Leichenschau zu überlassen. Der Tübinger Pathologe hat mir seinen Bratvogel inzwischen auch anvertraut. Wissen Sie, im Zeitalter von Internet und Globalität ist auch mein Geschäft härter geworden. Auch der Tod geht online, Sie sollten sich mal meine Homepage ansehen. Mehr dazu unter www.smrtforlasttravel.com. Dort finden Sie auch meinen erweiterten Slogan: ›Wer den letzten Weg heut geht, fährt mit

Smrt im Internet‹. Das spricht vor allem die Jugend an. Die Kunden von morgen.«

»Finden Sie nicht, dass das ein bisschen übertrieben ist?«

»Nö. Mein Last-Minute-Angebot ›Freund gefunden – auch für unten‹ ist der Megarenner! Ich arbeite an der Entwicklung eines Doppelsargs.«

Mist!

»Sie müssen sich mal die Einträge auf Facebook ansehen.«

Ich schüttelte dankend den Kopf. Fatzebuck und all dieses neumodische elektronische Zeug ging mir rektal am Unterkörper vorbei. Ich kam auch ganz gut ohne zurecht. Doch Smrt war da ganz anders gestrickt:

»Man darf die Trends der Zeit nicht verschlafen«, sagte er. »Wir leben doch gerade in der Endzeitstimmung. Sie wissen schon: der 21.12.2012. Weltuntergang nach Mayaart. Was glauben Sie, was da an Potenzial dahintersteckt? Das ist für unsereins wie der Ferienbeginn für die Reisebranche. Tausende potenzieller Kunden. Wenn du da nicht im Boot bist, gehst du unter.«

Er zog einen bunten Flyer aus der Jackentasche und reichte ihn mir. Das Titelbild sah aus wie ein Filmplakat aus Nosferatu. 21.12.2012 stand in brennenden Lettern bogenförmig darüber, und darunter prangten in krakeliger Schrift, deren Buchstaben aus Knochen zusammengesetzt waren, die Worte: Gruft grooved.

»Das wird DIE mega Mayaparty!«, erklärte er. »Schon seit Monaten ausgebucht. Mit gemeinsamem

Probeliegen auf dem Stoppelacker unterhalb der Burgruine Hohentwiel. Die jungen Leute stehen voll auf so was.«

Ich blätterte in dem Faltblatt und staunte nicht schlecht, als ich das Pauschalangebot des Bestattungsunternehmens las. Jeder Teilnehmer an der ultimativen Mayaparty konnte sich optional gleich noch die komplette Beisetzung bei freier Platzwahl zubuchen. Bei Ausfall des Weltuntergangs wurden die Kosten zurückerstattet, ähnlich wie bei Udo-Jürgens-Konzerten, die wegen Krankheit abgesagt wurden.

»Gekaufte Gruftkarten behalten aber ihre Gültigkeit für den nächsten Weltuntergang, den die Mayonesier vorhergesagt hatten«, erklärte er weiter.

»Mayonesier?«

»Ein vom Aussterben bedrohtes Seefahrervolk aus dem südlichöstlichen Polynesien. Die feiern ihren Weltuntergang am 31.3.13.«

»Nicht schlecht, mein Lieber. Das nenne ich ein gelungenes Marketingkonzept«, lobte ich den Unternehmer und gab ihm den Flyer zurück.

»Keine Lust, zu kommen?«, fragte er. »Oder gehören Sie zu denen, die die Apokalypse leugnen?«

»Nein, das nicht, aber ich gestehe, das Musikprogramm entspricht nicht ganz meinem Geschmack.«

Zugegeben, die Zeiten, wo bei Gruftmucken die *Andacht zur Senkung* und *Ein schöner Tag* gespielt wurden, waren vorbei. Heutzutage buchte man sich einen DJ, der *My Way* oder *Time to Say Goodbye* auflegte, oder eine Sopranistin, die mit bebenden Nüstern und gurgelnder Kehle einen Song von Whitney Houston oder Amy Winehouse oder einer der anderen vorausgegangenen Diven sang.

Ich selbst hatte das in meinem Testament verboten. Ich wollte den traditionellen Trompeter, der – ganz in Schwarz gekleidet – der Trauergemeinde mit dem letzten Posten aus dem *Großen Zapfenstreich* und dem nach b-moll transponierten *Prosit der Gemütlichkeit* noch einmal den Inhalt meines Lebens ins Gedächtnis rief. Und danach *Bis bald auf Wiederseh'n* von Ernst Mosch.

Zugegeben, solche Musik war wenig geeignet für Dr. Smrts ultimative Untergangsfete, doch eine Mariachiband aus Acapulco, die in historischen Mayakostümen Tijuana-Hits von Herb Alpert spielte, war einfach nicht mein Ding. Ausgesprochen hübsch fand ich allerdings die Idee, kurz vor Mitternacht ein Double von Karel Gott auftreten und Biene Maya singen zu lassen. *In einem unbekannten Land vor gar nicht allzu langer Zeit …* Das hatte was!

Insgeheim bewunderte ich Dr. Smrt für seine Marketingeinfälle. Ich hingegen war mir über meine Strategie überhaupt nicht im Klaren. Ich stand selbst unter Mordverdacht, am nächsten Morgen würde mich mein Konterfei aus allen Zeitungen heraus anlachen, und durch meine Flucht hatte sich meine Lage nicht gerade verbessert. Gleichzeitig hatte ich nicht wirklich etwas gegen einen der anderen Tatverdächtigen in der Hand.

Meine Fokussierung auf Libuše hatte sich nach den gemeinsamen Minuten im Sarg wieder verflüchtigt. Allein gegen den Gedanken, in Libuše eine grausame Meuchlerin ihrer Liebhaber zu sehen, sträubte sich mein Innerstes aus tiefstem Herzen. Es konnte wirklich jeder und jede andere gewesen sein:

Constanze, die Verlassene?

Heini Blättle, Vlad Vell, Fentilartur, Monika Haar oder einer der anderen Musikanten?

Oder am Ende Pepe Plasma selbst?

Oder doch der Kommissar und sein Bestatter?

Wenn Libuše tatsächlich unschuldig war, musste auch das Motiv woanders zu suchen sein!

1000 Gedanken sortierten sich in meinem Kopf.

Libuše war auf mein Anraten abgetaucht, da ich nicht sicher war, ob sie nicht doch noch im Fokus der Ermittlungen von Kommissar Donner stand. Was sie mir nicht mehr verraten hatte, war, gegen wen sich ihr Verdacht richtete. *Weiß ich, wer ist Merdär* – es war noch immer ihr Geheimnis.

Mit einem Mal kam mir wieder der Gedanke, der mich schon einmal durchzuckt hatte – damals, als ich in *Joe's Music Outlet* zum ersten Mal auf die Digtrom gestoßen war. Plötzlich sah ich sie wieder klar vor mir: die digitale Trompete, die jedem einigermaßen begabten Trompeter die Karriere versauen musste! Und genau so plötzlich wusste ich, wo ich ein Motiv für den Mord an Langfried Schieber zu suchen hatte: bei den Trompeten von *Pepe Plasmas Blasmusik*, im Königsregister des Orchesters, das ich bisher total außer acht gelassen hatte!

Horido, die Jagd begann erneut!

KÖNIGSTERZETT

Für mich war klar, dass sich die Welt der Trompeterzunft durch die Digtrom mit einem Schlag verändern würde. Jeder Startrompeter würde sich dadurch in seiner Existenz bedroht fühlen, und so recherchierte ich im Internet und hatte bald heraus, wer der wahre Star unter den Trompetensolisten bei Pepe Plasma war: Jeder! Jeder hielt sich für besser.

Drei Trompeter, von denen jeder auch Flügel-, Parforce- und Jagdhorn spielte, einer schöner als der andere, einer besser als der andere, und jeder für sich ein kleiner Star. Zwar waren die Schuhe eines Nini Rosso oder Till Brönner zu groß für diese Herren, doch wer dem Königsregister angehörte, durfte sich schon etwas darauf einbilden.

Es war was anderes, ein König vom hohen Blech zu sein, als ein ›King of the Woods‹, wie man die Klarinettisten gern nannte.

Auch das weiche Blech der Baritone und Tenöre kam bei Weitem nicht an das Ansehen heran, das die wahren Könige im hohen Blech genossen. Geschweige denn die Zugvögel, die sich mit der Posaune begnügten oder die Herren Tubisten, die sich mit ihren Bässen selbst für etwas Besseres hielten. Von der Rhythmusgruppe ganz zu schweigen.

›Bass basst besser!‹ – dieser schwäbische Aufkleber zierte die Koffer beider Bassisten, ich hatte einen weiteren schwäbischen darunter geklebt, den mir meine letzte Freundin zum Abschied geschenkt hatte: ›Du bisch zwar koin Seggel, aber so wie du sehet se aus!‹

Doch Bässe und alle anderen Bläser konnten sich anstrengen, soviel sie wollten und mit Bravourpolkas und knackigen Solopassagen glänzen, den größten Beifall bekamen immer die Könige, und die genossen ihren Starkult in vollen Zügen. Kamen zu spät zu den Proben, blieben dem Soundcheck fern, hielten sich nicht an die Ansagen vom Chef und nahmen sich auch sonst allerhand heraus, weil sie sich für unersetzlich und eben für Stars hielten.

»Es gibt nur noch einen Trompeter von Weltformat«, pflegte Elvis-Leonid Vraungnechd gern zu sagen, »seit der Andere Moritz tot ist.« Womit er Maurice André meinte.

Doch auch er kochte, wie das gesamte Trompeterterzett, nur mit Wasser. Ohne Üben wurde auch der strahlende Ton zu einem flachen Scheppern, ohne Ansatz missriet das schönste Signal, ohne Zwerchfellatmung ließ sich keine Kadenz vollenden.

Und die Konkurrenz schlief bekanntlich nicht. Es verging kaum eine Woche, so hatte mir Pepe Plasma verraten, ohne dass sich ein neuer, junger, hoffnungsvoller, talentierter Trompeter um eine Stelle im Königsregister bewarb.

Ich fand es daher an der Zeit, mich in meinen detektivischen Nachforschungen etwas intensiver mit den drei Minininirossos zu beschäftigen, und wer konnte mir besser Auskunft geben, als der Mann, der seit Jahren ihre Instrumente wartete und so ihre ganz persönlichen Spleens kannte. Und so führte mich mein Weg einmal mehr zu *Joe's Music Outlet* im Industriegebiet von Kluftern an der Knatter.

Joe begrüßte mich in seinem sympathischen Bodenseeschwäbisch mit dem Musikantengruß.

»Alles A-Dur?«, fragte er.

Ich nickte. Kein Geld, kein Getränk, kein Gig. Drei Kreuze eben.

»Ond? Duad d' Piccolo no?«

Ich bejahte. Die Piccoloflöte tat bestens. Joe verzog sein Gesicht. Offensichtlich hatte er ein Reparaturgeschäft gewittert, das ich ihm mit meiner Antwort zunichte machte.

»Aber vielleicht kannst du mir in einer anderen Sache helfen?«

Joe sortierte hinter seiner Ladentheke Klarinettenblätter. Diese kleinen Holzteilchen waren zur Tonerzeugung für Klarinettisten unverzichtbar und eine Wissenschaft für sich. Für die einen war es Kult, nur dieses eine und kein anderes Blatt zu verwenden, die anderen spielten alles, ob Plastik mit Vanillegeschmack oder auserlesenes französisches Superieurblatt, ›handgefertigt und approbiert‹. Nur ein Problem hatten sie alle: Klarinettenblätter nutzten sich ab wie Autoreifen und mussten von Zeit zu Zeit ersetzt werden.

Joe sortierte seine Blätter in verschiedene kleine Kistchen, die Aufschrift verriet dem potentiellen Kunden den Zustand der Ware. Neu, einmal gebraucht, konzerterprobt und zugabengetestet war da unter anderem zu lesen, dazu verschiedene Geschmacksrichtungen von gärig und feinherb über Minze bis Totfisch.

»Die gebrauchde Bládder vom Heini senn d'r Renner!«, erklärte er stolz. »Sauber aigwoichd (eingeweicht) ond durch den Alkohol hebat die bis anno Duback (halten die ewig)!«

Eine letzte Handvoll Blätter mit leicht grünlicher Spielfläche landete im vierten Kästchen mit der Aufschrift *geschmacklos*, dann brachte er alle Kästchen zu den Soloblaskabinen, wo die Kunden ihre Blätter mit dem eigenen mitgebrachten Mundstück hinter schalldichten Türen ausprobieren konnten.

Dieser Service für Klarinettisten war eine der herausragenden Leistungen von *Joe's Music Outlet* und führte Holzbläser aller Altersklassen in den kleinen Ort im Bodenseehinterland. Sein Slogan *›Dein Ton wird fetter, nimmst du Joes Blätter‹* hatte sich in Fachkreisen längst herumgesprochen, und so kamen namhafte Klarinettisten von der Schweiz bis Friesland, um bei Joe ihre gebrauchten Blätter gegen die ihrer Konkurrenten einzutauschen.

Es war wie beim Whisky: Was alt und gut abgelagert war, erzielte den besten Preis. Aber Joe hatte schon immer eine Nase für gute Geschäftsideen gehabt, und so hielt er nicht nur einen großen Vorrat an gebrauchten Klarinettenblättern bereit, sondern verkaufte sie auch in unterschiedlichen Geschmacksrichtungen: à la Café, à la Cigarette oder à la Currywurst, je nach Vorliebe des Vorbesitzers.

»Was für a andere Sach?«, fragte Joe mich jetzt.

»Du kennst die Szene doch wie kein Zweiter. Was weißt du über Pepe Plasmas drei Trompeter?«

»Wieso drei?«, fragte er zurück. »Der hot doch bloß oin, ond zwoi Fliiglherner.«

»Ob Trompete oder Flügelhorn, das spielt keine Rolle. Was sind das für Typen?«

»Durchknallt, älle drei! Hoh's Blech halt. Viel Druck im Hirn. Gugg doch mol, wie die 's G'sichd verquetsched bei de hohe Tön! Do gohd dr ganz Sauerschdoff ens Inschtrument, schdadd en's Hirn! Des isch faschd wie bei de Oboischda.«

»Trotzdem. Erzähl mir, was du über die drei weißt. Fang doch mit dem ersten Flügelhorn an.«

»Dr Fritz? Eigentlich Friedrich. Friedrich C. Drey. C. steht glaub i für Clarence. Weil er doch so schielt. Ein genialer Flügelhornischd. Künschtlertyp. Kommd aus em Hotzawald. Musiklehrer an ra Musikschul' im Schwarzwald. Meh woiß i ned.«

»Hätte er Probleme, wenn die Digtrom auf den Markt käme?«

»Dr Friedrich C. Drey? Des glaub i ned.«

Der Fritz stehe eh kurz vor dem Ruhestand, meinte Joe. Der müsse sich über die vermeintliche Konkurrenz durch eine digitale Trompete keine Gedanken mehr machen.

Also abhaken, dachte ich. Der Kreis der möglichen Täter schränkte sich ein, und wir kamen auf den zweiten Flügelhornisten zu sprechen. Jantje van Faare war – wie Joe jetzt ausführte – Holländer, mit Vorfahren, von denen ein Zweig afrikanisches Burenblut in den Adern hatte.

Sein Großvater väterlicherseits stammte aus Südafrika und hatte als Walrufer gearbeitet. Ein Beruf, der ein Maximum an Musikalität voraussetzte, musste man doch ein Dutzend unterschiedlichster Hornsignale beherrschen, mit denen man den Standort der Wale vor der Küste kundtat und die Seefahrer vor Kollision mit den Kolossen warnte. Er hatte dies bis ins Detail perfektioniert und auch ins Privatleben übernommen, was die familieninterne Kommunikation auf gewisse Weise vereinfachte.

Wo in anderen Fällen der Gong zum Essen rief, war es bei van Faarens das Walhorn. Zweimal lang, viermal kurz, einmal lang rief zu Tisch. Und wenn die Frau des Hauses nach einem der Kinder fragte, gab es für *Garten*, *Schule*, *Keller* und *Klo* eindeutige Signale, die die Stimme schonten.

Und wenn der Walrufer des Abends von der Arbeit nach Hause kam, signalisierten fünf kurze, drei lange und sieben ganz kurze Töne aus dem Naturinstrument, die er beim Erreichen des Wohnviertels von sich gab, dass seine Frau das Abendessen auf den Herd stellen konnte.

Nach 15 Jahren und einem Gehörsturz ließ sie sich scheiden und zog mit den beiden Kindern zu ihren Eltern nach Haarlem bei Amsterdam. Dort kam schließlich Jantje zur Welt.

Seines Großvaters Beruf lebt bis heute in dem kleinen südafrikanischen Städtchen Hermanus fort, wo der Whalecryer den whalewatchenden Touristen mit seinem Horn die Standorte der Wale kundtut. Das Originalhorn hatte Jantjes Opa jedoch seinem Enkel vermacht und so den Grundstein für seine Liebe zur Blasmusik gelegt. Jantje van Faare hielt das Walhorn seines Großvaters bis zum heutigen Tag in Ehren und gab mit seinem Horn das Kommando zum Catering. Zweimal lang, viermal kurz, einmal lang. Aber hatte er ein Motiv, wegen der Erfindung der digitalen Trompete einen Mord zu begehen?

Joe verneinte.

»G'wiss ned«, sagte er. »Wenn se an digitals Walhorn erfunda hättet, dann scho. Aber dr Jantje isch froh, wenner auf seim zwoita Flügelhorn dr Ton grad halta ka, der hot koi Angschd vor dr digitala Konkurrenz.«

Also blieb nur noch der Dritte im Bunde. Joe pfiff durch die Zähne, als ich seinen Namen nannte. Elvis-Leonid Vraungnechd. Startrompeter und Kultfigur von *Pepe Plasmas Blasmusik*.

Musiker aus allen Himmelsrichtungen verehrten ihn, Frauen kamen nur wegen ihm in die Konzerte. Denn Elvis spielte nicht nur wie ein Gott, er sah auch göttlich aus. Gestylt von den gegelten Haarspitzen bis zu den modischen Schuhen, die er ständig trug. Seine Stellung ließ ihm gewisse Freiräume, und so war er auch der Einzige im Ensemble, der von der strengen Uniformregelung befreit war.

Ähnlich wie Vico und die beiden Sängerinnen, die sich ebenfalls nicht in die enge Plasmatracht zwängen mussten, trug auch Elvis-Leonid zur abgewetzten krachledernen Trachtenhose und den rot-weißen Ringelsocken nicht die vorgeschriebenen Strohschuhe, sondern Cowboyboots seiner Wahl, die – vor allem bei den zahlreichen Soli im Programm, bei denen er an der Bühnenrampe stand – glänzend zur Geltung kamen.

Statt des Trachtenhemds mit schmuckem Jankerl trat Elvis-Leonid im geriffelten weißen Unterhemd auf. Eine Kleiderordnung, die ihm Pepe Plasma aus zwei Gründen zugebilligt hatte: Zum einen transpirierte er im ärmellosen Zustand weitaus unauffälliger, da man den Achselschweiß nur roch, aber nicht sah. Zum anderen kamen Trizeps und Bizeps seines durchtrainierten Bodybuilderkörpers auf diese Weise viel besser zur Geltung, was nicht selten zu Ohnmachtsanfällen weiblicher Fans führte, wenn er bei der Solonummer ›Silberschäden‹ inmitten des Publikums auf einem Tisch stehend die Kadenzen schmachtend rotzte.

Ja, er war in der Tat eine Ausnahmeerscheinung im Orchester und ein Ohrenschmaus, wenn er mit geschlossenen Augen und haarigen Achselhöhlen seiner Trompete die höchsten Signale entlockte, von denen höchst selten auch nur eines daneben ging.

Die Lippen eng aufeinander gepresst, die Wangen wie Bogensehnen gespannt, die Stirn kraus, der Kopf rot und kleine Schweißperlen auf den Schläfen, so kannten, ja so liebten ihn die Fans. Und sie hatten ihm wegen seiner Perfektion beim Pfeifen der hohen Signaltöne einen Namen gegeben, der in Musikerkreisen Legende war: das *Murmeltier*. Kein anderer außer den kleinen Alpentierchen pfiff wie Elvis-Leonid.

Dabei hatte der Trompeter lang selbst über einen Künstlernamen nachgedacht. Vraungnechd passte nicht zu seinem Charakter, fand er, zumal er sich mit seinen knapp 40 Jahren noch immer jugendlich und unwiderstehlich vorkam.

Er hatte sich zum ersten Mal an seinem zweiten Vornamen gestört, als ihn seine Freundin Heidi Klötzli aus Unterägeri im Kanton Zug im Bett immer damit anfeuerte, was in ihrer retardierenden Aussprache allerdings nicht wie »Oh Leonid, oh Leonid!« klang, sondern wie »Oh! Leo! Nid!! Oh! Leo! Nid«, was ihn bis zur Erschlaffung irritierte.

Von da an hatte er seine Freundinnen – nicht nur die aus der Schweiz – angewiesen, ihn nur noch Elvis zu nennen. Obwohl er auch mit diesem Namen unangenehme Erinnerungen verband, hatte ihn doch sein erster Trompetenlehrer bis zum Umfallen mit der Aufforderung »Elvis, press!« gequält, um seinem Instrument die hohen Töne zu entlocken.

Doch mangels besserer Alternativen beließ er es schließlich bei Elvis-Leonid und verschwieg seinen Frauenbekanntschaften nur seinen Nachnamen.

All das erzählte mir Joe, der das *Murmeltier* besser kannte als mancher andere, denn die Trompeten für den Plasmastar waren selbstverständlich Spezialanfertigungen aus Joes Werkstatt. Nachdem Joe seine Ausführungen über den Trompeter beendet hatte, fragte ich:

»Wer von den Dreien wusste etwas von Schiebers Erfindung?«

»Von dr Digtrom?«

Ich nickte.

»I glaub, bloß dr Drombeder selber.«

»Das Murmeltier?«

»Honderd Pungde!«

100 Punkte – in der Tat.

»Außerdem …«

Joe senkte seine Stimme zu einem Flüstern und zog mich in eine Ecke, die zur Erprobung von Mundstücken konzipiert und daher schallgedämpft war.

»Außerdem wollt' er dem Langfried die Digtrom abkaufa!«

Diese Aussage durchzuckte mich wie ein Blitz.

»Er wollte ihm die Digtrom abkaufen?«, fragte ich noch einmal zurück. »Aber Schieber hatte die Erfindung doch noch gar nicht patentieren lassen!«

»Eba drum!«, betonte Joe und erzählte mir, dass Elvis-Leonid wenige Tage vor dem Tod des Posaunisten bei ihm aufgetaucht war und ihm eine fünfstellige Summe für Schiebers Erfindung geboten habe.

»Ich kaufe ihm sein Patent ab«, hatte er gesagt, und danach sollte es Joe für immer in der Versenkung verschwinden lassen. Doch Schieber war nicht darauf eingegangen, weil er ja …

Joes Handy unterbrach ihn, und ich hatte Zeit, über das eben Gesagte nachzudenken.

»Dr Schlagzeuger Vlad«, sagte Joe erklärend, als er das Gespräch beendet hatte, »er braucht en schwarze Umhang für sei kloine Trommel und a Baar schwarze Schtöck. Für d' Beerdigung vom Vico.«

Ich verabschiedete mich und bedankte mich für seine Informationen.

Auf einmal hatte ich das Gefühl, auf der richtigen Spur zu sein.

GRUFTMUCKE

Drei Tage waren inzwischen seit dem lautlosen Ableben Vico Lahlas vergangen. Jetzt, unter der Woche, waren keine Auftritte angesagt, und das nächste Engagement von Pepe Plasma war die Gruftmucke* des Sängers. Bei den Beisetzungen der beiden anderen Dahingeschiedenen – Schieber und Bratvogel – hatte jeweils nur eine kleine Besetzung gespielt, beim Posaunisten Langfried ein Quartventilposaunistenquartett, beim Tenoristen Eiibii waren die berühmten drei Tenöre persönlich angetreten, um dem verschiedenen Bratvogel die letzte Ehre zu erweisen.

Bei Vico jedoch, der sich als Entertainer bei Plasma in der Szene einen Namen ersungen und durch sein goldblondes Brusttoupet, das er unter der Tracht ebenso offen zur Schau trug wie seine Perücke auf dem Haupt, einen gewissen Kultstatus hatte, sollte das Orchester, oder was davon noch nicht ermordet war, in kompletter Besetzung aufspielen und die Trompeter einen dreistimmigen Satz anstimmen.

Ich hatte in den Zeitungen vergebens auf ein Fahndungsfoto von mir gewartet. Selbst der Mord am Sänger der Kapelle war der überregionalen Presse nur eine kleine Meldung mit unspektakulärer Titelzeile Wert:

Pepe ohne Lahla war dort zu lesen, und weiter:

Das kurzfristige und im Programm nicht vorgesehene Ableben des Sängers Vico Lahla bescherte dem Publikum in Menzenschwand ein ungetrübtes Konzerterlebnis ohne vokale Störelemente. Die Kriminalpolizei geht von einem Tötungsdelikt aus. Mit viel Beifall bedacht wurde dabei die dem Anlass angemessene Programmauswahl, die ausschließlich aus instrumentalen

---

* Musikalischer Fachausdruck für das Musizieren bei Beerdigungen

Werken bestand und das Niveau des Abends in ungeahnte Höhen hievte. Gewalteinwirkung wird nicht ausgeschlossen.

Das war's. Kein Wort von einem Verdacht gegen den Flötisten, keine Warnung vor einem freilaufenden Mörder, keine Bitte an die Bevölkerung um sachdienliche Hinweise. Und wie gesagt: keine Fahndung nach mir!

Zugegeben, das konnte mir nur recht sein, doch mich interessierte der Grund. Wollte mich Kommissar Donner in Sicherheit wiegen? Oder hatte sich am Ende ein anderer Verdächtiger gefunden? Während ich noch darüber nachdachte, schepperte mein Handy. Kaum spricht man vom Fuchs, hängt er schon an der Bux.

»Tsuval? Wo fteckft du?«, bellte Donners Stimme.

»Am Handy«, antwortete ich wahrheitsgemäß und hoffte inständig, dass ich nicht über GPS zu orten war. Schon wollte ich auflegen, als er fortfuhr:

»Haft mich gantf ffön an der Nafe herumgeführt, du Fpittfbube!«

Spitzbube? Das klang eher freundschaftlich als nach Mordverdacht. Was war da los?

»Wir haben den Mordverdacht gegen dich fallen gelaffen.«

Hoppla! Das war aber schnell gegangen.

»Einfach so?«, fragte ich vorsichtig. »Das ist doch eine Falle!«

»Nein, daf ift die Wahrheit. Wir haben einen Tfeugen, der betfeugt, daff fich jemand in dein Tfimmer gefflichen hat, folang du bei Libufe warft.«

»Und wer ist dieser Zeuge?«

»Daf fage ich dir fpäter, nicht am Telefon. Kommft du heute Nachmittag tfur Beifettfung von Vico Lahla?«

Unter diesen Umständen sprach nichts dagegen. Außerdem war ich neugierig, wen mir Donner als Zeugen für meine Unschuld präsentieren würde. Ich sagte zu, am Nachmittag auf dem Friedhof von Vicos Heimatdorf zu sein.

Dem traurigen Anlass gemäß wählte ich den schwarzen Anzug und packte die Piccoloflöte ein. Sie war aus schwarzem Grenadillholz gefertigt und daher wie geschaffen für Gruftmucken. Mit hellen Flötentönen würde ich dem letzten Weg Vicos die nötige Leichtigkeit verpassen.

Ich wusste vom Morgestraich in Basel, dass Pfeifen und Trommeln durchaus dazu beitragen konnten, eine melancholische Stimmung zu erzeugen. Ich rief den Schlagzeuger Vlad Vell an. Ein getragenes Piccolosolo, von einer gerührten Trommel begleitet sollte die Trauergemeinde erfreuen. Das war mein Plan, doch es sollte – wieder einmal – alles ganz, ganz anders kommen …

Ackerlingen liegt dort auf der Alb, wo sich nichts als Landschaft erstreckt, so weit das Auge reicht. Die Landschaft um Ackerlingen als Einöde zu bezeichnen, wäre sicher leicht übertrieben. Es gab immerhin karge Wiesen, steinige Äcker und kahle Felder, die das Landschaftsbild auflockerten, und auf der höchsten Erhebung der Gemarkung, einer flachen Hügelkuppe, über die selbst an warmen Sommertagen ein kalter Wind pfiff, ragte stolz eine morsche Linde in den Himmel, an deren rissigen Stamm sich eine altersschwache Bank lehnte.

Dies war die berühmte Teufelseiche, das Wahrzeichen der Region, an deren Fuß sich einst der Teufel mit seinen Hexen zum Tanz getroffen haben soll. Dass es sich bei der Teufelseiche in Wirklichkeit um eine abgestorbene Linde handelte, tat der Sage keinen Abbruch, und im Dorf war man stolz auf den alten Baum, der die Aufgabe hatte, anstelle eines fehlenden Schlosses, einer nie gebauten Burg, einer nie entdeckten Höhle oder eines nie gegründeten Klosters, die internationalen Touristenströme aus Kettenacker und Upflamör auf die Alb nach Ackerlingen zu locken.

Mit dem Wohnhaus des berühmtesten Einwohners von Ackerlingen, Vico Lahla, hatte man schon eine zweite Touristenattraktion und jetzt, mit seiner letzten Ruhestätte auf dem örtlichen Friedhof, eine dritte.

Am Morgen am Stammtisch im ›Ochsen‹ hatten sich Ortsvorsteher Seifferle, der Herr Pfarrer und der Mesner schon Gedanken gemacht, ob man künftig die Parkplatzsituation am Friedhof durch ein Parkhaus entschärfen und in der Nähe der Teufelseiche einen Busparkplatz bauen müsse, um den fernreisenden Bustouristen aus Japan und Indien, die auf ihren Reisen durchs Land dem Dreigestirn Triberg, Tübingen, Heidelberg nun noch Ackerlingen hinzufügen würden, Rechnung zu tragen.

Der Ortsvorsteher legte sogar Pläne vor, die sich

mit der Errichtung eines Freizeitparks um die Teufelseiche befassten, oder eines Wildparks, der nach Rückzüchtungserfolgen in Sibirien älblerische Urviecher wie geklonte Mammuts, Höhlenbären und Auerochsen in ihrer natürlichen Umgebung zeigen sollte.

Bisher hatten solche Pläne in der Schublade gelegen, doch nachdem man nun mit der letzten Ruhestätte Lahlas endlich eine echte Attraktion hatte, nach der Nachbargemeinden wie Feldlingen und Wieshausen neidvoll schielten, kamen sie unverhüllt auf den Tisch.

Vico Lahla war nicht nur als Ensemblemitglied von *Pepe Plasmas Blasmusik* ein berühmter, sondern auch ein allseits beliebter Bürger gewesen. Als Dirigent des Männergesangvereins und passives Mitglied der Musikkapelle und der Brieftaubenzüchter war er fest in das dörfliche Leben integriert gewesen.

Das Dorf auf der Alb schien an diesem Mittag wie ausgestorben. Als ich den kleinen Friedhof am Ortsrand erreichte, wusste ich, warum. Die komplette Bevölkerung und zahlreiche Neugierige aus der Umgebung schienen dort versammelt zu sein.

Ortsvorsteher Traugott Seifferle hatte auf den Wiesen um den Gottesacker herum mit weiß-rotem Absperrband Parkplätze ausweisen lassen, die durch Trauerflor begrenzt waren. Männer mit schwarzen Binden an den Ärmeln wiesen die Besucher aus nah und fern ein und kassierten 1,50 Euro pro Fahrzeug. Dafür wurde der Parkplatz rund um die Uhr von der Freiwilligen Feuerwehr bewacht.

Da der ›Ochsen‹ nur Platz für 24 Personen hatte (3 Tische à 8 – plus Stammtisch), wurde vom örtlichen Musikverein kurzerhand das Festzelt von der Kirbe erneut aufgestellt und bot so Platz für weitere 800 Gäste.

Für Bewirtung sorgte die Kolpingfamilie, deren Frauen und Mütter seit Bekanntgabe des Beisetzungstermins Zopfbrot und Zwetschgenkuchen am Fließband buken, und der Kleintierzuchtverein, der aus dem vereinseigenen Fundus 213 halbe Hähnchen (ein halbes hatte der Herr Pfarrer für sich beansprucht), elf Rammler in Form von Hasenbraten und zwei Spanferkel beisteuerte.

Auf der Bühne hatte der Zitherclub *Dritter Mann Ackerlingen e.V.* Aufstellung genommen, der nach der Beisetzung die Uraufführung der von Vico Lahla komponierten *Frankfurter Messe in es-Moll* plante, im Anschluss daran sollte für die Trauergemeinde ein bunter Nachmittag mit Choralvorspiel des Posaunenchors, einem Trauerspiel-Einakter der örtlichen Laientheatergruppe ›Vorhang zu!‹ und einer Schweigeminute für alle angeboten werden.

Für Kinder hatte man ein historisches Kinderkarussell mit schwarzen Holzpferden aufgestellt und einen Süßwarenstand, der neben schwarzer Lakritze und gebrannten Trauermandeln auch kleine Blumengebinde, Miniaturkränze und Vicos letzte Autogrammkarte als Andenken verkaufte.

Solchermaßen auf das außergewöhnliche Ereignis vorbereitet, wartete die Gemeinde vor dem Friedhof auf das Eintreffen des Hauptdarstellers, der auf dem Dach des schwarzen Smart schließlich den Spielort für den letzten Akt erreichte.

UND EWIG SCHWEIGT DAS MURMELTIER

Ich will nun aus Gründen der Pietät die detaillierte Schilderung der folgenden Ereignisse aussparen und mich auf die für den weiteren Verlauf des Falls relevanten Tatsachen beschränken.

Vom Hügel aus, auf dem die Teufelseiche in den Himmel ragte, intonierte das Königsregister – gekonnt und professionell inszeniert – das *main theme* aus *Man lebt nur zweimal*, während sich im Tal der Sarg in die Gruft senkte. Trompetentrio tremolotrüb im tristen Trauerspiel. Ich hatte sie alle vor Augen, Elvis-Leonid Vraungnechd, genannt das Murmeltier, Friedrich C. Drey und Jantje van Faare.

Nur für einen Moment ließ ich mich ablenken, als nämlich Constanze ohnmächtig zu Boden ging. Schon befürchtete ich einen neuen Mordanschlag, doch sie schlug schon wenige Sekunden, nachdem sie unsanft flach lag, wieder die Augen auf, um die Wirkung ihrer Showeinlage zu überprüfen.

In diesen wenigen Sekunden musste sich oben an der

Teufelseiche das Drama ereignet haben, das zur Dezimierung des Königsterzetts führte. Denn einer der drei kehrte nicht mehr von jenem Hügel zurück: Das Murmeltier war spurlos verschwunden!

Als sich unten im Tal die Trauergemeinde ins Festzelt zum Leichenschmaus ergoss, setzte Jantje van Faare sein Flügelhorn an und gab den Kameraden an der Grube das Signal zum Essenfassen – zweimal lang, viermal kurz, einmal lang. Mit hungrigen Mägen machte er sich mit dem Kollegen Drey auf den Weg an den Trog, ohne auf den fehlenden dritten zu achten.

So kam es, dass sich kein Mensch um den verschwundenen Trompeter kümmerte – außer mir. Allein auf Solopfaden schlich ich den Hügel hinan und fand mich im Schatten der Teufelseiche wieder, wo keine zehn Meter entfernt Elvis-Leonids Trompete golden im kurzen Wiesengras der Alb glänzte.

Von ihm selbst weit und breit keine Spur!

Was war hier geschehen?

Ein neuer Mord?

Oder hatte sich einer der Verdächtigen auf geschickte Weise aus dem Staub gemacht?

Während ich noch darüber nachdachte, und meinen Blick über die trostlose Landschaft aus einzelnen Felsen, Wacholdersträuchern und weidenden Schafen gleiten ließ, sah ich eine Gestalt den Hügel emporsteigen. Den langen und dürren Umrissen zufolge musste es sich um Dr. Smrt handeln, der sicher wie kein Zweiter schon wieder ein neues Geschäft witterte.

»Na, junger Freund, ein bisschen die Aussicht genießen?«

»Nein«, entgegnete ich. »Ich suche einen Trompeter.«

»Einen von den Plasmabläsern?«

»Genau. Stand vor fünf Minuten noch hier oben und blies. Jetzt ist er spurlos verschwunden.«

»Spurlos verschwunden?«, wiederholte er. »Dann muss Säure im Spiel sein! Da bist du in kürzester Zeit aufgelöst. Spart den Sarg. Schlecht fürs Geschäft.«

Smrt sah die Sache wieder von der pragmatischen Seite. Ich jedoch gab mich damit nicht zufrieden. Was mich zermürbte, war der Gedanke, dass just der Mann, gegen den sich derzeit mein zentraler Verdacht richtete, wie vom Erdboden verschluckt war. Ich ahnte zu diesem Zeitpunkt noch nicht, wie nah diese Formulierung der Wahrheit kam.

Die Worte Joes waren mir in den Sinn gekommen. *Außerdem wollt' er die Digtrom kaufa!* Elvis-Leonid Vraungnechd hatte allen Grund, den Vertrieb der Digtrom zu verhindern. Aber würde er dafür wirklich einen Mord begehen?

Vielleicht, so vermutete ich, wusste er, dass ich ihm auf den Fersen war und plante nun den professionellen Abgang. Mit etwas Glück hielt er sich noch hinter einem der kleinen Felsbrocken versteckt, die wie von Riesenhand ausgelegt über die ganze Hochfläche verstreut waren.

Smrt hingegen glaubte an die Theorie vom vierten Mord, und so suchten wir, der eine auf einen Leichenfund, der andere auf Lebendware hoffend, sämtliche Felsverstecke im Umkreis von 200 Metern ab.

Der Erfolg jedoch blieb aus. So sah ich mich gezwungen, einmal mehr Kommissar Sepp Donner anzurufen und den verschwundenen Trompeter Elvis-Leonid Vraungnechd als vermisst zu melden. Da wir uns am Telefon ja ohnehin für die Trauerfeier verabredet hatten, war dies nun eine gute Gelegenheit, sich zu treffen.

Donner musste vor Ort sein, in der Tat erreichte ich ihn im Festzelt, und er machte sich unverzüglich auf den Weg. Keine zehn Minuten nach meinem Anruf stand er keuchend vor Smrt und mir.

Ich schilderte ihm, was vorgefallen war.

»Hm«, sagte er nur, »feltfam. Fehr, fehr feltfam. Keine Fau verffwindet einfach fo fpurlof! Und erft recht kein Trompeter!«

»Es sei denn«, widersprach ich, »dass er sich einfach vom Acker gemacht hat. Wir sollten ihn zur Fahndung ausschreiben«, sagte ich daher.

»Genau mein Gedanke«, pflichtete mir Kommissar Donner zu meinem größten Erstaunen bei. »Wir müffen ihn finden, er ift unfer eintfiger Tfeuge!«

»Er ist ein Zeuge?«, fragte ich. »Und wofür?«

»Ich habe dir doch ertfählt, daff wir einen Tfeugen haben, der betfeugt, daff fich jemand in dein Tfimmer gefflichen hat, bevor diefer Fänger Vico dort auftauchte?«

»Stimmt. Und dieser Jemand muss meinen Whisky mit Zyankali versetzt haben, um mich zu vergiften.

Irgendwie musste schließlich das Zeug in meinen Flachmann gekommen sein.«

»That'f it! Und diefer Tfeuge war Elvif-Leonid Vraungnechd!«

Oh mein Gott!, durchfuhr es mich. Das setzte den Plasmatrompeter wieder in ein ganz anderes Licht.

Wenn der wahre Mörder das erfahren hatte, musste er alles daransetzen, das Murmeltier zum Schweigen zu bringen. Was wiederum heißen würde, Elvis-Leonid war womöglich doch nicht verschwunden, sondern das vierte Opfer? Doch ich verwarf den Gedanken sofort wieder. Wie sollte der Mörder das bewerkstelligt haben?

1000 Zeugen hatten den Auftritt des Trompetentrios bei der Teufelseiche miterlebt. Wie sollte unter diesen Umständen ein Mord möglich gewesen sein? Doch auf der anderen Seite: Langfried Schieber hatte man auch vor einem ganzen Publikum dahinscheiden lassen. Scheinbar legte es der Mörder geradezu auf Zuschauer an!

Er mordete, ohne dass ihm die Zeugen etwas nachweisen konnten, denn er hatte den richtigen Augenblick für seine Tat abgewartet und alles von langer Hand geplant.

Constanzes Ohnmachtsanfall kam mir in den Sinn. Was, wenn dies nur eine Inszenierung war, um für zwei Sekunden von den Trompetern abzulenken? Zwei Sekunden würden reichen, um einen Giftpfeil abzuschießen. Der Schütze versteckt hinter einem der Bäume dort oben oder womöglich im Geäst der Teufelseiche selbst?

Unwillkürlich wanderte mein Blick am Stamm der abgestorbenen Linde nach oben. Nein. In diesem kahlen Astwerk gab es keine Tarnung. Der Baum schied als Versteck des Schützen definitiv aus. Über welche Distanz war es möglich, den Pfeil auf sein Opfer abzuschießen?

Konnte der Mörder aus der Menschenmenge im Tal herausgeschossen haben?

Oder lag er drüben zwischen den Felsen auf der Lauer?

Oder graste er, getarnt mit dem Fell eines Schafes, harmlos in der Herde? So hatten sich die Indianer auf der Büffeljagd an die Bisons angeschlichen, getarnt unter dem Fell von Kojoten …

Sepp Donner holte mich aus meinen wirren Giftpfeil-Fantasien heraus.

»Wir laffen ihn fuchen. Ich fordere eine Hundeftaffel an. Und jetft geh'n wir einen heben!«

Er deutete auf das Festzelt im Tal und marschierte los. Eigentlich hatte er recht.

Ich blieb noch einen Augenblick zurück. Ein weiterer Gedanke war mir gekommen. Sollte sich am Ende wieder Gift am Mundstück finden? Wie einst bei Langfried Schieber? Ich ging zu der Trompete und hob sie auf, doch der Geruch, der dem Mundstück anhaftete, war eher der nach abgestorbenen Kaulquappen als nach Zyanid.

Nein, diesmal musste der Mörder anders vorgegangen sein. Trotzdem übergab ich die Trompete Smrt. Sollte er doch nach Giftspuren auf dem Mundstück suchen!

Es stand außer Frage: Das Verschwinden des Trompeters stellte uns alle vor ein Rätsel, das noch viel größer war, weil die Rolle des Vermissten nicht klar definiert werden konnte. War er der Zeuge, der beseitigt worden war oder der Täter, der sich geschickt davongemacht hatte?

Welche Rolle spielte Elvis-Leonid Vraungnechd?

Ich beschloss, seinen beiden Kollegen ein wenig auf den Zahn zu fühlen. Immerhin standen sie zum Zeitpunkt seines Verschwindens unmittelbar neben ihm.

Außerdem musste ich Libuše wiedersehen. Immerhin trug sie noch ein Geheimnis mit sich herum, hinter das ich unbedingt zu kommen trachtete: *Weiß ich, wer ist Merdär …*

HÜHNERVÖGEL

Ich fand fast die komplette überlebende Plasma-Besetzung am Trog, wohin sie das bekannte Signal – zweimal lang, viermal kurz, einmal lang – schon vor einer halben Stunde gelockt hatte.

Bandleader Pepe Plasma saß neben Constanze Voorte-Singh, die – ganz in Schwarz gekleidet und mittels schwarzer Ringe unter den Augen – ihrer Trauer um den verblichenen Duettpartner sichtbar Ausdruck verlieh.

Diese Trauer wurde sicher überschattet durch die Sorgen um ihre Zukunft, denn dass sie ohne Vico Lahla eben nur ein halbes Gesangsduo war, und ihr die jüngere und – unter uns gesagt – auch attraktivere und gesanglich glänzendere Sängerin Libuše Kabelková ganz sicher den Rang ablief, wusste die Voorte-Singh ganz genau. Schon deshalb schien es mir relativ unwahrscheinlich, dass sie etwas mit dem Tod des Sängers zu tun hatte. Obwohl – ich verdrängte das immer wieder aus meinen Hirnwindungen – der Anschlag auf Vico Lahla ja eigentlich mir gegolten hatte.

Während sich in meinem Unterleib ein leichter Harndrang bemerkbar machte, rieselte mir ein leiser Schauer über den Rücken, denn noch war ich ja am Leben, und so hatte es der unbekannte Mörder vielleicht ja noch immer auf mich abgesehen?

Wie von selbst blieb just bei diesem Gedanken mein Blick an Libuše Kabelková hängen. Sie wich meinem Blick aus, vertiefte sich wie auf Kommando in eine Plauderei mit Vlad Vell, der neben ihr saß und mit zwei Besteckteilen eine neue rhythmische Variante der von ihm komponierten Gabelpolka probte. Ich unterdrückte meinen Blasendruck und versuchte ein paar Brocken des Gesprächs aufzuschnappen.

Doch Libuše fing meinen neugierigen Blick auf und flüsterte ihm etwas ins abstehende Ohr, wobei seine Augen hastig zu mir stierten, er mich – wie mir schien – boshaft anlächelte und ich wieder den Eindruck hatte, in seinen Mundwinkeln die Eckzähne Graf Draculas aufblitzen zu sehen. Ich starrte auf Messer und Gabel in seiner rechten Hand, die er mit spielerischen Fingerbewegungen klappern ließ.

Ramtata-tamtata-tam-tataa. Ramtata-tamtata-tam.

Der Polkarhythmus war nicht zu überhören, und mir fiel ein, dass mir Heini Blättle von einer unvollendeten Komposition des rumänischen Drummers erzählt hatte, bei der er Messer als Rhythmusinstrumente einzusetzen gedachte.

Ich erinnerte mich an einen Fall, in dem ich vor einigen Jahren ermittelt hatte. Der Messerwerfer eines Kleinzirkus hatte bei der Vorstellung aus Versehen seine Partnerin getroffen, und sie hatte ihm eine mörderische Absicht unterstellt. Er hatte bei seinen Vorübungen ähnlich mit den Waffen geklappert wie jetzt Vlad Vell und mir gesagt, dass er dadurch eigentlich die Klingen schärfe.

Sollte der Schlagzeuger Ähnliches im Schilde führen? Was, wenn ihm während der Uraufführung seiner neuen Polka ein Messer entglitt und sich die Klinge wie durch Zufall in den Hals des einzigen Flötisten bohrte? Plante er den Mord an mir, geschickt kaschiert durch eine künstlerische Darbietung – wie einst der Messerwerfer im Zirkus? Wie hatte Heini gesagt, würde der Titel der neuen Polka lauten? Böhmisches Blut!

Ramtata-tamtata-tam.

Vlad Vells Lächeln war verschwunden, nachdem Libuše ihr Flüstern beendet hatte. Verstohlen blickte er Heini Blättle an, der ihm gegenüber den Rest des Totenmahls verspeiste.

Man hatte halbe Hähnchen gereicht, und für Heini, der ja alles paarweise verschlang, lagen zwei ganze Hühnervögel auf dem Teller. Klar, zwei Halbe waren bekanntlich ein Ganzes und zwei Ganze wiederum ein Paar. Jantje van Faare und Friedrich C. Drey saßen am unteren Ende des Tisches und waren ebenso wie ich mit dem Abnagen von Hühnerbeinen beschäftigt. Keiner der beiden schien sich über das Fehlen von Elvis in irgendeiner Form Gedanken zu machen.

Ich klemmte meine Oberschenkel zusammen, denn wenn ich jetzt zur Toilette ging, würden mir die beiden Verdächtigen sicher entwischen.

Während der geschwollene Klarinettist den letzten Schlegel des vierten halben Hähnchens durch seine Lippen zog, um den kahlen Knochen danach zum Biomüll auf seinem Teller zu legen, zwinkerte er mir verstohlen zu.

Es durfte ihm nicht entgangen sein, dass ich bisher nichts gegessen hatte, und so hatte er vorsorglich ein Flügelchen des zweiten halben Hähnchens für mich aufgehoben. Mit fetttriefenden Fingern fischte er es jetzt unter dem Knochenberg hervor und warf es mir zu. Durch die mir eigene Geschicklichkeit gelang es mir, den Hühnervogelflügel aufzufangen, und ich nagte ihn genüsslich ab.

Mit dem vordergründigen Aufnehmen fester Nahrung konnte ich den eigentlichen Grund meiner Anwesenheit, nämlich das Taxieren der beiden Hauptverdächtigen, ohne Tarnung und Umschweife ausführen. Neben ihnen entdeckte ich den Fentilartur aus dem Allgäu und am nächsten Tisch all die anderen Musiker, denen ich bisher keine größere Beachtung geschenkt hatte, weil sie zu keinem der Ermordeten in engerer Verbindung standen.

War das ein Fehler?, fragte ich mich jetzt. Vielleicht hatte ich ja etwas übersehen, was Motiv oder Täter anging. Jetzt allerdings hatte ich keine Zeit, darüber nachzudenken, denn in jenem Moment stand plötzlich der Kommissar neben mir und neben ihm wiederum – wie sein Schatten – Dr. Smrt.

»Wo gibtf daf Effen?«, fragte Donner und deutete auf die halben Hähnchen in den Händen der beiden Flügelhornisten. Goli, unser kleiner Inspizient, deutete zum Grillwagen im Festzelt, an dem sich auf einem einsamen Spieß gerade noch ein letztes knusprig braunes Hähnchen drehte.

Im selben Augenblick, als sich der Kommissar und der Bestattungsunternehmer auf den Weg machten, stand auch Heini Blättle auf und schlug gezielt den Weg in Richtung Hähnchenbraterei ein. Weil er im Festzelt die bessere Orientierung hatte, würde er sein Ziel vor den beiden anderen erreichen, und ich freute mich schon heimlich über die langen Gesichter, wenn er dem Kommissar das Hähnchen als das Letzte seiner Art vor der Nase wegschnappte.

Heimlich schlich ich hin, um mir das aus der Nähe anzusehen. Das hätte ich besser bleiben lassen sollen, denn van Faare und Drey nützten meine Abwesenheit gnadenlos aus, um sich abzusetzen. Dies bemerkte ich jedoch erst später, und es sollte fatale Folgen haben.

Kommissar Donner hatte noch vor Smrt, aber nach Heini Blättle den Hähnchenspieß erreicht, von dem sich der Klarinettist gerade die letzten beiden halben Göckel gepflückt hatte.

»Ftop!«, hörte ich den Kommissar brüllen. »Daf Hähnchen ift befflagnahmt!«

»Ach nee«, hörte ich Heini jammern. »Und warum?«

»Beweifmittel!«, donnerte Donner.

»Rrichtig!«, pflichtete Dr. Smrt ihm jetzt bei. »Nachdem Vico Lahla vergiftet wurde, müssen wir sicherstellen, dass nicht die ...«

»Vogelgrippe!«, half ihm Donner weiter.

»Rrichtig – die Vogelgrippe dafür verantwortlich gemacht werden kann. Ich werde daher die einzelnen Körperteile dieses Vogels eingehend sezieren und Stück für Stück auf grippale Infekte testen.«

»Und ich werde ihn tfuvor einer Leibefvifitation untertfiehen!«, ergänzte der Kommissar hungrig.

»Außerdem haben Sie schon gegessen, und vier halbe Hähnchen sind mehr als genug«, sagte Dr. Smrt und musterte Heinis Leibesfülle abschätzig. »Es könnte sein, dass ich für Sie – sollten Sie das nächste Mordopfer sein – sonst einen XXXL-Schrein bereitstellen muss!«

»Darüber machen Sie sich mal keine Gedanken«, meinte Heini. »Ich wollte die eine Hälfte des Hähnchens ohnehin nur für meinen jungen Freund organisieren«, er deutete auf mich, »der nämlich nicht am Leichencatering teilgenommen hat. Und da er für den vergifteten Whisky ja schon als Vorkoster zur Verfügung stand, spricht ja wohl nichts dagegen, dass er auch das Hähnchen testet?«

Heini lächelte mir zu und reichte mir einen halben Hühnervogel. Ich schüttelte den Kopf, denn ich hatte ja schon ein Flügelchen.

Außerdem musste ich nun endgültig dringend aufs Klo. Doch Heini ließ nicht locker.

»Beiß rein, mein Junge und lass es dir schmecken!«, meinte er aufmunternd, »und wenn du nicht den ganzen halben Broiler schaffst, bring mir den Rest vorbei! Um die andere Hälfte kümmere ich mich schon mal!«

»Maultaschen wären mir ehrlich gesagt lieber«, raunte ich ihm leise zu, »geschmälzt und mit Zwiebeln. Meine absolute Leibspeise!«

Ich hielt das dampfende halbe Hähnchen in den Händen und überlegte, wie ich damit pinkeln konnte. Da ich wusste, dass der Hunger mir das Vieh in kürzester Zeit in die Eingeweide treiben würde, beschloss ich, das Essen vorzuziehen.

Verdutzt starrten Donner und Dr. Smrt dem Klarinettisten nach, der sich wieder auf den Weg zu den anderen Musikanten gemacht hatte. Ich öffnete den Mund, um meine Kiefer herzhaft in das Brustfleisch zu hauen, als Golis Aufschrei mir Einhalt gebot.

»Nicht ohne Besteck!«, schrie er und reichte mir Messer und Gabel. Fachmännisch hatte er das halbe Hähnchen durch einen raschen Schnitt zwischen Flügel und Schlegel geöffnet. Bitterer Geruch stieg mir plötzlich in die Nase, und ich hielt den Vogel entsetzt von mir.

Dr. Smrts Nasenflügel bebten, und im selben Augenblick erstarrte er.

»Riechen Sie das auch?«, fragte er und blickte zuerst mir und dann dem Kommissar in die Augen.

»Waf?«

»Na hier, das Hähnchen! Woran erinnert Sie dieser Duft?«

»Whifky?«

»Rrichtig!«, stimmte der Bestatter zu. »Der Whisky aus dem Flachmann unseres jungen Freundes! Nur ein Bissen von diesem Hähnchen, mein Lieber« – er lächelte mich an – »und Sie sind genau so tot wie Vico Lahla!«

Jetzt war ich es, der erstarrte.

»Zyanid!«, rief Dr. Smrt und riss mir den Vogel aus der Hand.

»Heini – nicht!«, schrie ich und blickte dem Freund nach, doch es war zu spät.

Schon hatte er seine Zähne in die andere Hälfte des Hähnchens geschlagen, ich sah ihn wanken und zu Boden gehen. Das Zyankali tat seine Wirkung. Wie die Freiheitsstatue ihre Fackel hielt er den halben Vogel am ausgestreckten Arm über sich, und ich hörte am Röcheln seiner Stimme und an seinem erbärmlichen Krächzen, dass er zum nächsten Kunden für Dr. Smrt werden würde.

Mir hatte der Inspizient das Leben gerettet, doch das Ableben Heini Blättles hatte niemand verhindern können. Das Zyanid würde ihn ebenso abberufen wie Langfried Schieber, Eiibii und Vico Lahla. Mir traten Tränen in die Augen, und nur wie durch einen Schleier nahm ich wahr, dass die beiden Trompeter verschwunden waren.

Da! Sie machten sich durch einen der seitlichen Festzeltausgänge davon. Ich musste sie aufhalten! Doch die Blase drohte mir zu platzen.

ZITHERPARTIE

Ich zögerte nur einen Moment. Wankte in meinem Entschluss, die beiden Flüchtigen zu fassen oder Heini die letzte Ehre zu erweisen. Schlagartig wurde mir klar, dass es ihm mehr nützen würde, seine vermeintlichen Mörder zu stellen als ihm die erkaltende Hand zu halten. Also raste ich dem Ausgang zu, durch den die beiden Tatverdächtigen soeben entschwunden waren. Dr. Smrt und Kommissar Donner hingegen wandten sich dem Tatort zu.

Ich erreichte den Zeltausgang just als der Zitherclub *Dritter Mann e.V.*, der vor einer halben Stunde erfolglos die von Vico Lahla komponierte *Frankfurter Messe in es-Moll* uraufgeführt hatte, ebenfalls das Zelt verließ, während auf der Bühne nach dem Choralvorspiel des Posaunenchors der Umbau zum Trauerspiel-Einakter der Laientheatergruppe ›Vorhang zu‹ erfolgte.

Ich versuchte, in der Masse der wogenden Körper zwischen Zither-, Harfen- und Hackbrettspielern die beiden Plasmatrompeter auszumachen, was jedoch leichter gesagt war als getan. Denn wie die Mitglieder des Zitherclubs *Dritter Mann e. V.*, strebten die beiden auch dem Parkplatz zu, und ich hatte Mühe, mir zwischen den Musikanten einen Weg zu bahnen.

Man muss dazu wissen, dass der gemeine Zitherer oder auch der Hackbrettist nie aus dem Haus geht, ohne die halbe Wohnungseinrichtung mit einzupacken. Dies tut er nicht freiwillig, sondern bedingt durch sein Instrument, das eben nicht nur einfach wie eine Klarinette oder ein Tenorhorn frei schwebend gespielt werden kann, sondern eine waagrechte Ablage benötigt. Diese bringen Zitherer und Hackbrettisten zu jedem Auftritt individuell mit, meist in Form eines Nacht- oder Campingtisches, bei größeren Instrumenten auch Küchentisch oder Werkbank, jeweils auf die Sitzhöhe des Spielers zugeschnitten.

Passend dazu war auch ein Hocker oder Klappstuhl im Gepäck und natürlich ein Stimmschlüssel, mit dem die Zither in die jeweils gewünschte Stimmung – von heiter bis traurig – versetzt werden konnte. Nur mittels dieser Ausrüstung konnten die Saiten ordentlich schwingen und beim Hörer den Wohlklang hinterlassen, den wir alle aus dem Harry-Lime-Thema im Ohr haben.

Irgendwie passte gerade die Zither hervorragend zu einer Beerdigung, so empfand ich das zumindest, während die Zitherer, mit ihren Möbeln und Instrumenten bepackt, mir widerwillig Platz machten. Was wäre die herzerweichende Melancholie der Friedhofsszenen bei der Beerdigung von Harry Lime ohne den unvergleichlichen Klang der Zither?

Und war sie nicht durch ihre waagrechte Spielweise geradezu prädestiniert dafür, auf einem Sarg zu liegen und dem Verblichenen durch das Schwingen der Saiten die letzte Reise rhythmisch zu gestalten?

So war für mich die Zither – analog zur Orgel in der Kirche – die eigentliche Königin der Gruft. Ich fand mich darin übrigens bestätigt, als ich vor einigen Jahren der Beerdigung eines mir befreundeten Musikanten beiwohnte, den seine Frau ebenso erfolgreich ins Grab gebracht hatte wie zuvor seine beiden Vorgänger. Nie zuvor hatte ein in Moll von der Zither intonierter Titel treffender zu den Tränen einer dreifachen Witwe gepasst wie *der Dritte Mann*.

Ich hatte mich mit Ellbogen- und Schienbeintreten zwischen den Zitherspielern und ihrem Hausrat durchgekämpft und sah gerade, wie die beiden Flügelhornisten sich etwa zehn Meter vor mir einem roten Opel Astra Combi näherten, den sie offensichtlich als Fluchtfahrzeug benützen wollten. Jetzt galt es zu handeln!

Ich nahm meine Finger zu Hilfe und stieß einen schrillen Pfiff aus. Die Köpfe der beiden fuhren herum, sie erkannten mich und rannten los. Ich hinterher!

Sie hatten nach wenigen Metern ihren Wagen erreicht, rissen die Türen auf, warfen ihre Instrumente hinein und sich auf die Sitze. Ich hörte das Zuschlagen der Türen und wusste, dass ich nur noch eine Chance hatte, sie am Verlassen des Parkplatzes zu hindern:

Die sportliche Zeit bei den Diskuswerfern meines heimatlichen Leichtathletikvereins, *Allgemeine Leichtathletik und Diskus-Initiative ALDI St. Agath-Christi e. V.* sollte sich endlich bezahlt machen. Nicht umsonst war ich drei Mal vierter und einmal fünfter Vizebezirksdiskuswurfmeister in der Regionalliga II gewesen.

Ich entriss dem Zitherer, den ich gerade noch überholt hatte, seinen Instrumentenkoffer, öffnete das Schloss und wog die Zither wie ein breites Brett schwer in beiden Händen.

Ich hielt das Saiteninstrument wie eine riesige Diskusscheibe und schleuderte es zielgerichtet auf das Dach des Combis, auf dem es wie ein Eisstock auf dem Schlittschuhfeld entlangschlitterte, um schließlich auf der Windschutzscheibe talwärts zu rutschen und über dem Scheibenwischer scheppernd liegen zu bleiben. Wie der Äolsharfen Laut tönten die Saiten lustig im Wind.

Auf diese Weise seiner Sicht beraubt, hatte Jantje, der am Steuer saß, keine Chance, den Opel auszuparken, und hämmerte fluchend auf das Lenkrad. Ich riss die Fahrertür auf und packte ihn am Oberarm.

»Nein!«, schrie er und starrte mich mit angstverzerrtem Gesicht an, »tu mir nichts! Ich habe Kind und Frauen!«

Doch ich hörte nicht auf sein Gewinsel, kurbelte an der offenen Fahrertür einen Spaltbreit die Fensterscheibe herunter und ließ ihn die Finger von innen bis zu den zweiten Gelenken hindurch stecken. Jetzt kurbelte ich wieder hoch, bis sich seine Fingerspitzen weiß verfärbten. Solchermaßen eingeklemmt konnte er unmöglich fliehen, bis ich mich um seinen Komplizen gekümmert hatte.

Der war sitzen geblieben und starrte mich mit hochrotem Kopf an.

»Das habt ihr euch wohl so gedacht!«, sagte ich, nachdem ich auf dieselbe Weise Friedrich C. Drey im Beifahrerfenster fixiert hatte. »Wie viele Leute wolltet ihr denn noch umbringen?«

»Wir sind unschuldig!«, beteuerte Jantje van Faare, und Drey pflichtete ihm bei.

»Ach nee«, widersprach ich, »und warum seid ihr dann Hals über Kopf abgehauen, als ihr mich gerade erkannt habt?«

»Na, weil wir dich für den Mörder halten.«

»Mich?«

Beide nickten eifrig.

»Der Kommissar hat uns das in Menzenschwand gesteckt«, sagte Drey.

»Und er hat ja recht«, ergänzte Jantje, »erst seit du bei Plasma bist, sterben die Musikanten wie die Fliegen!«

»Wollt ihr mir etwa weismachen, ihr hättet mit Elvis' Tod nichts zu tun?«

»Elvis lebt!«, sagten beide synchron.

»Zumindest ist er verschwunden«, korrigierte ich. »Das müsst ihr doch bemerkt haben, ihr seid doch neben ihm gestanden, da oben bei der Teufelseiche!«

Doch die beiden Trompeter beteuerten ihr Unwissen. Ihnen war in der Tat Elvis' Abgang nicht weiter aufgefallen, sie hatten mit geschlossenen Augen in innigem Gedenken an den verblichenen Lahla ihre Posten geblasen und waren erst durch die plötzlich eintretende Zweistimmigkeit auf das Fehlen des dritten Trompeters aufmerksam geworden.

Da die Posten eh zu Ende waren, hatten sie es mit Fassung getragen, wähnten ihn nur hinter der Eiche, da mit voller Blase schlecht blasen ist, und strebten hungrig dem Festzelt zu. Die Unschuldsmiene, mit der sie mir dies schilderten, überzeugte mich schließlich.

Schweren Herzens musste ich zugeben, eine falsche Fährte verfolgt zu haben. Während ich die Fensterscheiben runterkurbelte und sich die beiden Musikanten ihre gequetschten Finger rieben, tauchte Kommissar Donner auf und stellte mich wieder einmal zur Rede.

»Haft du etwa ohne mich Leute verhaftet?«, zischte er, und ich klärte ihn in wenigen Sätzen über die eben beendete Aktion auf.

»Die beiden haben sich durch ihre Flucht verdächtig gemacht«, versuchte ich, mein Verhalten zu rechtfertigen. »Da hielt ich es für besser, sie aufzuhalten, als bei Heinis Leiche zu verharren.«

Der Kommissar gab sich seltsamerweise mit meiner Erklärung zufrieden. Er verpflichtete die beiden, sich als Zeugen zur Verfügung zu halten, und zerrte mich mit sich fort.

»Ich muss jetzt dringend aufs Klo!«, protestierte ich.

Meine Blase war durch die Verfolgung der beiden Verdächtigen abgelenkt worden, doch nun drängte sie wieder massiv.

»Fpäter! Ef hat während deiner Abwefenheit neue Erkenntniffe gegeben«, erklärte mir Donner, während ich den Druck zu ignorieren versuchte.

Wir erreichten das Zelt an dem Eingang, in dessen Nähe sich vor wenigen Minuten mein Freund Heini Blättle für immer von der irdischen Bühne verabschiedet hatte. Ich wunderte mich etwas, dort keinen Menschenauflauf vorzufinden, und überhaupt: Weshalb hatte sich der Kommissar von der Leiche und vom Tatort entfernt? Noch größer wurde meine Verwunderung, als uns Dr. Smrt mit tieftrauriger Miene entgegenkam. Er musste doch Freude an einer neuen Sargfüllung haben?

»Schlechte Zeiten fürs Geschäft!«, brummte er. »Die eine Leiche spurlos verschwunden, und die andere kotzt sich einfach das Gift aus dem Leib! Wovon soll unsereins denn existieren!«

»Ja!«, sagte Kommissar Donner und grinste mich an. »Frohe Oftern, mein Lieber!«

Frohe Ostern? Ich verstand den Sinn seiner Worte nicht, bis ich Heini Blättle quicklebendig auferstanden an einem der Biertische sitzen sah. Er winkte mir kauend zu und schob sich gerade die letzten Zipfel zweier Würste in den Schlund.

»Ich muss den Klogeschmack loswerden, mit dem mir dieser Leichenbeschauer den Mund desinfiziert hat«, erklärte er und schleckte seine Finger ab. »Mich mit Zyankali vergiften zu wollen, haha!«, lachte er. »Hat aber die Rechnung ohne Heini Blättle gemacht, unser Mörder. Kann zwar sein, dass ich ein Vielfraß bin und alles paarweise in mich reinstopfe, aber wenn mir was nicht schmeckt, ist schneller gekotzt als geschluckt. Und wie mir Dr. Smrt erklärte, hat mir genau diese Taktik das Leben gerettet!«

Ich nahm den Freund in den Arm und drückte ihn erleichtert. Endlich hatte mal einer dem geheimnisvollen Mörder ein Schnippchen geschlagen.

»Wo ift daf vergiftete halbe Hähnchen?«, fragte jetzt Sepp Donner. »Wir brauchen daf für unfere Ermittlungen!«

Heini Blättle deutete auf eine der Mülltonnen, in denen im Festzelt der Abfall gesammelt wurde. Die meisten quollen über vor Hähnchenknochen, Innereien und Fleischresten.

»Hab das Zeug weggeschmissen, bevor es noch mehr Unheil anrichtet!«, erklärte er und schleckte sich den letzten Senf von den Fingern.

»Fehr geffickt!«, war der einzige Kommentar des dadurch tatwaffenlosen Kommissars, während der Posaunenchor auf der Bühne statt der Schweigeminute den ›Holzmichel‹ anstimmte, und alle fröhlich sangen: »Jaaaa – er lebt noch!«

HÖHLENFORSCHER

Ich war nach draußen geeilt, den Toilettenwagen als Ziel. Da der eingeplante Hühnervögelvorrat aufgebraucht war, hielt mich nichts mehr in dem Zelt, wo man soeben versucht hatte, sowohl mich als auch meinen besten Freund zu vergiften.

Ohne Golis Aufschrei und das Geruchsorgan von Dr. James Smrt – das wurde mir mit einem Mal klar – wäre ich jetzt abermals zum Opfer mutiert. Schon zum zweiten Mal innerhalb weniger Tage hatte ich eine Einladung in die Ewigen Jagdgründe ausgeschlagen. Wenn die beiden letzten Mordanschläge geglückt wären, läge ich jetzt zusammen mit Heini Blättle auf dem Dach von Smrts Smart. Der alte Leichenschänder hatte mir – sicher ungewollt – das Leben gerettet, denn eigentlich war ihm ja ein Toter im Sarg lieber als ein Überlebender im Bierzelt.

Ich hatte soeben den Klowagen erspäht, als ich bemerkte, dass Kommissar Donner mir folgte.

»Lof!«, sagte er und packte mich am Ärmel, »wir beide fuchen jetft den verffwundenen Mufiker!« Damit zerrte er mich den Hügel zur Teufelseiche hinauf, ohne auf meine Gegenwehr Rücksicht zu nehmen. Na gut, dort oben gab es ja auch Bäume und Büsche.

Irgendwie hatte ich das Gefühl, dass wir beide allein nicht weiter kamen. Zu viele Verdächtige hatten sich inzwischen eingefunden, zu viele Leichen hatte es gegeben.

Ein Geräusch schreckte mich auf.

»Hast du das auch gehört?«, fragte ich Donner.

»Waf?«

»Ich weiß nicht genau. Klang wie ein Rufen. Hallo, oder so was.«

»Vielleicht Dr. Smrt? Er kommt uns nach.«

Ich blickte zurück. Keuchend kam er den Buckel nach oben.

»Haben Fie unf gerufen?«, fragte Donner.

»Nein«, antwortete Smrt schnaufend, nachdem er uns erreicht hatte. »Ich wollte Ihnen die Trompete zurückgeben. Da ist kein Zyanid am Mundstück. Nur Grünspan und Reste von Currywurst mit Pommes. Das konnte ich auch ohne Labor analysieren.«

Ich nickte und nahm die Trompete des Murmeltiers an mich.

Da! Wieder! Klang wie ein verhalltes *Haalloooo* aus einer anderen Welt.

Wir verstummten, und auch Dr. Smrt lauschte gebannt.

»Ich glaube, er lebt!«, jubelte ich.

»Schade«, murmelte Smrt.

»Wie bitte?«, fragte ich.

»Na ja, schlecht fürs Geschäft. Ich dachte schon, ich krieg doch noch eine aufs Dach!«

»Eine aufs Dach?«

»Eine Leiche. Was denn sonst?«

Stille.

Nur der Tusch aus dem Festzelt.

Das Blöken der Schafe.

Das Rauschen des Windes in den kahlen Ästen der Teufelseiche.

Und dann wieder! Ein lang gezogenes *Haalloooo* wie aus einem hohlen Fass.

»Das kommt von da!«, rief ich und rannte in die Richtung, in der die Trompete gelegen hatte. Ein niedriger weißer Fels ragte dort einen halben Meter in die Höhe, zu klein, um sich dahinter zu verstecken. Drum herum gruppierte sich kniehoch eine Anzahl Wacholdersträucher.

Smrt und Donner blieben schwer atmend zurück.

Das *Haalloooo* wiederholte sich – deutlicher diesmal – und kam zwischen den Sträuchern hervor.

»Elvis-Leonid?«, rief ich, »wo steckst du?«

Und tatsächlich kam die Antwort des Murmeltiers.

»Hier unten!«

Ich ging in die Knie. Auf allen Vieren tastend, kroch ich um den Fels herum, laut nach Elvis-Leonid rufend. Dann sah ich den Spalt in der Erde. Eine schwarze Kluft, deren Rand unter dem überhängenden Wacholder verschwand. Ich bog die Zweige zur Seite und blickte in ein gähnendes, meterbreites Loch, das sich vor mir auftat.

»Elvis-Leonid?«, rief ich. »Bist du da unten?«

»Ja!«

»Wir helfen dir raus. Hast du was?«

»Ja, Hunger!«

»Ich meine: Fehlt dir was?«

»Ja!«

»Und was?«

»Meine Trompete! Hier ist eine bombastische Akustik!«

Er war offensichtlich durch den Spalt in eine Höhle abgestürzt.

Ich hatte Elvis' Instrument bei mir und rief:

»Da! Fang!«

Ich ließ die Trompete durch die Öffnung fallen. Das deutlich scheppernde Geräusch signalisierte mir, dass das Instrument auf dem harten Höhlenboden aufgeschlagen war.

»Danke!«, rief es von unten. »Ich hab sie!«

Kurz darauf ertönte der verhallte Klang der Trompete durch den Erdspalt nach draußen. Der Boden zu meinen Füßen schien zu beben, als Elvis eine Phrase aus dem Wolfgang-Petry-Hit ›Wahnsinn – warum schickst du mich in die Höhle? Höhle, Höhle, Höhle, Höhle!‹ zur Erdoberfläche jagte.

»Hör auf, sonst kracht das ein!«, warnte ich, doch meine Worte verhallten in den verhallenden Tönen seiner Trompete.

»Schick mir eine Organistin runter, mit oder ohne Orgel!«, rief er, als er die Phrase beendet hatte, »das klingt wie in einer gotischen Kathedrale!«

»Nix da, wir holen Fie fofort da rauf!«, schrie der Kommissar, der inzwischen mit Dr. Smrt neben dem Höhlenspalt aufgetaucht war.

»Nein, kommt runter, das müsst ihr gehört haben!«

Ich konnte seine Begeisterung verstehen. Immerhin hatte er als Trompeter Erfahrung mit Kirchenmusik gemacht und die berühmten barocken Trompetenkonzerte schon mal geblasen. In den großen Kathedralen und Domen dieser Welt, von Passau über London bis St. Blasien, hatte er mir erzählt. Und sein großer Traum war Mailand gewesen, bis heute.

Das Wiegenlied von Brahms drang bis zu uns herauf. La-le-lu für Rulaman*. Elvis-Leonid hatte sich warm geblasen. Ich wartete das Ende des Lieds ab und rief:

»Und wie sollen wir da runter kommen?«

Elvis-Leonid schwieg. Bei aller Freude am Musizieren schien ihm nun doch bewusst zu werden, dass er in der Falle saß. Und dass ihm wohl die Zuhörer ausblieben.

»Warten Fie da unten, wir organifieren ein Feil oder eine Fproffenleiter!«, donnerte der Kommissar und eilte, gefolgt von Smrt, wieder den Hügel hinunter.

»Elvis-Leonid«, zischte ich, als die beiden außer Hörweite waren, »wie ist das eigentlich passiert?«

»Was?«

»Na, wie bist du in diese Höhle gekommen? Hat dir einer von den beiden anderen einen Schubs gegeben?«

»Nein, das war ganz anders.«

»Warte!«, rief ich, »ich muss jetzt mal dringend für Königstiger. Wir können gleich weiterreden.«

»Aber verpiss dich bloß von dem Loch!«, rief er zurück, »ich hab keine Lust auf eine warme Dusche!«

Ich entfernte mich ein paar Meter von dem Schacht.

---

* steinzeitlicher Held im gleichnamigen Roman von David Friedrich Weinland.

Während ich erleichtert auspackte, hörte ich aus der Höhle seine Stimme:

»Mir ist das auch beim Pissen passiert!«

»Was?«

»Na, der Absturz. Ich glaube, dass der feuchte Boden mein Gewicht nicht mehr tragen konnte, plötzlich tat sich die Erde auf und verschluckte mich.«

Entsetzt starrte ich vor mir auf den Boden, wo sich im trockenen Gras eine kreisrunde dunkle Stelle abzeichnete, die immer größer wurde, Dann sah ich den Riss! Er verlief von dem dunklen Fleck in meine Richtung und teilte sich zwischen meinen Beinen wie ein auf dem Kopf stehendes ›T‹. Wie ein Riss im Eis auf einem zugefrorenen See!

Gleichzeitig hörte ich ein seltsames Zischen und Rumpeln und spürte, wie sich der Boden unter mir bewegte. Ein Zittern und Prickeln fuhr mir in die Knie, dann kitzelten meine Sohlen wie auf einem Massageband. Während ich den Hahn hektisch zudrehte und hastig einpackte, gab der Grund unter mir nach, und ich sank, erst langsam und mit kleinen ruckartigen Bewegungen wie in einem stockenden Aufzug, und dann im freien Fall in das Loch, das sich unter mir auftat, versuchte noch, durch Abspreizen meiner Arme Halt zu finden, doch die Anziehungskraft der Erde war stärker als meine Muskeln, und ich sauste in das Nichts.

Ich drehte mich saltoartig in der Luft, fühlte mich wie ein Fallschirmspringer ohne Fallschirm, wie Felix Baumgartner beim Absprung aus 39.000 Meter Höhe, meine Magengrube hing mir im Kehlsack und mein Herzschlag setzte aus.

Als ich mit Armen und Oberkörper voran aufschlug, hörte ich nur ein blechernes Bersten, dann fuhr mir der Schmerz in die Brust, ich rang nach Luft und lag, von kahlen Felswänden umgeben, bäuchlings auf einem weichen Polster. Durch die zwei Löcher in der Höhlendecke drang etwas Licht ein, und ich sah Elvis-Leonid, der mich überrascht anglotzte.

»Ach du lieber Himmel!«, schrie er und stürzte sich wie ein angreifender Höhlenbär auf mich. Er packte mich am Arm und versuchte, mich von dem Felsvorsprung, auf dem ich gelandet war, zu zerren. Das Weiche unter mir schien sein Mantel zu sein, der meinen Aufprall gedämpft hatte.

Elvis-Leonid griff an mir vorbei und fischte einen Gegenstand unter meinem Oberkörper hervor, der im diffusen Höhlenlicht seltsam matt und verbogen schimmerte. Gleichzeitig ließ der Schmerz in meiner Brustgegend unverhofft nach.

»Du hast meine Trompete plattgemacht!«, schrie er, und Tränen standen in seinen Augen. Er hielt mir sein Instrument entgegen, dessen Trichter wie ein Welsmaul zusammengequetscht war. Der restliche Korpus sah aus wie ein goldener Rippenheizkörper, nur die drei Ventile ragten senkrecht aus dem Trümmerfeld heraus. Sie mussten den Schmerz in meinen Rippen verursacht haben.

Ich nahm den weichen Wollmantel und rieb mir die vom Aufprall wunden Körperstellen.

»Wenn du da noch einen Ton raus bringst, ziehe ich echt meinen Hut!«, sagte ich.

»Ich hatte sie extra auf den Felsvorsprung gelegt, damit ich im Dunkeln nicht drauftrete, und mit meinem Mantel gepolstert, damit sie nicht zerkratzt, und du Höhlenbarsch benutzt sie als Landeplatz! Hättest du nicht woanders schiffen können?«, wetterte er.

»Ja kann ich's denn ahnen?«, blaffte ich zurück. »Vor kaum einer Minute hast du doch noch damit gespielt!«

»Das war vielleicht mein letztes Konzert!«

»Immer langsam, wenn's ans Sterben geht«, tröstete ich ihn. »Sicher kommen der Kommissar und Doktor Smrt gleich mit einer Leiter.«

Ich drückte mir den Mantelknäuel gegen die Brust und blickte hoffnungsfroh nach oben.

»Und wenn dann die ganze Decke einstürzt? Das ist doch alles Erdbebengebiet hier oben«, jammerte er weiter.

»Na, da müsste schon eure Kammersängerin Constanze auftauchen, die hätte das entsprechende Gewicht. Und wenn die hier begraben wird, glauben die Archäologen in 20 Jahren, sie hätten ein Mammutskelett in Frauenkleidern gefunden.«

Elvis-Leonid lachte nicht über meinen Scherz. Er hielt seine Rippenheizkörpertrompete wie ein Baby im Arm und versuchte verzweifelt, den Anschluss für das Mundstück in dem Rohrgewirr zu finden.

Plötzlich sah ich über der Öffnung, durch die Elvis-Leonid gestürzt war, eine Bewegung, einen Schatten.

Der Trompeter wandte dem Loch den Rücken zu und war viel zu sehr mit seinem Instrument beschäftigt, um die Klarinette zu erkennen, die sich langsam durch die Luke schob.

Wie die Mündung der Silberbüchse in ›Unter Geiern‹, als Winnetou vom Dachboden des Banditennests auf den Schurken zielt, schob sich das schwarze Holz in den Raum und fixierte wie ein Blasrohr Elvis-Leonids Genick.

Blasrohr?

Blasrohr!

Ich sah Langfried Schieber vor mir und den toten Bratvogel. Schon wollte ich einen Schrei ausstoßen, als mich ein klirrendes Klappern ablenkte. Elvis-Leonids Mundstück war zu Boden gefallen und kullerte über den Felsen, er bückte sich danach, im selben Moment hörte ich ein Sirren und ein matschiges ›Plopp‹ und fühlte einen dumpfen Druck in meiner Brust. Gleichzeitig waren Schatten und Klarinette aus dem Höhlenloch verschwunden.

»Was war denn das?«, fragte Elvis-Leonid, der das Sirren und das ›Plopp‹ ebenfalls gehört hatte. Ich tastete meinen Brustkorb ab und blieb dabei mit der Hand an einem dünnen Gegenstand hängen, der aus dem zusammengeknüllten Mantel des Trompeters ragte.

»Ich schätze, ein Giftpfeil!«, sagte ich und hielt ihm den kleinen Gegenstand vorsichtig entgegen, ohne die Spitze zu berühren.

»Du hast dich im richtigen Augenblick gebückt und so

dem Pfeil den Weg zu mir freigemacht. Dein Mantel hat mir das Leben gerettet, wir sind also quitt«, erklärte ich.

»Du meinst, der Pfeil galt mir?«, fragte er.

Ich nickte, verschwieg aber, dass ich die Zielrichtung der Klarinette eindeutig gesehen hatte.

»Du hättest wohl das nächste Opfer sein sollen!«, bestätigte ich.

»Opfer? Wieso Opfer?«

»Na hör mal! Zwei Musikanten und ein Sänger sind tot. Und du scheinst etwas zu wissen, was unseren Musikantenmörder stört.«

»Kann schon sein. Ich habe den Brief gelesen«, sagte er ruhig.

»Welchen Brief?«

»Na, den der verblichene Langfried in seinem Gigbag versteckt hatte.«

»Den Brief habe ich auch gelesen. Ein Brief von Libuše.«

»Von Libuše? Nein! Der Brief war von Langfried. Nie abgeschickt, aber adressiert an den Mörder.«

»Meiner hat aber Libušes Unterschrift«, entgegnete ich.

Ich zog den Brief aus meiner Tasche und reichte ihn ihm. Er überflog die wenigen Zeilen.

…und so bitte ich dich, dir noch einmal zu überlegen, denn wenn du es dir nicht anders überlegst, lässt du mir keine andere Wahl, als das wahr zu machen, wovon ich dir erzählt habe. Und das täte mir sehr, sehr leid. In großer Liebe. Deine Libuše.

»Der ist falsch!«, bemerkte er trocken und gab ihn mir zurück.

»Falsch?«

»Ja. Das ist nicht Libušes Schrift. Die kenn' ich. Mir hat sie auch schon Liebesbriefe geschrieben.«

Mein Herz verkrampfte sich.

»Und wo ist der Brief, den du meinst?«, fragte ich.

»Da drüben in meiner Manteltasche.«

»Zeigst du ihn mir?«

Er schüttelte den Kopf.

»Ich weiß nicht, ob ich dir trauen kann. Am Ende liege ich mit einem vergifteten Apfel im Hals hier in der Höhle! Seit die Musikanten in diesem Orchester wie die Fliegen krepieren, traue ich keinem mehr. Und das alles hat angefangen, als du gekommen bist. Trotzdem habe ich meinen Verdacht.«

»Verrätst du ihn mir?«

Er zuckte mit den Schultern.

»Und warum bist du dir so sicher?«, fragte ich.

»Weil ich meine Augen offenhalte.«

»Und was hast du gesehen?«

»Fast wärst doch du statt Lahla dran gewesen. Das erzählst du zumindest allen. Vielleicht war das auch nur eine Finte. Irgendjemand muss doch das Gift in deinen Flachmann gefüllt haben, falls du es nicht selbst warst. Ich habe gesehen, wer sich an jenem Abend in dein Zimmer geschlichen hat!«

Elvis-Leonids Stimme war leise geworden.

»Es war Libuše. Ich habe sie hineingehen und kurz

darauf auch wieder herauskommen sehen. Ich hatte sie schon die ganze Zeit in Verdacht, sie hatte was mit Langfried und mit Alibert. Ich glaube nicht, dass sie selbst die Jungs um die Ecke gebracht hat. Aber sie ist die Komplizin des Mörders, daran gibt es für mich keinen Zweifel!«

Libuše! Meine böhmische Rose! Also doch!

Der Albtraum war zurückgekehrt.

Wie inständig hatte ich auf ihre Unschuld gehofft!

Ich konnte es drehen und wenden, wie ich wollte, alles lief auf sie als Täterin hinaus. Über ihr Motiv war ich mir schon lang im Klaren. Nur wollte ich die grausame Wahrheit nicht akzeptieren.

Es war so, als ob eine wissenschaftliche Untersuchung deine Leibspeise als Verursacher einer Epidemie entlarvt, und du fortan gezwungen bist, auf sie zu verzichten. Geschmälzte Maultaschen als Erreger der Schweinegrippe – und alles, was dein Leben bisher lebenswert gemacht hat, zerplatzt wie eine Schweinsblase.

So fühlte ich mich, als ich jetzt an Libuše dachte.

Und was das Schlimme war, sie hatte es nicht nur auf ihre ehemaligen und aktuellen Liebhaber abgesehen gehabt und eiskalt Langfried Schieber und Alibert Bratvogel um die Ecke gebracht, sondern wollte auch mich beseitigen! Und da ich ihrem mörderischen Ansinnen von der Schippe gesprungen war, stand ich sicher immer noch auf ihrer Liste der zum Ableben Bestimmten.

Wer weiß, vielleicht zielte ja schon der nächste Giftpfeil nach MIR! Ich schielte nach oben zu den beiden Löchern in der Höhlendecke.

Libuše, die geschmälzte Maultasche unter den Frauen, eine kaltblütige Mörderbraut!

VERRECKTE KUH

Gab es nicht eine Bewegung an meiner Einfallsluke? Huschte nicht ein Schatten über das Loch, durch das Elvis-Leonid in die Grotte gefallen war?

Nein, es war eine Wolke, die sich vor die Sonne geschoben hatte. Oh Mann, wenn nicht bald Donner und Smrt zurückkehrten, würden wir noch verrückt. Wie lang würden wir hier unten überleben? Ohne Handynetz. Ohne feste Nahrung zu uns zu nehmen und nur von dem bisschen Wasser, das an den paar Tropfsteinen des Gewölbes nach unten rieselte?

Elvis-Leonid schien meine Gedanken zu erraten, denn er sagte:

»Ich habe da hinten eine verreckte Kuh entdeckt. Die muss auch irgendwie hier eingebrochen sein. Vielleicht ist das Fleisch ja noch genießbar?«

Beim Gedanken an eine im Höhlentiefkühlfach konservierte Rinderlende oder ein saftiges Steak lief mir das Wasser im Munde zusammen.

»Hat sie gestunken oder war sie eher frisch?«, fragte ich, doch Elvis-Leonid schüttelte den Kopf.

»So genau hab' ich sie mir nicht angesehen. Aber gerochen hab' ich nichts.«

»Ich seh' mal nach«, schlug ich vor. »Bitte sei so nett und mach' ein bisschen Musik, damit ich den Weg zurück wieder finde.«

»Musik?«, fragte er, »damit?«, und zeigte auf die Quetschreste seiner Trompete. »Damit kann ich höchstens noch Fledermäuse anlocken oder in einem Posaunenchor spielen.«

Er setzte trotzdem das Instrument an, dessen Röhren- und Trichterklumpen jetzt aussahen wie ein vergoldeter Breitmaulfroschkopf mit einer in die Zentrifuge geratenen Portion Makkaroni al Forno als Körper.

Und so klang es auch.

Ich tastete mich, begleitet vom Quaken des Breitmaulfroschs, an der Höhlenwand entlang in den Gang hinein, der als Einziger tiefer ins Erdinnere führte. Meine Taschenlampe wollte ich schonen, falls ich sie für brenzlige Situationen brauchte. Es ging leicht bergab. Ich blieb immer wieder stehen und lauschte. Das Quaken war hinter mir wie aus einer anderen Welt zu hören, vor mir war Schweigen. Es schien mir auch reichlich unmöglich, dass das Rindvieh noch lebte.

Plötzlich stieß ich mit meinem Fuß an etwas Weiches. Ich ging langsam in die Knie und tastete mit der rechten Hand über eine gewölbte haarige Substanz. Ein Fell?

Ich berührte etwas Kaltes. Das Maul? Das Horn? Ein Huf?

Ich nahm die Taschenlampe zu Hilfe und fuhr erschrocken hoch, als mich das mumifizierte Gesicht der verreckten Kuh anfletschte. Ein Kopf ohne Hörner, ohne breites Maul, ohne weite Nüstern, das Fell langhaarig und verfilzt, struppig, rau.

Das war keine Kuh, die hier verreckt war. Was mich hier aus leeren Augenhöhlen angrinste, war das Gefrieß eines Bären. Der Schädel war nur noch Haut und Knochen, und auch unter dem restlichen Fell konnte ich deutlich Knochen und Wirbelsäule spüren. Ich war in der Tat auf einen alten Höhlenbären gestoßen, der vielleicht noch von Rulaman persönlich zur Strecke gebracht worden war. Am Ende war dies eine Abzweigung einer alten Bärenhöhle, und wir waren die Entdecker!

Ich ließ den Schein meiner Taschenlampe den Gang entlang weiter gleiten. Wenn es hier einen Bären gab – egal wie alt – irgendwie musste Meister Steinzeitpetz in die Höhle gelangt sein. Es musste also einen Ausgang gegeben haben, und vielleicht existierte er immer noch?

Schon wollte ich dem Gang weiter folgen, als plötzlich die Breitmaulfroschtöne verstummten und stattdessen Elvis-Leonids Stimme durch die Höhle hallte und meinen Namen rief. Der hallige Raum und die Verzögerung durch die große Entfernung ließen den Ruf wie ein Echo widerhallen:

»Rainer! – Ainer! – Aine! – Ain! – Ai! – Ai! – Ai!«

Ich überließ den Rulamanbären seinem Schicksal, ging den Weg zurück und erreichte Elvis-Leonid in gerade dem Augenblick, als vom Loch, durch das er gefallen war, ein großer Weidenkorb an einem Seil zu Boden gelassen wurde. Gleichzeitig hörte ich von dort oben – etwas verfremdet durch die Akustik des Felsengewölbes, aber aufgrund von Wischmobkratzen und Sprachfehler deutlich zu erkennen – die verhallte Stimme Donners. Er selbst war dort oben nicht zu erkennen, nur eine schemenhafte Silhouette, die kurz neben dem Seil am Bodenloch auftauchte.

»Laffen Fie ef fich ffmecken!«, rief er gerade.

»Danke, gute Idee!«, rief ich zurück.

»Tfufall, find Fie daf? Gehtf Ihnen gut?«, fragte er jetzt, und ich wunderte mich, waren wir doch noch vor einer halben Stunde per du gewesen.

»Ja«, rief ich hinauf, »wir sind unverletzt. Aber es wäre schön, wenn wir bald hier raus könnten!«

»Ficher, fobald wir die Leiter hier oben haben! Bif dann!«

»Bitte rasch!«

»Jetft effen Fie erft mal! Ich habe ekftra Ihre Leibfpeife einpacken laffen: geffmältfte Maultaffen!«

Der Donnerhall verklang, der Schemen verschwand, und das Seil wurde nach oben gezogen, nachdem der Korb sicher auf dem Höhlenboden aufgesetzt hatte.

Elvis-Leonid strahlte. Müsliriegel, Apfel, Banane, Joghurt und zwei Liter Milch. Das war das Richtige für den sportlichen Trompeter. Und in einem kleinen Kochtopf lagen geschmälzte Maultaschen mit Zwiebeln!

Meine Maultaschen!

War doch ein netter Kerl, unser Kommissar, und dass er sogar an unsere Leibspeisen dachte! Ich starrte auf den Kochtopf. Der Gedanke, der mir soeben kam, war so grausam, dass mir für eine Sekunde schwarz vor Augen wurde.

Wann hatte ich dem Kommissar von meiner Leibspeise erzählt?

Nie!

Und warum war er plötzlich wieder zum ›Sie‹ übergegangen?

Elvis-Leonid öffnete soeben den ersten Liter Milch und setzte zum Trinken an. Ich schrie auf.

»Halt!«

Gleichzeitig war ich auf ihn zugestürzt und hatte ihm mit einem gezielten Stoß die Milch aus der Hand geschlagen. Er starrte mich verdutzt an.

»Hey, was soll das?«, fragte er, während sich die Milch vor uns auf dem felsigen Boden verteilte.

»Nur einen Moment! Verstell doch bitte mal deine Stimme, so wie die des Kommissars und sag': geschmälzte Maultaschen!«

»Hä? Bist du noch ganz bei Trost? Und deshalb schlägst du mir meine Milch aus der Hand? Schau dir mal die Sauerei auf dem Boden an! Und wer wischt das alles wieder auf? Ich!«

»Los, sag' schon!«

»Geffmältfte Maultaffen«, sagte er gehorchend mit der hohen Stimme des Kommissars, dann zog er ein Taschentuch hervor und bückte sich, ich leuchtete ihm mit der Taschenlampe. Jetzt kam der Schrei aus seinem Mund:

»Aah! Seh' dir das mal an!«

Ich blickte auf den Boden. Der Fels dampfte. Leichter Nebel, wie aus der Nebelmaschine beim Rockkonzert, tanzte leise zischend über der verschütteten Milch. Darunter löste sich das Gestein brodelnd auf.

Elvis-Leonid hielt mir sein Taschentuch entgegen. Wo er die Milch aufgewischt hatte, war der Stoff zerfressen, und das Loch war handtellergroß. Es sah aus, als ob man es in der Mitte angezündet hätte.

»Säure!«, stammelte ich und fuhr zurück. »Los, werf' das Tuch weg, sonst verätzt es dir die Hand!«

Elvis-Leonid schleuderte den Lappen in die Ecke, wo er zischend liegen blieb.

»Das war nicht Donner, da oben«, kommentierte ich. »Da hat jemand die Stimme verstellt. Jemand, der nicht daran dachte, dass Sepp und ich per du sind. Und der meine Leibspeisen kennt!«

»Meine Güte. Wenn ich die Milch getrunken hätte …«

»Wärst du jetzt tot. Und ich wette, meine Maultaschen haben auch eine leckere Füllung!«

»Und was nun?«, fragte er mit der Stimme der Verzweiflung. »Dann ess' ich eben die Banane.«

»Das würd' ich hübsch bleiben lassen. Wer weiß, was unser Mörder da unter die Schale gespritzt hat!«

»Oder unsere Mörderin …«

Wir schwiegen.

Der Hunger nagte in uns.

»Ach was«, sagte Elvis-Leonid schließlich, »ich ess' jetzt den Apfel. Damit kann ja wohl nichts sein.«

»Das würde ich nicht tun«, ermahnte ich ihn. »Denk an Schneewittchen!«

»Die hat am Ende doch auch überlebt. Außerdem war nur die eine Hälfte des Apfels vergiftet. Ich ess' einfach die andere«, sprach's, zog den Apfel aus dem Weidenkorb, schnitt ihn entzwei und biss herzhaft in eine Hälfte hinein.

Plötzlich wurde sein Kopf rot, er fuhr sich mit der Hand zum Mund, seine Augen weiteten sich und sein Brustkorb verkrampfte sich mit einem röchelnden Husten. Er krächzte und keuchte, die Augen traten ihm aus den Höhlen, er versuchte zu schreien, doch die Stimme erstarb, seine Beine gaben nach und er ging, wie von einem Krampf gelähmt, zu Boden.

Ich stand hilflos daneben, kniete nieder und versuchte vergebens, ihn wiederzubeleben. Sein Blick ging starr zur Höhlendecke, ich schloss ihm die Augen und roch an dem Apfel. Keine Zyanidspur. Aber die Milch war offensichtlich auch mit einem anderen Gift versehen worden, das hatten die ätzenden Spuren auf dem Felsen und im Taschentuch gezeigt.

Nun war rasches Handeln angesagt, der Mörder würde sicher bald zurückkehren, um unsere Leichen verschwinden zu lassen. Wo steckten nur Donner und Smrt? Am Ende unter einer Decke mit dem Täter?

Ich nahm zunächst den Brief aus Elvis-Leonids Mantel und überflog die wenigen Zeilen. Doch ich werde mich hüten, zu verraten, wem Langfried geschrieben hatte! Soviel sei jedoch gesagt: dieser Brief war das fehlende Puzzleteil. Nur – würde er einer gerichtlichen Prüfung standhalten?

In meinem Kopf reifte ein Plan. Sollten die Mörder doch kommen! Sie würden hier keine Leichen finden, weder den Toten noch mich!

LABYRINTH DES TODES

Zunächst galt es, den armen Elvis-Leonid verschwinden zu lassen. Ich nahm ihn im Erstehilfekursrettungsgriff und schleifte ihn tiefer in die Höhle hinein. Als wir bei Rulamans Bären ankamen, legte ich ihn ab und untersuchte noch einmal Fell und Skelett des Braunen.

Ich hatte mich nicht getäuscht. Unter dem Fell war zwischen den gewaltigen Knochen, die eine Art Zeltgestänge bildeten, genügend Platz, um die Leiche zu verbergen. Das Fleisch des Höhlenbären war in den Jahrhunderten seines Ablebens verfault und vergammelt, nur Knochen und Fell hatten in der feuchten, kalten Höhlenluft nahezu unversehrt ihr Aussehen behalten.

Es kostete mich einige Mühe, den verschiedenen Elvis-Leonid zwischen die Bärenknochen zu zerren, wobei das Skelett klappernd in sich zusammenfiel. Ich drapierte die Knochen um die Leiche herum in gefälliger Weise und bedeckte die so entstandene Skulptur mit dem zotteligen Fell des alten Braunen.

So lag Elvis-Leonid nun in der Bärenhöhle zur Mumifizierung bereit, und ich beschloss, sollte ich das Abenteuer lebend überstehen, dafür zu sorgen, dass die von ihm entdeckte Höhle eines Tages seinen Namen trug.

Elvis Cave.

Mit feuchten Augen setzte ich meinen Weg fort. Ich musste versuchen, so schnell wie möglich aus der Höhle zu gelangen, denn sicher kam unser Meuchler jeden Augenblick zurück, um unserer Leichen habhaft zu werden.

Über die Löcher, die unser unfreiwilliger Weg in die Höhle gewesen waren, konnte ich nicht wieder hinaus. Zum einen war es unmöglich, ohne Leiter dort hinaufzugelangen, zum anderen war die Gefahr zu groß, dort den Menschen in die Arme zu laufen, die Elvis-Leonid auf dem Gewissen hatten und gewiss nicht zögern würden, auch mir noch rasch das für mich ebenfalls vorgesehene Ende zu bereiten.

Ich folgte dem Gang, der von dem Bären aus tiefer ins Innere der Höhle zu führen schien oder aber, und das hoffte ich, zu einem Ausgang am anderen Ende. Von meinen Besuchen in der echten Bärenhöhle und der Nebelhöhle wusste ich, dass die Höhlensysteme der Schwäbischen Alb weit verzweigt waren und oft mehrere Zugänge hatten. Somit war ich zuversichtlich, bald irgendwo einen Lichtschein zu erspähen, der mich ans Tageslicht zurückbrachte.

Der Weg durch die Dunkelheit war unheimlich, und meine Stimmung entsprechend gedämpft. Um mich nicht auch noch zu verirren, hatte ich den roten Wollpullover, den ich trug – eine letzte Erinnerung an meine Ehe mit Charlotte – an einem Ärmel aufgetrennt und wickelte nun im Weitergehen die Wolle hinter mir ab.

Nur hin und wieder ließ ich die Taschenlampe aufblitzen, um Batterie zu sparen, dann tastete ich mich wieder im Finstern an der feuchten Höhlenwand entlang. Das ständige Tropfen von der Decke des Gangs klang im Hall der kahlen Wände wie ein Gesang mit dumpfen Vokalen aus einer anderen Welt.

Kong, Zupp, Dang, Ping, Teng.

Meine Schritte knirschten auf dem felsigen Boden im losen Gestein, Sand und Kies zerbarsten unter meinem Gewicht. Ich fühlte mich langsam und schwer, hatte jedes Gefühl für Zeit verloren, ebenso die Orientierung. Meter um Meter wickelte ich die rote Wolle ab und bedauerte zugleich, Elvis-Leonid auf seinen Wollstoffmantel gebettet zu haben, anstatt ihn anzuziehen. Ich fror.

Zitternd schlich ich weiter, bog um eine Kurve – und leuchtete auf den Boden vor mir. Ich sah die Schlange im Lichtkegel, schaltete die Taschenlampe aus und blieb abrupt stehen. Sie lag vor mir auf dem Boden und rührte sich nicht. Ich dachte nach. Sie würde mir nichts tun, solang sie sich nicht bedroht fühlte. Hoffte ich wenigstens.

Ein kalter Schauer jagte mir über den Rücken.

Wie kam eine Schlange, ein Wärme liebendes Reptil, in diese Höhle? Unter normalen Umständen würde eine

Schlange hier kaum überleben, es sei denn, sie befand sich auf dem Weg zur Winterstarre. Ich hatte zwar von Höhlen bewohnenden Viechern gehört, irgendwelche drachenähnlichen Echsen wahrscheinlich oder Olme, die blind und pigmentlos in Grotten hausten und sich den unwirtlichen Lebensraum mit Fledermäusen und blinden Krebsen teilten, doch nie von Höhlenschlangen.

Vorsichtig richtete ich meine Taschenlampe noch einmal auf das leblose wurmdicke Wesen und atmete erleichtert auf. Gleichzeitig stieß ich einen Fluch aus, und meine Faust schlug gegen die Höhlenwand. Das Gewürm war keine Schlange, sondern mein eigener Wollfaden und sein Schatten, der ihn breiter erscheinen ließ. Ich musste im Kreis gelaufen sein!

Ich ließ mich an der nasskalten Wand zu Boden gleiten und barg mein Gesicht in den Händen. Der Gang, den ich mich entlanggetastet hatte, führte im Kreis herum! Es gab keinen Ausweg. Ich war gefangen im Labyrinth des Todes.

Doch halt! Ich hatte noch eine Chance: Ich musste mich an der anderen Wand entlangtasten. Vielleicht führte dort ein Seitenstollen in eine andere Richtung. Schwerfällig stand ich auf und wandte mich der gegenüberliegenden Seite zu. Meter um Meter ging es voran.

Rechts von mir schlängelte sich am Boden der rote Faden, den ich dort hinterlassen hatte, wie mir regelmäßige Lichtstrahlkontrollen bestätigten.

Plötzlich war die rote Schnur verschwunden! Ich musste – ohne es wirklich zu registrieren – vom bisherigen Pfad abgebogen sein. Gleichzeitig bemerkte ich, dass es leicht bergan ging.

Nachdem ich mich einige Zeit in dem immer breiter werdenden Gang entlanggetastet hatte, hörte ich Stimmen. Ich verharrte und hielt den Atem an. Kam mir der Mörder jetzt schon auf meinem Rettungsweg entgegen?

Nein, ich hörte eindeutig Kinderlachen und gewahrte in einiger Entfernung diffuses Lichtflackern. Gleichzeitig schien die Decke des Ganges sich nach oben zu erweitern, und ich stieß mit meinem Kopf hart an einen Felsen, der sich im Schein der Taschenlampe als gigantischer Tropfstein entpuppte. Hinter ihm öffnete sich der Gang zu einer Grotte, zu der mir jedoch ein mächtiger Felsbrocken den Zugang versperrte.

Dort erstrahlte die Decke in sanftem Rot und Hunderte von Tropfsteinen bildeten ein unwirkliches Relief. Das Licht war unnatürlich und schien von einer künstlichen Beleuchtung herzurühren. Ich ging auf die Grotte zu und hielt mich hinter dem Fels verborgen.

Jetzt hörte ich vor mir die Stimme einer Frau, die in breitem Älblerisch die Entstehung von Stalagmiten und Stalaktiten erklärte.

»Also, wie isch jetzt des«, fragte eine sonore Männerstimme, »welches send jetzt die Titta, dia wo von oba ra hanget oder dia wo von onda ruff wachsed?«

»Titta hanget nia von oba ra!«, erklärte die Führerin.

»Grad anderschrom wia em richtiga Leba«, brummte der Mann.

Ich war auf eine Besuchergruppe gestoßen! Hurra! Unsere Höhle war nur ein Teil, die Abzweigung einer Schauhöhle auf der Schwäbischen Alb! Ich war gerettet, denn somit musste es Ein- und Ausgang geben.

Inzwischen war die Höhlenführerin auf die Bären zu sprechen gekommen, und ich hörte sie sagen:

»Bära hat's hier schon geba, aber leider hemmer hier en d'r Höhle keine meh'. Weiter hinda liegt en verreckta Eisbär von d'r Wilhelma, dem hemmer 's Fell mid brauner Dischbersionsfarb' a'gstricha, der soll do hinna ausg'stellt werda.«

Von wegen Höhlenbär aus der Zeit Rulamans! Ich bedauerte, das Bärenfell jetzt nicht bei mir zu haben, sonst hätte ich mir einen kleinen Spaß mit den Leuten erlauben können. Da stieß meine Hand auf die verbogene Trompete Elvis-Leonids, die ich mitgenommen hatte. Sollte ich …?

Vorsichtig setzte ich das Mundstück an die Lippen und röhrte hinein.

Es klang zwar nicht gerade wie das Brummen eines Höhlenbären, aber in der halligen Akustik der Tropfsteinhöhle trotzdem wie ein Urschrei aus der Vorzeit.

»Jesses Gott, was war ao des?«, schrillte eine Frau, und die Kinder duckten sich mit vielen ›aahs‹ und ›iiihs‹ hinter ihren Eltern.

»Des wird der Eisbär sei, dem ischs do hinna wahrscheinlich z' warm!«, versuchte einer der Männer die Stimmung wieder aufzuheitern, was ihm jedoch misslang.

Erneut tönte mein verbogener Quetschtrompetenton durch die Höhle.

»Des hört sich eher a' wie a Mammut!«, vermutete jetzt ein anderer.

»Oder en T-Rex!«, meinte eine Kinderstimme.

»Kommet, mir ganget!«, forderte eine der Mütter und löste damit allgemeine Aufbruchstimmung aus.

»Hier die Treppen nauf, dann simmer scho am Ausgang«, beruhigte die Führerin, »bitte wartet Se an der Eisentür, damit i zähla ka, ob älle draußa sind. I muss abschließa.«

Oh nein! Ich musste zusehen, mich in die Touristengruppe einzuschmuggeln, sonst saß ich immer noch fest! Und dann durfte ich nicht der Letzte sein, sonst machte sie vielleicht ein Problem, wenn plötzlich ein Gast zuviel aus der Höhle hinaus wollte.

Ich ließ die Trompete schweren Herzens hinter dem Felsen zurück, zwängte mich durch einen Spalt nach vorn und schloss zu den Letzten der kleinen Gruppe auf.

Niemand achtete auf mich, und da die Führerin die Scheinwerfer in der rot beleuchteten Grotte ausschaltete, war es auch zu duster, um mich als Fremdling zu erkennen. Nur oben am Ausgang musste ich auf der Hut sein.

Ich huschte hinter den anderen die Treppenstufen empor, überholte eine dreiköpfige Familie und ein älteres Ehepaar und reihte mich wieder in die Gruppe ein.

»Hallo, Sie!«

Jemand tippte mir auf die Schulter, was ich zunächst ignorierte.

Doch die Dame, die ich zuletzt überholt hatte, ließ nicht locker.

»Ihr Pulli zieht Fäden!«, sagte sie und zeigte auf den Boden, wo sich noch immer die rote Wolle Zentimeter um Zentimeter abwickelte.

»Das muss so sein«, gab ich im Ton eines Höhlenforschers zurück.

»Wir vermessen das Labyrinth, und so habe ich beide Hände frei!«

Sie nickte verständnislos, während ich weitereilte und die nächsten überholte. Sollten sie ruhig glauben, dass ich zum Höhlenteam gehörte. Frechheit siegt, dachte ich.

Plötzlich stockte die Meute vor mir. Wir waren an der Stahlgittertür angelangt, und einer nach dem anderen zwängte sich in den schmalen Gang, der hinter der Tür ins Freie führte.

»Ade!«, hörte ich die Führerin sagen, als ich an ihr vorbei huschte und das Weite suchte.

Ich hatte gerade den Ausgang und somit Tageslicht erreicht, als ich noch einmal ihre Stimme vernahm:

»Herrje, jetzt han i oin z'viel!«

»Das ist der Herr, wo die Höhle vermessen hat!«, antwortete die ältere Dame.

»Welcher Herr?«

»Der Höhlenforscher mit dem roten Wollpullover. Sie müssen nur dieser Wollschnur nachgehen, dann erwischen sie ihn noch!«

Da ich keinen Bock hatte, mich kurz vor der Freiheit noch von der Höhlenführerin erwischen zu lassen, riss ich mir die Reste von Charlottes Wollpulli vom Leib und stopfte ihn in einen schmalen Spalt im Fels außerhalb der Höhle. Sollten sie dort drinnen nach mir suchen!

Ich war dem Labyrinth des Todes entkommen und Sekunden später im Wald verschwunden.

SCHNEEWITTCHEN LEBT!

Auf dem Weg zum Festzelt legte ich mir eine Strategie zurecht. Der Brief, den Elvis-Leonid in Langfrieds Gigbag gefunden hatte, gab mir die Richtung vor. Dieser musste der echte Drohbrief gewesen sein, den Langfried Constanze gegenüber erwähnt hatte. Elvis-Leonid hatte ihn aus dem Gigbag genommen, bevor der Mörder den angeblichen Brief von Libuše dort versteckte. Der jedoch war eine Finte, um mich auf eine falsche Fährte zu locken. Doch damit war jetzt Schluss!

Um dem Mörder eine Falle zu stellen, brauchte ich Hilfe. Ich dachte dabei natürlich an Hauptkommissar Donner, denn es stand für mich außer Frage, dass nicht er es war, der uns den Korb mit den vergifteten Lebensmitteln in die Höhle herabgelassen hatte.

Dr. Smrt hingegen traute ich nicht. Ihm ging es nur ums Geschäft, und ich hatte keine Lust, seine Branche als nächste Leiche zu beleben. Also musste ich Donner finden, wo immer er stecken mochte. Ich konnte mir nicht erklären, weshalb er nicht längst zur Höhle zurückgekehrt war, um uns zu befreien. Irgendjemand oder irgendetwas Wichtiges musste ihn davon abgehalten haben.

Donner suchen und finden war also mein Plan A. Dann zur Höhle zurück, um zu sehen, ob unsere Meuchler nach den Leichen suchten.

Plan B gab es nicht.

Ich näherte mich dem Festzelt von dem Wäldchen aus, das oberhalb der Teufelseiche auf einer Anhöhe lag. Zum Glück hatte inzwischen die Dämmerung eingesetzt, und ich huschte zwischen den Wacholderbüschen über die offene Fläche, ohne einem Menschen zu begegnen. Auch die Gegend, wo die beiden Löcher in die Tiefe führten, war menschenleer.

Doch was war das? Bei den Felsen, zwischen denen wir abgestürzt waren, parkte Dr. Smrts schwarzer Smart! Vorsichtig schlich ich näher. Der Wagen war leer. Nur der Sarg lag auf dem Dach. Ich spähte in die Löcher. Kein Seil führte nach unten. Nur eine Aluleiter lag im Gras. Wo war der Leichenbeschauer und wo der Kommissar?

Hinter einem der Felsen sah ich eine Bewegung. Eine Zuckung. Und dann hörte ich es: ein leises Stöhnen und Wimmern. War ich einem älblerischen Liebespaar auf der Spur? Doch dazu klang es nicht erotisch genug. Eher Hilfe suchend.

Leise näherte ich mich dem vermeintlichen Liebesnest und stieß auf zwei alte Kartoffelsäcke, die hinter den Felsen in einer Kuhle lagen. Im letzten Tageslicht konnte ich erkennen, dass das braune Sackrupfen sich bewegte, und nahm meine Taschenlampe zu Hilfe, um etwas mehr erkennen zu können. Sie gab zwar auch langsam ihren Geist auf, doch die gelben Lichtzucker reichten aus, um vier Beine zu erkennen, die unten aus den Säcken herausragten, an den Knöcheln gefesselt, wie auch die ganzen Säcke mit dicken Seilen verschnürt waren. Das Wimmern und Stöhnen kam aus dem Sackinneren, wo ich die Köpfe der beiden Gefesselten vermutete, bei denen es sich mit großer Wahrscheinlichkeit um meinen Freund Sepp Donner und den Leichendoktor handelte.

Wer immer den beiden diesen Streich gespielt hatte, musste ein Kenner von Fesselspielen sein, denn die Säcke waren hochprofessionell verknotet, und ich benötigte mehrere Minuten, um die Seile zu lösen. Offensichtlich waren die beiden Gefangenen auch geknebelt, denn nachdem ich mit ersten Bewegungen meine Nähe kundgetan hatte, schwoll das Wimmern und Stöhnen zu einem merkwürdigen Jaulen und Gurgeln an, das mir wie die ersten Töne eines Jodelkurses für Asthmatiker vorkam.

Ich zog ihnen die Säcke von den Oberkörpern, befreite ihre Hand- und Fußgelenke von den Fesseln und riss schwungvoll die Klebebänder von ihren Gesichtern ab, was ihnen hörbar Schmerzen bereitete, denn das »Aua!«, »Oh!« und »Arffloch!« aus den nun wieder funktionstüchtigen Munden war nicht zu überhören.

»Das war ja wie bei Karl May«, kommentierte ich, »verschnürt wie im Lager der Komantschen!«

»Und du bift wohl Old Tffätterhänd!«, gab Donner bissig zurück und rieb sich die schmerzenden Handgelenke.

»Dann sag mal, Old Wabble, wer euch beide so schön eingepackt und verschnürt hat?«, fragte ich zurück.

»Daf geht dich einen Ffeiff an!«, schnauzte Donner. Offensichtlich hatte ich die falsche Frage gestellt.

»Und wie wär's mit ›Danke fürs Befreien‹?«, fragte ich beleidigt.

Ich ließ Donner grollen, dafür gab mir Smrt Auskunft.

»Wir waren gerade dabei, euch raufzuholen, da hat man uns von hinten niedergeschlagen. Als wir wieder zu uns kamen, waren wir eingesackt und verschnürt.«

»Und ihr konntet natürlich nicht erkennen, wer's war?«

»Nein. Wie sind Sie eigentlich da rausgekommen?«

»Ich hatte Glück. Jedenfalls mehr als Elvis-Leonid.«

»Ist er tot?«, fragte Dr. Smrt.

Ich nickte stumm.

»Na also, da geht doch was!«, jubelte er, »liegt die Leiche da unten?«

Ich bejahte, und er ging zu seinem Smart.

»Was haben Sie vor?«, fragte ich.

»Leiche bergen, was denn sonst?«

»Sollten wir uns nicht vorher um den Mörder kümmern?« Diese Frage hatte ich auch an Kommissar Donner gerichtet. »Bevor er noch einmal zuschlägt?«

»Und auf wen follte er ef jetft noch abgefehen haben?«

Ich machte eine Pause, wartete, bis sie mich beide erwartungsvoll ansahen, und sagte dann:

»Auf mich!«

»Auf dich?«, fragte Donner.

»Auf Sie?«, stimmte auch Dr. Smrt mit ein, fischte eine Flasche Gin aus seinem alten Koffer und prostete mir zu.

»Lof! Lafft unf den Elvif auf der Höhle bergen, und dann ffnappen wir unf den Mörder.«

»Und wie stellst du dir das vor?«

Kommissar Donner legte mir seinen Arm väterlich über die Schulter und meinte:

»Wie wäre ef, wenn wir unferem lieben Mörderlein eine nette, kleine Falle ftellen? Mit dir alf Lockvogel.«

Mich packte das kalte Grausen.

Ich hatte meinen Traumberuf Detektiv gewählt, weil ich da im Verborgenen und unerkannt agieren konnte. Ich war das genaue Gegenteil von einem James Bond, der sich jeder Gefahr stellte und die Bösewichte in Fallen lockte, die ihn selbst das Leben kosten konnten. Mich jetzt als Köder für einen ausgeflippten Mörder zu benutzen, kam mir überhaupt nicht in den Sinn.

Obwohl – vielleicht war es ja die letzte Chance, Libuše nahe zu sein?

»Ich brauche Bedenkzeit«, sagte ich daher ausweichend. »Holen wir Elvis-Leonid, dann sehen wir weiter.«

Der Abstieg in die Höhle ging mit der ausgefahrenen Aluleiter leichter vonstatten, als ich gedacht hatte. Smrt kletterte als Erster hinab. Dann folgte ich. Donner blieb oben, um uns den Rückzug zu sichern. Immerhin war es durchaus möglich, dass die Täter in der Umgebung der Höhle auftauchten, um nach uns Vergifteten oder den bis eben Gefesselten zu schauen.

Den Weg zu dem verreckten Eisbären aus der Wilhelma kannte ich inzwischen blind und führte Dr. Smrt zielsicher zu seinem nächsten Kunden.

Das Fell wölbte sich noch über dem Verblichenen, ich zerrte es weg, und zum Vorschein kam, eingefasst von den durcheinandergeratenen Bärenknochen, der verblichene Elvis-Leonid. Er lag da wie schlafend, und für eine Sekunde dachte ich sogar, ein leichtes Heben und Senken seines Oberkörpers festzustellen.

Dr. Smrt kniete sofort bei der Leiche nieder und begann seine Routineuntersuchung zur Feststellung der Todesursache. Plötzlich stieß er einen entsetzten Schrei aus:

»So eine Unverschämtheit! Der Kerl lebt ja noch!«

Ich fuhr herum.

»Was? Er ist nicht tot?«

»Nein, zum Teufel! Das ist jetzt schon das zweite Mal, dass mir einer das Geschäft versaut!«

»Vielleicht sollten Sie umsatteln, solang mit Lebendbestattungen keine Kohle zu machen ist?«

»Wissen Sie was?«, flüsterte er geheimnisvoll, »wir lassen ihn einfach noch ein bisschen liegen. Der Puls ist ziemlich schwach. In ein, zwei Stunden haben wir ihn dann soweit!«

»Nix da!«, widersprach ich. »In einer Stunde fängt das Länderspiel an, da will ich zu Hause sein!«

»Na gut. Dann schauen wir mal, wo's ihm überhaupt fehlt. Wodurch ist die Vergiftung denn eingetreten?«

»Apfel. Wie bei Schneewittchen.«

»Aha. Und wie wurde Schneewittchen gerettet?«

»Das weiß ich nicht mehr so genau. Entweder durch einen Kuss …«

»War das nicht die Aschenputte?«

»Nein. Das war die mit der Oma, die den Wolf gefressen hat.«

»Nein, das war Zornröschen.«

»Ist ja egal. Oder weil jemand den Sarg runtergeschmissen hat.«

»Was?«

»Ich denke, Schneewittchen wurde gerettet, weil jemand den Sarg runtergeschmissen hat.«

Er erhob sich und wandte sich dem Teil der Höhle zu, durch den wir hereingeklettert waren.

»Was ist, wo wollen Sie denn hin?«, fragte ich.

»Den Sarg holen!«

»Aber wozu denn das?«

»Schneewittchen!«

Ich gab auf. Manchmal hatte ich das Gefühl, es in dieser Geschichte mit lauter Verrückten zu tun zu haben. Und was, wenn es nicht der Sarg, sondern doch der Kuss war, der Schneewittchen wieder ins Leben zurückholte?

Ich überlegte, während ich durch den Höhlenhall mitbekam, wie Dr. Smrt den Kommissar aufforderte, den Sarg vom Smartdach durch die Höhlenluke über die Leiter abrutschen zu lassen.

Ich verstand zwar kein Wort des Dialogs, doch war unschwer herauszuhören, dass Donner schwer am Fluchen war. Mift, Ffeiff und Faufarg waren die am lautesten geschrienen Worte, die bis zu mir durchdrangen.

Ich überwand mein Heterowesen und beugte mich über Elvis-Leonids Gesicht. Seine Lippen waren schmal und sanft geschwungen, ja sie hatten durchaus etwas Weibliches. Während sich mein Mund seinem Unterkiefer näherte, nahm ich den Geruch wahr, der mir fast den Atem stocken ließ.

Mit Knoblauch, Messing oder Mundgeruch hatte ich ja schon gerechnet, aber nicht mit dem Schwall Dispersionsfarbe, der mir vom Fell des Eisbären in die Nase waberte. Angeekelt fuhr ich zurück, im selben Augenblick ertönte von den Höhlenlöchern her ein ohrenbetäubendes Scheppern, das klang, als ob eine ganze Lastwagenladung voll Tenorhörner in den Höhlenschlund gekippt worden wäre. Gleichzeitig hörte ich Dr. Smrt schimpfen.

»Festbinden, hatte ich doch gesagt!«, schrie er nach oben.

Der Sarg!

»Waf foll ich machen, wenn der Knoten platfft?«, brüllte Donner zurück und hustete sich dabei die Seele aus dem Leib.

»Was war denn das für ein Geräusch?«, hörte ich eine Stimme neben mir.

Schneewittchen war erwacht! Ohne Kuss und Sarg war Elvis-Leonid zu sich gekommen und sah mich fragend an. Nicht Donner, sondern er war es, der gerade so lauthals gehustet hatte. Dabei hatte er den Apfelbissen ausgespuckt, der ihm im Hals stecken geblieben war und die Ohnmacht verursacht hatte.

»Was ist – wo bin ich?«, stammelte er. In seiner Hand hielt er den ausgehusteten Apfelbissen und wollte ihn schon wieder in den Mund schieben, was ich durch einen beherzten Schlag zu verhindern wusste.

Schnell erklärte ich ihm den Sachverhalt, als auch schon Smrt, den zerbeulten Blechsarg über dem Kopf balancierend, bei uns anlangte.

»Nanu, Schneewittchen schon aufgewacht?«, fragte er muffig.

»Ja«, sagte ich. »Und ich musste ihn nicht mal küssen!«

»Und nun?«, fragte Kriminalhauptkommissar Sepp Donner, nachdem wir glücklich aus der Höhle wieder ins Freie gelangt waren.

Betretenes Schweigen in der Runde.

Schließlich hatte Elvis-Leonid die zündende Idee:

»Morgen ist noch das Konzert auf dem Cannstatter Wasen. Vielleicht schlägt dort unser Mörder ja noch mal zu?«

»Und auf wen sollte er es diesmal abgesehen haben?«, fragte Dr. Smrt fröhlich, der so vielleicht doch noch zu einer Leiche zu kommen hoffte. Er hatte auf dem zerbeulten Blechsarg Platz genommen, den jetzt Haut und Knochen des verreckten Wilhelmaeisbären füllten.

»Hauptsache, eine Leiche«, hatte er gesagt, »fürs Finanzamt! Sonst kann ich die Fahrt nicht absetzen.«

»Na auf mich!«, beantwortete ich voll Zuversicht seine Frage.

»Aber er glaubt doch, du lägest tot in der Höhle. Verstorben durch vergiftete Maultaschen«, warf Elvis-Leonid ein.

»Dann sollten wir ihn schleunigst aufklären!«, schlug ich vor.

»Und wie daf?«, fragte Donner.

»Ich ruf' ihn an.«

Aller Augen starrten auf mich.

»Dann müsstest du ja wissen, wer es ist!«, meinte Elvis-Leonid.

»Dann müssten Sie ja seine Nummer haben!«, rief Smrt.

»Dann wäre die Mordferie ja gelöft!«, protestierte Donner.

»Weiß ich – hab ich – so gut wie«, antwortete ich.

»Und?«

»Wer?«

»Woher?«

Ich schwieg. Es gab nur einen, dem ich meinen Plan anvertrauen würde: meinem Freund Heini Blättle, dem geschwollenen Essklarinettisten, dem Einzigen, der außer mir und Elvis einen der Mordanschläge überlebt hatte.

Und während mich Kriminalhauptkommissar Sepp Donner, Dr. Smrt von *Leichen-Smrt & Co.* und Elvis-Leonid Vraungnechd staunend begafften, ließ ich sie stehen, holte mein Handy aus der Tasche und rief meinen Mörder an.

Die Falle war gestellt.

EINSATZ FÜR BLÄTTLE

Ich hatte schlecht geträumt. Von einem toten Arm, der aus einem Tenorhorn ragte und mir mit einem blutigen Messer zuwinkte. Ich duschte und machte mich auf den Weg nach Stuttgart.

Der Himmel über dem Cannstatter Wasen wölbte sich strahlend blau über Riesenrad und Achterbahn, träge floss der Neckar am Festgelände vorbei, ein einsamer Ruderer trainierte und zog seinen Kahn Richtung Leuzebad, wo sich an dem sonnigen Nachmittag viele Sonnenhungrige tummelten und einen der letzten warmen Herbsttage genossen.

Doch die wahren Menschenmassen drängten sich auf der anderen Neckarseite, auf dem Wasen, wo das berühmte ›Cannstatter Volksfest‹ an diesem Wochenende zu Ende ging. In leuchtenden Farben ragte das Wahrzeichen, die Fruchtsäule, vor den großen Festzelten über die Köpfe der vorbeiströmenden Besucher, der Duft von Pferdeäpfeln aus den Hinterlassenschaften der Brauereigespanne mischte sich mit gebrannten Mandeln, Bratwürsten und verschüttetem Bier zu einem Parfüm, das einem noch Nächte später in den Klamottenfalten saß und – in kleine Flakons abgefüllt – unter dem Namen ›Eau de Chevauxpommes‹ sicher der Verkaufsrenner in der Duty-free-Shop-Parfümerie des Flughafens Stuttgart-Echterdingen wäre.

Im Festzelt, in dem wir in einer knappen Stunde unseren Auftritt beginnen würden, duftete es auch nicht besser. Während Goli und seine Hiwis unsere Bühne vorbereiteten, zog ich Heini Blättle – natürlich mampfend – aus dem Zelt, um ihn in meine finalen Pläne einzuweihen.

»Was ist denn, was soll ich denn hier draußen, das Catering gibt's doch da drin!«, protestierte er und schob sich die restliche Schwarte seiner Schweinshaxe zwischen die Kiefer.

»Du kannst später noch genügend essen«, tröstete ich ihn und schob ihn Richtung Riesenrad. »Was ich dir sagen muss, ist von äußerster Wichtigkeit. Es geht um Leben und Tod!«

»Das hat die Sau schon hinter sich«, resümierte er und

schleckte sich die Finger ab. »Und sie ist nicht umsonst gestorben.«

»Genau das ist der Punkt«, gab ich ihm recht. »Los, komm mit. Was ich dir zu sagen habe, ist nicht für fremde Ohren bestimmt.«

Ich ging zur Kasse und kaufte zwei Karten für Europas höchstes Riesenrad. In eine Gondel passten gut zehn Leute, und als wir an der Reihe waren, sorgte ich dafür, dass Heini und ich zuerst einstiegen.

Ein verliebtes Pärchen drängte nach und eine Familie mit zwei kleinen Kindern. Ich sagte, so laut, dass es alle hören konnten:

»Ich weiß nicht, ob das so eine gute Idee war, zu dem halben Hähnchen eine Kirschtorte zu essen. Ich glaub', ich kotz' gleich!«

Die Mutter der Kinder starrte mich entsetzt an.

»Oh – sorry«, stammelte ich. »Speien, wollte ich sagen!«

Meine Gesichtszüge verkrampften sich, ich würgte laut und blies die Backen auf, als ob ich einen Schwall zurückhalten musste.

»Schatzi, komm, wir warten auf die Nächste!«, sagte der junge Liebhaber zu seiner Matratzenauflage, und das Pärchen verließ die Gondel im Rückwärtsgang.

Ein weiteres Würgegeräusch reichte, um auch die Familie zu vertreiben. Ich ließ mich auf die Holzbank fallen und atmete durch. Wir hatten die Gondel für uns.

Das Riesenrad setzte sich in Bewegung. Ich fühlte mich ein wenig wie Holly Martins im *Dritten Mann*, als er sich mit Harry Lime im Prater trifft. Höher und höher schraubte sich unsere Kabine, und schließlich schaukelten wir in halber Höhe des Riesenrads und blickten hinunter auf das ameisengleiche Gewusel.

»Jetzt leg' schon los! Was gibt es denn so Wichtiges, dass du mich deswegen vom Essen abhältst?« Die Ungeduld in Heinis Stimme war nicht zu überhören. Mehr als eine Riesenradumdrehung würde ich nicht Zeit haben, das spürte ich.

»Findest du es nicht etwas seltsam, dass inzwischen drei Musikanten aus der Band über den Jordan gegangen sind, auf drei weitere Mordanschläge verübt wurden, und wir spielen auf dem Wasen, als sei nichts gewesen?«, begann ich.

»Na ja«, meinte er, »es war ja kein Holzbläser unter den Opfern!«

»Aber fast. Du hattest das vergiftete Hähnchen schon im Hals, und meinen Zyankaliwhisky hat der arme Vico gesoffen.«

»Man braucht eben auch mal Glück im Leben!«

»Das mag schon sein. Aber ich will diese Morde jetzt aufklären. Das bin ich mir und meinem Namen schuldig. Und dazu brauch ich deine Hilfe!«

»Meine?«

Das Riesenrad drehte sich weiter und wir gondelten dem Scheitelpunkt entgegen. Von dort aus waren es fast 60 Meter bis zum Aufprall.

»Ja.«

»Und was soll ich tun?«

Ich fasste ihn scharf ins Auge und sagte, jedes Wort betonend:

»Ich werde dem Mörder – oder der Mörderin – eine Falle stellen. Heute, nach unserem Konzert.«

»Da kriegen wir doch Hähnchen mit Pommes!«

»Du bekommst von mir so viele Hähnchen mit Pommes, wie du willst!«

»Mit Ketchup?«

»Und Majo!«

»Okay. Du hast mich soeben überzeugt. Und was soll ich tun?«

»Ich brauche dich als Zeugen.«

»Aha.«

»Libuše …«

»Die Heulboje!«, fiel er mir ins Wort. Ich zog es vor, ihm unter den aktuellen Umständen nicht zu widersprechen, und begann erneut:

»Libuše weiß, wer der Mörder ist, und sie wird es mir heute nach dem Konzert sagen. Wir haben einen Treffpunkt vereinbart, wo wir ungestört reden können.«

»Das Riesenrad?«, fragte er.

»Besser!«

»Das kann nicht sein!«

Die Gondel hielt im Scheitelpunkt. Knapp 60 Meter über den Ameisen.

»Sieh dort hinunter!«, sagte er. »…«

Meine Hand wanderte zum Türgriff. Die Gondel ließ sich öffnen. 60 Meter freier Fall. War da ein seltsames Flackern in den Augen des Ess-Klarinettisten?

»Weißt du, was ich jetzt am liebsten mit dir machen würde?«, fragte er und trat näher. Das Flackern verstärkte sich, und um seinen Mund hatte sich ein schiefes Grinsen gelegt. Ich dachte an den ›Dritten Mann‹. Wie sagte Harry Lime doch so süffisant an der offenen Tür der Riesenradkabine: *Wenn du da unten liegst, würden sie kaum nach Schusswunden bei dir suchen.*

»N…n…nnnein …?«

»Na, ein Hefe trinken und ein schönes abgehangenes Rindersteak dazu essen!«, sagte er und schlug mir lachend die Hand auf die Schulter.

Ich atmete durch.

War Zeit, dass ich den Fall löste. Meine Gedanken fuhren jetzt schon im Riesenrad Achterbahn.

»Also wo?«, fragte er.

»Was – wo?«

»Wo triffst du dich mit dieser böhmischen Heulboje?«

»Libuše und ich«, ich genoss es, diese Worte auszusprechen, »treffen uns in der Geisterbahn. Die große mehrstöckige da unten, siehst du?« Ich zeigte ihm die Richtung an. Er nickte.

»Gleich nach der letzten Zugabe. Und ich möchte, dass du jedes Wort hörst!«

»Und warum nimmst du nicht deinen Kommissar oder diesen Leichenfledderer für diesen Job?«, fragte er.

»Die haben was anderes zu tun«, sagte ich nur. Die Gondel fuhr wieder talwärts der Erde entgegen.

»Und was?«

»Die schicke ich in die Achterbahn!«

»Wieso das denn?«

Ich senkte meine Stimme zu einem Flüstern: »Weil ich einmal – wenigstens dieses eine Mal den Ruhm für mich allein haben will. Ich habe keine Lust, am Ende wieder im Schatten der Kriminalpolizei zu stehen. Diesmal löse ich den Fall. Auf meine Weise. Und allein!«

»Und was machen die dann in der Achterbahn?«

»Nun, ich werde den Karussellbremser bestechen, sie elf Runden am Stück fahren zu lassen. Er wird die Sicherheitsbügel einfach nicht öffnen. Wird mich ein paar Scheinchen kosten, aber das ist es mir wert.«

Die Gondel hatte den Ausgangspunkt erreicht.

»Alles Roger – Einsatz für Blättle«, sagte Heini, »guter Plan!«

»Klar. Stammt ja auch von mir!«

SCHARFSCHÜTZEN

Nachdem ich Heini im Festzelt am Schweinehaxengrill abgeliefert hatte, machte ich mich auf die Suche nach Constanze Voorte-Singh. Ich hatte das Gefühl, meiner Auftraggeberin noch ein paar Auskünfte schuldig zu sein.

Ich entriss sie den Armen Vlad Vells, der sich in meinen Augen etwas zu sehr um die Klammersängerin kümmerte. Aber vielleicht war ihr der transsilvanische Schlagzeuger einfach ein wenig Trost in ihrer Einsamkeit, in die sie seit dem Ableben Vico Lahlas gefallen war.

»Wir müssen reden!«, zischte ich und zog sie ins Freie, »im Riesenrad?«

»Um Gottes willen, bloß nicht. Ich bin nicht schwindelfrei!«, zeterte die Singdrossel entsetzt.

»Welche Frau ist das schon?«, entgegnete ich und hatte gleichzeitig die Gewissheit, dass Constanze den Giftpfeil auf Langfried keineswegs von dem schmalen Laufsteg hoch über der Bühne direkt unter der Decke abgeschossen haben konnte. Wer nicht schwindelfrei war, würde sich kaum dort hinauf wagen, um einen sicheren Schuss abzugeben.

Wir gingen eine der Gassen entlang, in der sich Schießbuden, Ballwurfspiele und Magenbrotverkäufer aneinanderreihten, und ich drängte sie zu einem der Stände, wo man für einen Euro Plastikrosen mit Luftgewehren schießen konnte.

Ich kaufte zehn Schuss. Das Gewehr lag schwer in meiner Hand, ich legte an, zielte – daneben! Ich reichte das Gewehr Constanze und flüsterte dabei:

»Ich habe den Drohbrief gelesen, von dem du mir erzählt hast.«

Sie schoss.

Treffer.

»Und was steht drin?«, krächzte der Wiedehopf.

Das Gewehr wanderte zu mir. Ich zielte sorgfältiger.

»Kein Drohbrief«, sagte ich.

Schuss.

Daneben!

»Sondern?«

»Ein Liebesbrief.«

Sie traf.

2:0

»Ein Liebesbrief? Von wem?«

»Libuše.«

»War ja fast klar!«

Ich zielte. Die weiße Plastikkapsel an meiner Rose zerbarst.

»Treffer!«, schrie eine Kinderstimme neben mir.

Ich schoss.

Klick.

Wieder nichts.

»Warum?«, fragte ich.

»Na ja. Sie ist nicht sehr wählerisch!«, fauchte der Gänsegeier.

Das machte mir Hoffnung.

»Die steigt mit jedem ins Bett, solang er nur Geld hat«, kratzte der Hausrotschwanz. Peng! Das saß. Und ihr Schuss auch.

3:0 für Constanze.

Meine Hoffnung schwand.

»Und Langfried hatte Geld?«, fragte ich.

»Na klar. Er hat ja schließlich die Digtrom erfunden.«

»Wusste Libuše davon?«

»Wer, wenn nicht sie?«

Sie reichte mir das Gewehr.

»Also wusste sie auch, dass er bald reich sein würde?«

»Mhm.«

Feuer!

»Warum hätte sie ihn dann umbringen sollen?«

Ins Leere.

»Weil er sie loswerden wollte?«, vermutete Constanze. »Hatte sie damals nicht schon was mit Eiibii?«

Eiibii. Das zweite Opfer.

Die Waffe lag ruhig an ihrer Wange. Der Lauf schwankte keinen Millimeter. Paff!

Ins Weiße!

Die vierte Rose.

»Doch. Das hat sie sogar zugegeben. Aber war das ein Grund …?«

»Wäre das kein Grund …?«, fragte sie zurück.

Ich konzentrierte mich. Legte Kimme und Korn ineinander. Nichts schwankte.

Eiibii. Ich dachte an seine letzten Worte, die den Tod

Langfrieds zum Inhalt hatten: »Er musste sterben wegen der Dick- …«

Digtrom, hatte ich damals gedacht. *Er musste sterben wegen der Digtrom …*

Was aber, wenn es: »Er musste sterben wegen der dicken …«, hieß?

Ich sah zu der übergewichtigen Sängerin neben mir und verriss meinen letzten Schuss.

Constanze riss mir das Gewehr förmlich aus den Händen, legte an und zielte.

Er musste sterben wegen der Dicken!

Peng!

Die Rose lag am Boden.

5:0 für Constanze.

»Gewonnen!«, wieherte der Schwarzmilan.

Ein kalter Schauder lief mir über den Rücken, als sie den Gewehrlauf auf mich richtete und fragte: »Revanche?«

»Woher kannst du so gut schießen?«, fragte ich.

»Ach, das ist noch gar nichts. Du solltest mich mal mit Dartpfeilen auf Luftballons erleben!«

Die Pfeilschießbude war nur zwei Hütten weiter. Ich kaufte 20 Pfeile und sah atemlos zu, wie sie einen Ballon nach dem anderen zum Platzen brachte.

Pfeil um Pfeil traf, Robin Hood wäre vor Neid erblasst.

»Dann glaubst du also, dass Libuše mit den Morden zu tun hat?«, fragte sie.

»Es fällt mir schwer, aber vieles spricht dafür. Elvis-

Leonid hat sie aus meinem Zimmer kommen sehen, kurz bevor Vico Lahla dort meinen vergifteten Whisky trank.«

»Und was hast du jetzt vor?«

»Ich habe die Falle schon gestellt!«

»Und wann?«

»Nach dem Konzert.«

»Wo?«

»In der Achterbahn. Kommst du?«

»Ich weiß es nicht. Ich bin doch nicht schwindelfrei.«

»Das macht nichts. Ich auch nicht.«

Ihre Neugier war geweckt.

»Warum hast du eigentlich damals Heini beauftragt, dir einen Pfeil in den Hintern zu jagen?«

Jetzt begann die Mönchsgrasmücke zu schwatzen:

»Na, warum wohl? Glaubst du, ich hatte nicht bemerkt, dass du mich verdächtigt hattest, den Pfeil auf Langfried abgeschossen zu haben? Davon wollte ich ablenken.«

»Wo hast du so gut schießen gelernt?«, wiederholte ich.

»Während meines Engagements an der Oper in Manaus. Wir gingen fast täglich mit den Amazonasindianern jagen.«

»Die haben Gewehre?«

»Nein. Blasrohre.«

Das war es, was ich hören wollte. Ich dachte an den Schuss auf Langfried. Vielleicht war sie ja doch schwindelfrei, die dicke Blasrohrschützin …

Leider hatte ich für ihre Treffsicherheit keinen Zeugen. Außer Eiibii, doch der war schon zu tot, um mir wirklich eine Hilfe zu sein. Er hatte es gewusst: »*... musste sterben wegen der dicken Constanze ...*«

Danke, Eiibii! – In memoriam.

Ich verzichtete auf die Revanche.

JACK-THE-RIPPERS HÖLLENTRIPPER

Die Geisterbahn nahm uns in ihren finsteren Schlund auf und verschluckte uns, zog uns hinein in die engen Windungen ihrer gewundenen Röhre, wo die Gruselgestalten unserer harrten.

»Vergessen Sie Hannibal Lector, Heimatfilme und Halloween!«, hatte das Plakat versprochen. »Das wahre Grausen wartet hier!«

Ich hatte die gruselige Stimme des Skeletts aus der schwarzen Lautsprecherbox noch im Ohr, hatte auf die Gestalten gestarrt, die – maskiert wie Boris Karloff oder Christopher Lee – als lebende Gruselgestalten ins Innere des Horror-Towers verschwanden.

»Echte Menschen als Geister, keine Puppen!«, hatte das Knochenskelett weiter verkündet und – computergesteuert und klappernd – die Menschenmenge in den Schlund gelockt. Libuše und mich im Schlepptau.

Diese Geisterbahn bot wahren Horror pur. Ich war sie vor einiger Zeit schon einmal gefahren und konnte mich noch an die nassen Wollfäden erinnern, die mir spinnenwebengleich ins Gesicht gefatzt waren, an die glibberigen Wabbelgummischlieren, die ihre Schneckenschleimspuren über meine nackte Haut zogen und an die lebenden Gruselhüpfer, die in den dunkelsten Kurven wie aus dem Nichts auftauchten, sich mit grellem Geschrei in die Waggons warfen und den Frauen mit krähenfußartigen Fingern durch die Haare fuhren, wie die Fasnethexen rings um Tübingen.

Am schlimmsten aber waren die stummen Schreckgestalten mit Masken, die sie aus den schlimmsten Horrorstreifen Steven Kings ausgeliehen hatten. Unbeweglich wie Schaufensterpuppen standen sie erstarrt in den düstersten Ecken, ließen die Waggons herankommen, bis ihnen plötzlich ein Lichtblitz Leben einzuhauchen schien und sie sich unter Höllenlärm auf ihr Opfer stürzten.

Nie wusste man, welche der Gestalten erwachen oder in Todesstarre verharren würde. Dies machte eine Fahrt mit ›Jack-the-Rippers Höllentripper‹ zum wahren Horrorvergnügen.

Libuše hatte sich bei mir untergehakt, als wir nach dem Konzert von *Pepe Plasmas Blasmusik* das Festzelt verließen. Sie wusste, worum es ging und war bereit, ihren Teil dazu beizutragen, auch wenn die Sache nicht ungefährlich war.

»Wenn ich kann helfän iberfihrän Merdär von Eiibii«, sagte sie jetzt, und ich glaubte, in ihrer Stimme ein leichtes Zittern zu hören. Sofort erwachte in mir der väterliche Beschützerinstinkt, und ich legte meinen Arm um ihre Schulter.

Wir hatten uns schon vor dem Konzert verabredet, und ich hatte ihr den ›Drohbrief‹ gezeigt, den ich von Kommissar Donner bekommen hatte.

»Brief geschriebenär ist nicht meinigär!«, hatte sie entrüstet behauptet, »da will Merdär lenkän Momänt verdächtigäs auf mich!«

»Aber es ist eindeutig eine Frauenhandschrift. Und dein Name steht darunter.«

»Handschrift fraulichä kann sich schon sein, aber Unterschrift meinigä ist sich gefälscht.«

»Hab' ich mir fast gedacht«, gab ich zu, »und deshalb musst du mir helfen, den Mörder und seine Komplizin zu überführen.«

»Pscht«, hauchte sie. »Vlad hert zu!«

Ich sah den ›Lächler‹, wie er Libuše grinsend fixierte und mich keines Blickes würdigte. Hatte er tatsächlich etwas von unserem Gespräch mitbekommen?

Erst jetzt fiel mir auf, dass auch die anderen Musikanten einen Halbkreis um uns gebildet hatten. Es war fast wie in einem schlechten Western: der Held und seine Geliebte mit dem Rücken zur Theke im Saloon, während sich die Schurken mit gezückten Waffen von allen Seiten nähern. Und als sich die Hand John Waynes zum Colt tastet, fühlt er plötzlich die Gewehrmündung des Barkeepers im Rücken.

Ich musterte die angespannt wirkenden Gesichter. War es die Konzentration vor dem Gig in reduzierter Besetzung? Immerhin fehlten eine Posaune, ein Tenorhorn und der Sänger.

Nun, Constanze Voorte-Singh würde zumindest den letzten Verlust verschmerzen, konnte sie nun doch endlich ihr solistisches Debüt geben und im Duett mit Libuše Kabelková die junge Konkurrentin mit mächtiger Koloratur an die Wand singen.

Goli wuselte schon auf der Bühne zwischen den Notenpulten umher und sorgte dafür, dass alles bestens vorbereitet war, wenn die Truppe die Bühne stürmte. Heute strengte er sich besonders an, denn seine Freunde vom Wrestlingclub Wixweiler hatten ihr Kommen zugesagt und einen Tisch in der ersten Reihe reserviert.

Vlad Vell fixierte unvermindert Libuše, und sein kaltes Lächeln ließ mich jetzt schon an die Geisterbahn denken. Welche düsteren Gedanken wohnten in seinem Hirn, wenn er zügellos auf seine unschuldige kleine Trommel eindrosch und ihr das dünnhäutige Fell über die Ohren zog? Wer bekam seine Aggressionen zu spüren, wenn er nicht am Schlagzeug saß?

Monika Haar war die Unauffälligste von allen, aber vielleicht hatte ich sie auch nur ein bisschen zu wenig beachtet. Gab sie sich nur so unschuldig, oder war sie in Wirklichkeit das unscheinbare graue Mäuslein, der Gegenpol zu Libuše und Constanze?

Und welche Rolle spielte Pepe? Pepe Plasma, der sich immer im Hintergrund hielt, es sei denn, er agierte im

Vordergrund vor der Band. Ließ ihn das Ableben dreier Musikanten wirklich so kalt, oder war es nur das harte Los des Profis – nach dem Motto: ›the Show must go on!‹, das sein Tun bestimmte?

Fentilartur spielte mit seinem Tubamundstück und ließ es wie ein Wurfgeschoss von einer Hand in die andere gleiten. Seine Gesichtszüge schienen wie eingefroren, und ich hatte mit einem Mal das Gefühl, meinen Verdacht zu einseitig auf eine bestimmte Person fixiert zu haben.

Jantje van Faare und Friedrich C. Drey musterten mich mit unverhohlener Feindseligkeit. Seit meinem Zielzitherwurf, das wusste ich, waren wir keine Freunde mehr. Und Elvis-Leonid hatte bis zur Stunde noch immer nicht kapiert, dass er dem Tod von der Schippe gesprungen war.

Alle bis auf Goli standen sie auf einmal um Libuše und mich herum. Der John Wayne in mir hatte zwar keinen Colt und der Barkeeper kein Gewehr, aber als meine Hand sich zu meiner Flöte tastete, um sie zur Not als Schlagwaffe gegen die angreifende Meute zu benützen, spürte ich einen leichten Druck im Rücken.

»Los, komm mit!«, zischte eine Stimme an meinem Ohr, und ich drehte mich um. Heini Blättle hatte mir die Keule seiner Schweinshaxe ins Kreuz gedrückt und zog mich kauend zum Grill.

»Du musst noch was essen, mein Junge«, meinte er väterlich. Und während ich meine und er seine zwei Haxn vertilgte, ließ ich mir meinen Plan noch einmal durch den Kopf gehen.

Hatte ich wirklich an alles gedacht?

War ich auf alle Eventualitäten vorbereitet?

Hatte ich alle Rollen richtig verteilt, und würden sie alle zur rechten Zeit am richtigen Platz sein?

War ich mir wirklich sicher, den Mörder mit seinen eigenen Waffen schlagen zu können?

Egal. Der Countdown lief.

Nach dem Auftritt der Plasma-Band im Wasenzelt würde die Abrechnung stattfinden. Und ich war mir sicher, dass Kriminalhauptkommissar Donner danach den Mörder abführen konnte.

Meine Gedanken kehrten zu Libuše zurück, die sich eng an mich schmiegte, als wir jetzt den Weg zur Achterbahn einschlugen.

»Oh!«, stöhnte sie, als ich auf das Kassenhäuschen zuging, »wir fahrän Bahn achtigä?«

»Bist du denn schwindelfrei?«

»Oh, natirlich, bin schon als Kind geklettärt auf Seil, Opa meinigär war sich einä berihmtä Zirkusclown! Oh mein Opapa!«

»Die Achterbahn machen wir später. Ich habe eine andere Überraschung für dich.«

Ich sprach ein paar Worte mit dem Kassier. Die Geldscheine taten ihre Wirkung, und er sicherte mir zu, dass für meine Gäste eine mehrfache Rundreise reserviert war und die Bügel verschlossen bleiben würden, saßen sie erst einmal drin.

Somit hatte ich zwei Fliegen mit einer Klappe erschlagen: Der Ruhm, das Verbrechen aufgeklärt zu haben, würde allein mir zukommen, und mein Mörder würde vergebens auf Hilfe seiner Komplizin hoffen können.

Ich nickte dem Kassier zu und deutete auf die beiden Männer, die sich soeben durch die Menge einen Weg Richtung Achterbahn bahnten. Er hatte verstanden. Die Freikarten für meine Freunde Dr. James Smrt, Kommissar Sepp Donner und die Pfeilschützin Constanze Voorte-Singh waren reserviert. Und auf Goli war hoffentlich Verlass.

Ich wandte mich wieder Libuše zu, und wir schlenderten in Richtung ›Jack-the-Rippers Höllentripper‹.

SHOWDOWN

Ich gebe zu, dass ich ziemlich nervös war. Aus zwei Gründen:

Erstens: Ich stand vor der Lösung meines spektakulärsten Falls, und zweitens: Ich saß neben der Frau meiner Träume in der Geisterbahn.

Wir hatten die Gondel für uns, die beiden Plätze hinter uns waren leer geblieben, als wir einstiegen. Auch das war kein Zufall. Ich hatte auch hier – wie schon an der Achterbahn – durch Opferung eines Teils meines Honorars entsprechende Maßnahmen ergriffen, um die Fahrt durch die Nacht mit Libuše allein genießen zu können.

›Jack-the-Rippers Höllentripper‹ zerrte uns nun also in seinen düsteren Rachen, über das Maul der Hölle in die Finsternis seiner gruseligen Gedärme. Und am Ende würde einer der Arsch sein …

Ich hatte, wie gesagt, in Vorbereitung zum letzten Akt des Dramas die Geisterbahn auf mehreren Fahrten gründlich inspiziert und wusste genau, in welcher Kurve welche Illusion auf uns wartete, wo das Licht ausging und wo es richtig ungemütlich wurde.

Meine Lieblingsstelle kam im zweiten Stock des mehrgeschossigen Trips. In einer lang gezogenen Kurve spielte eine schwarz gekleidete dreiköpfige Band eine Gruftmucke am offenen Sarg. Das allein war an sich schon eine gruselige Szenerie, zumal der Sarg bewohnt war, und zwar von einem der besagten ›echten Menschen‹. Immer wenn die Gondel an der Gruftmuckenszene vorbeirauschte, sprang die Leiche aus dem Sarg und bewarf die Fahrgäste mit feuchter Friedhofserde aus dem Gartenmarkt in Esslingen.

Dazu spielte die Musik vom Band ›Ade zur guten Nacht!‹ in der Besetzung Tenorhorn, Schlagzeug, Kontrabass, wobei die Musikanten aus Puppen bestanden, deren Bewegungsabläufe vorprogrammiert waren. Die Schlagzeugerpuppe, kopflos (wie im richtigen Leben), hatte statt Stecken ein Hackbeil und eine Machete in den Händen, und in der kleinen Trommel spritzte in einer Fontäne blutrot gefärbtes Wasser aus einem Zimmerspringbrunnen, der Kontrabassist sägte sich beim

Streichen die Finger seiner linken Hand ab und konnte danach auf eine zweite Karriere als Posaunist bauen, und aus dem Trichter des silbernen Tenorhorns ragte ein lebloser Schaufensterpuppenarm heraus, der im Rhythmus wippte und dessen Hand ein rot angemaltes Messer hielt.

Als ich die Figur zum ersten Mal sah, dachte ich an meinen Traum, maß der Sache aber keine besondere Bedeutung zu, was leider ein Fehler war. Noch ahnte ich nicht, welch schicksalhafte Wendung sich ausgerechnet hier ereignen würde.

Die Fahrtzeit mit ›Jack-the-Rippers Höllentripper‹. betrug knapp vier Minuten, inklusive zweimal jeweils 20 Sekunden, in denen die Wagen die Finsternis verließen, um kurz im ersten und zweiten Stock der Bahn ins Freie zu tauchen, wo die Fahrenden dem unten flanierenden Publikum Blässe und Schock demonstrieren konnten.

Blieben also drei Minuten und 20 Sekunden Zeit für die Umsetzung meines Plans. Dies erschien mir zu kurz, und so hatte ich zwei Runden gebucht, in einem Viererwagen für zwei, was mich schließlich den achtfachen Fahrpreis kostete. Doch die Sache war das wert.

Libuše hatte mir versichert, in der Geisterbahn keine Angst zu haben. »War ich langä bei Musikär, bin ich Grusäl gewehnt.«

Wir fuhren an den ersten Schauderhöhepunkten vorbei, und ich unterdrückte den Drang, sie im Finstern zu küssen. Als der erste lebende Draculaklon sich über uns hinweg schwang und wir den Windhauch seines Knoblauchatems spürten, schmiegte sie sich enger an mich und sagte zärtlich:

»Du musst sagän, wann ist Augenblick richtigäs.«

Ich nickte stumm.

Noch fehlte der eigentliche Akteur, und ich war gespannt, wo er sich uns offenbaren würde. Immerhin hatte ich ihm klare Anweisungen gegeben. In der nächsten Kurve, in der die Fahrt sich verlangsamte, weil es durch einen Tunnel in den ersten Stock hinauf ging, sollte er heimlich zusteigen.

Und in der Tat: Ich hörte ein leises Rumpeln und fühlte den leichten Lufthauch, mit dem man einen Menschen auch in stockfinsterer Nacht spürt, wenn er an einem vorbeigeht. Die Knoblauchfahne war eindeutig. Fast gleichzeitig schien es, als würde unser Wagen plötzlich schwerer. Dann kam das verabredete Zeichen: Der Druck einer schweren Pranke auf meiner rechten Schulter, und schon flüsterte die vertraute Stimme an meinem linken Ohr:

»Ich wär' da!«

Na prima. Die zweibeinige Abhörwanze war installiert. Jetzt musste ich alles auf das ausgeklügelte Timing setzen. Meine Armbanduhr piepte im Abstand von 60 Sekunden.

Noch sechs Minuten Fahrzeit.

Wir ratterten durch eine Hinrichtungsszene mit abgehackten Köpfen und an Galgen baumelnden Leichen. Plötzlich fing eine unter furchtbarem Gekreische an zu zappeln und winkte mit einem weißen Tuch. Libuše drückte sich tiefer in den Sitz, und ich spürte ihre Hand auf meinem Oberschenkel.

»Keine Bange wegen der Galgenvögel!«, flüsterte ich ihr ins Ohr.

»Ooh ja«, stöhnte sie zurück und ihr Griff wanderte in die Gegend, wo mein Handy ruhte, »deinä Stangä mecht die Altä vegäln.«

»Schschth!«, mahnte ich und schob ihre Hand zurück, so sehr mich der Gedanke reizte.

Fünf Minuten.

Neue Lichtreflexe, Totenköpfe, schauriges Lachen aus scharrenden Lautsprechern. So laut, dass mein Zeuge auf der Rückbank es hören konnte, sagte ich: »Libuše, jetzt sag mir bitte, wer hat Langfried, Eiibii und Vico auf dem Gewissen?«

Wieder näherte sich ihr Mund meinem Ohr.

Wir ratterten in den zweiten Stock.

»Merdär ist …«, flüsterte sie.

»Lauter!«, zischte es von hinten.

»Merdär ist Mo …«

Mo? Monika Haar? Die hatte ich überhaupt nicht auf dem Schirm.

»Lauter!«, sagte ich. »Du kannst es laut sagen, hier hört uns doch keiner!«

»Mo-mänt – bin ich verrutscht in Sitz. Ist sich ungemitlich.«

Sie rückte etwas von mir ab und sagte laut:

»Merdär ist …«

»Du musst es mir nicht verraten«, fiel ich ihr ins Wort, »ich weiß es auch so.«

Wir näherten uns der Gruftmucke. ›Ade zur guten Nacht‹ war schon zu hören. Ich starrte nach vorn. Der Sarg war in Sicht.

Leer!

Ich zog den Brief aus Elvis-Leonids Mantel aus der Tasche. Laut fuhr ich fort:

»Hier steht alles drin. Es ist die Kopie eines Vertrags über die Erfindung der Digtrom. Langfried Schieber hat in dem angehängten Brief seinem Kompagnon mitgeteilt, dass er aussteigt und die Erfindung ein für alle Mal vernichten will. Dieser Kompagnon hatte allen Grund, das zu verhindern. Es ist kein anderer als – Heini Blättle!«

Ich hatte den Namen so laut geschrien, dass der Mörder auf der Rückbank es mit Sicherheit hören musste.

Noch vier Minuten Fahrt.

»Aus!«, schrie es von hinten. »Kein Wort mehr!«

Gleichzeitig spürte ich Heinis Hand schwer wie einen Zementsack auf meiner Schulter.

»Schluss mit dem dummen Gelaber«, hörte ich ihn und fühlte seinen Atem wie einen Windhauch an meinem Ohr. »Wird Zeit, dass wir die Sache bei einem guten Tropfen klären. Los, Libuše, gib ihm einen Schluck!«

Seine Hand fuhr an meinem Hals vorbei und drückte der Sängerin einen Flachmann an die Brust.

»Mach schon!«, forderte er, als sie zögerte, und sie schraubte den Verschluss auf. Blumiger Duft von schottischem Single Malt umwitterte meine Nasenflügel, und ich sog den Duft ein. Doch eine zweite, bittere Duftkomponente ließ mich zögern, und der Gedanke an Vico Lahla ließ mir den Atem stocken.

Zyankali!

»Trink!«, befahl Heini.

Libuše hielt mir die Flasche vor den Mund, und der Zyankaligeruch trug nicht gerade zur Beruhigung meiner Nerven bei. Was zum Teufel war hier schief gelaufen?

»So, jetzt pass mal auf mein Kleiner«, hörte ich Heini Blättles vertraute Stimme an meinem Ohr zischen. »Mir kommt es hier auf eine Leiche mehr oder weniger nicht an. Und du kannst dich drauf verlassen: Bis deine Freunde Donner und Smrt dich hier in diesem Schauertempel finden und identifizieren, bin ich über alle Berge!«

»Mach dich nicht unglücklich«, versuchte ich, mein bisschen Leben zu retten, »man kann doch über alles reden!«

»Aber nicht mit mir!«

Ich erkannte Heini Blättle nicht wieder. Binnen Sekunden hatte sich der gemütliche Essklarinettist in ein kaltblütiges Killermonster verwandelt.

»Dein Sarg ist schon bereit!«

Ich ahnte es. Der leere in der Gruftmuckenszene!

Noch drei Minuten!

Er drückte mir plötzlich den Kopf nach unten, wodurch sich meine Lippen mit Whisky benetzten und ich einen Hauch des Gifttrunks schluckte. Wir tauchten aus der Dunkelheit auf, fuhren 20 Sekunden im Licht talwärts, und der zweite Teil der Reise durch die Nacht begann. Niemand der draußen wandelnden Menschen ahnte, welches Drama sich im Bauch von ›Jack-the-Rippers Höllentripper‹ in den nächsten Minuten abspielte.

Kaum waren wir in die Nacht zurückgekehrt, richtete sich Heini wieder auf und sagte:

»Warum hast du dich da nicht rausgehalten, du Idiot! Wenn du nicht aufgetaucht wärst, hätte es außer Langfried keine Leiche gegeben. Wie bist du mir eigentlich auf die Schliche gekommen? Durch Langfrieds Brief?«

»Den habe ich erst später bekommen. Du hast dich eigentlich selbst verraten.«

»Ich? Wieso?«

»Denk mal nach! Der Fresskorb in der Höhle mit meiner vergifteten Leibspeise. Der Einzige, der wusste, dass ich geschmälzte Maultaschen mag, warst du. Da hatte ich dich endgültig in Verdacht. Aber es kam mir auch schon komisch vor, wie du das ›Zyankali‹ in deinem halben Grillhähnchen im Festzelt überlebt hast. Alles nur Show, um von dir als Täter abzulenken?«

»Klar, meine Hähnchenhälfte war sauber. Da habe ich euch ein bisschen an der Nase herumgeführt. Aber deine war ebenso vergiftet wie der Whisky in deinem Flachmann und die Maultaschen in der Höhle. Aber es war wie verhext. Du bist mir jedes Mal entkommen.«

»Bin eben ein Glückspilz. Und jetzt gib schon zu, dass du Langfried wegen der Digtrom um die Ecke gebracht hast!«, forderte ich.

»Si! Ich war zur Hälfte an der Erfindung beteiligt, fast eineinhalb Mille! Dann ging dem Kerl die Düse, weil er mit der Digtrom die Musikwelt revolutionieren würde. An die Kohle dachte der überhaupt nicht. Plötzlich wollte er aus der Sache raus und verlangte dasselbe von mir. Da hab' ich ihm sein Mundstück mit Zyankali eingeschmiert.«

»Und um das zu vertuschen und dir ein Alibi zu verschaffen, gab's den vorgetäuschten Pfeil ins Genick?«

»Si! Dadurch schied ich als Mörder aus, weil ich ja vor Langfried auf der Bühne saß. Und wenn dir Seckel nicht aufgefallen wäre, dass das Mundstück mal kurz verschwunden war, um die Zyanidspuren zu verwischen, wäre mein Plan wunderbar aufgegangen!«

»Sorry. Wenn ich das gewusst hätte. Also waren die Giftpfeile reines Ablenkungsmanöver. Aber wer ist deine Komplizin? Wer hat den ersten Pfeil auf den Weg geschickt? Constanze oder … Libuše?« Ich schielte angstvoll zu ihr hinüber.

»Du stellst zu viele Fragen! Trink jetzt! Diesmal stirbst du, verlass dich drauf! La comedia e finita!«, sagte der Bajazzo hinter mir, und sein Lachen in der Geisterbahn hatte etwas Gruseliges.

SCHLUSSAKKORD

Wir ratterten durch den Tunnel ein letztes Mal zum zweiten Stock hinauf. Die Gruft rief. Ade zur guten Nacht!

Noch zwei Minuten! Reichte die Zeit noch, um meinen Trumpf auszuspielen?

Blättles Hand presste mir den Flachmann gegen die trockenen Zähne, mit der anderen hatte er meine Haare gepackt und zog mir den Kopf ins Genick. Ich konnte den Schluckreflex nicht verhindern, und schon rann mir die giftige Torfbrühe durch die Kehle. Kaum wartete ich auf das Entschwinden meiner Sinne, auf die Bilder meines Lebens, die in Sekundenbruchteilen an meinem geistigen Auge vorbeiziehen würden, da sah ich den Sarg!

Ich ahnte, dass er meine letzte Ruhestätte sein sollte. Blättle und seine Komplizin Libuše hatten alles minutiös geplant. Ich hatte den Mörder in seiner Kaltblütigkeit und Professionalität total unterschätzt.

Und Libuše, meine Rose der böhmischen Prärie – wer hätte das gedacht!

Wie konnte ich nur so blind und verbohrt sein, auch nur eine Sekunde lang zu glauben, sie würde etwas für mich empfinden? Eiskalt hatte sie mir eine großartige Komödie vorgespielt und war dabei selbst von dem Mörder hereingelegt worden. Das musste ich noch loswerden, und wenn es das Letzte war, was ich auf dieser Welt zu sagen hatte, und so röchelte ich:

»Dieser sogenannte Drohbrief, ha! Angeblich von Libuše geschrieben. Aber die war das nicht. Du wolltest nur den Verdacht auf sie lenken!«

»Waaas?«, geiferte es neben mir in Richtung Heini. »Du hast gemissbraucht Schmärz meinigär wegän Liebä verlorenä?« Libuše drehte sich um und ging wie eine fauchende Katze mit gezückten Krallen auf Heini los.

Noch eine Minute Fahrt. Der Whisky hatte meine Magengegend erreicht.

Unsere Gondel war inzwischen an der Gruftmuckenszene angekommen, und ich gewahrte im Augenwinkel eine Gestalt im Sarg. Der war doch gerade noch leer gewesen? Gleichzeitig sah ich, dass der kopflose Schlagzeuger plötzlich das kantige Ben-Cartwright-Gesicht von Sepp Donner hatte und der Tenorhornspieler mit dem Arm im Trichter jetzt eine Frau von enormen Ausmaßen war. War das eine Illusion? Setzten bereits die Traumbilder aus dem Jenseits ein, die mich in Kürze von dieser schönen Welt entführen würden?

Nein! Was ich sah, war so real wie Libuše neben mir.

Ich jubelte innerlich, die Rettung war da! Goli huschte durch die Szenerie. Und wie von den Computern der Geisterbahn gesteuert, setzten sich der Tenorhornspieler, der Schlagzeuger und die Sargleiche in Bewegung:

Der Schatten Constanzes blockierte wie eine Gewitterwolke, die aus dem Nichts am Horizont erschien, die Sicht, als sie sich mit ihrem vollen Gewicht auf unsere Wagengondel warf. Das Blech des Waggons quetschte sich gegen meine Knie, und meine Atmung drohte im Gewölbe ihrer Oberweite zum Erliegen zu kommen.

Kreischend kam gleichzeitig ›Jack-the-Rippers Höllentripper‹ zum Stehen. Mit Mühe gelang es mir, meinen Kopf so weit aus Constanzes Umarmung zu lösen, dass mein Blick wieder frei wurde.

Dr. Smrt war wie der auferstandene Dracula aus dem Sarg aufgetaucht und hechtete auf uns zu, Donner hatte hinter dem Schlagzeug seine Dienstwaffe gezogen und legte sie auf Heini an.

Im selben Augenblick wurde es totenstill. Alle Gewerke von ›Jack-the-Rippers Höllentripper‹ ruhten, die Geräusche verebbten, die Figuren stellten ihre Bewegungen ein, und die Schatten hörten auf zu tanzen, als die Szenerie rund um die Gruftmucke plötzlich von grellem Neonlicht ausgeleuchtet wurde. Goli hatte den Schalter endlich gefunden!

Constanze wälzte sich vom Waggon, riss dem vor Schrecken starren Heini Blättle den Whiskyflachmann aus der Hand und nahm – ehe ich es verhindern konnte – einen gewaltigen Schluck.

»Neiiin!«, schrie ich entsetzt auf, »der ist vergiftet!«

»Quatsch!«, rief Constanze, »das ist nur Whisky vom Feinsten, weiter nichts!«

»Was?«, fragte ich und stieg nun ebenfalls aus, »kein Zyanid?«

»Nein. Ein bisschen Aprikosenkernaroma am Flaschenhals. Libuše war so nett, Heinis Giftbrühe gegen einen feinen Glennfiddich auszutauschen.«

»Genau«, pflichtete Dr. Smrt ihr bei, »die Originalsoße habe ich schon in meinem Labor. Kann sicher als Beweis gegen diesen Herrn da verwendet werden.«

Er deutete auf Heini Blättle, der zusammengesunken auf dem Rücksitz kauerte und kein Wort sagte.

»Libuše?«, fragte ich zögernd. »Dann hat sie mir das Leben gerettet?«

Dr. Smrt nickte.

»Wie kommt ihr überhaupt hierher?«, fragte ich, »ich hatte euch doch Dauerkarten in der Achterbahn reserviert.«

»Da sind wir erst gar nicht eingestiegen«, erklärte Smrt. »Nachdem uns die Kammersängerin über ihre Rolle in diesem Krimi aufgeklärt hat, haben wir uns auf eure Fährte gesetzt und mit den Gruftmuckestatisten in der Geisterbahn die Plätze getauscht.«

Ich musste zugeben, dass dies keine schlechte Idee gewesen war. Obwohl ich die Sache sicher auch allein mit Goli zu Ende gebracht hätte. Kommissar Donner fixierte Blättle mit seiner Waffe und ließ ihn nicht aus den Augen, während er per Handy Verstärkung anforderte.

»Du hattest mit allem rrrecht«, rollte Constanzes Wasserralle, »dein Verdacht gegen Heini, das Tatmotiv, und auch, dass Libuše den Pfeil auf Langfried abschießen sollte. Doch sie war deshalb noch lang nicht die Komplizin des Mörders!«

»Aber warum sollte sie dann geschossen haben?«

»Hat sie ja gar nicht! Obwohl sie Grund gehabt hätte.

Langfried hatte mit ihr Schluss gemacht, weil er sie mit Eiibii erwischt hatte, und sie vor der ganzen Mannschaft bloßgestellt. Sie war ziemlich wütend, da kam Heini und machte ihr den Vorschlag, Langfried mit einem kleinen Pfeil ins Genick eins auszuwischen. Doch Libuše verließ der Mut, und sie bat mich, es zu tun.«

»Dann hast du den Pfeil abgeschossen?«

Constanze nickte. »Hinter dem Vorhang.«

»Und wie kam die Klarinette über die Bühne?«

»Das war Goli.«

»Um dich nicht zu verdächtigen, weil du nie da hinauf gekommen wärst?«

»Ja. Und ich habe mich so unwissentlich zu Heinis Komplizin gemacht. Keine von uns ahnte, was er wirklich vorhatte. Woher hätten wir denn wissen sollen, dass er mit dem Pfeil nur vom Zyanid auf dem Posaunenmundstück ablenken wollte? Er hat das wirklich verdammt raffiniert eingefädelt.«

»Und warum habt ihr nichts gesagt?«

»Wir hätten nichts beweisen können. Und er hatte uns in der Hand wegen des Pfeils. Wir wussten ja nicht, dass der Tod durch Zyanid auf dem Mundstück eingetreten war.«

»Und das wäre ohne das Einschreiten von Kommissar Zufall auch nie aufgedeckt worden!«, bemerkte James Smrt trocken.

Ich gestehe offen, dass ich von einem gewissen Stolz erfüllt wurde, der mir den Mut gab, mich nun an Libuše zu wenden.

»Kannst du mir bitte verzeihen?«, fragte ich schmachtend.

Sie blickte in die Ferne, und ihre Augen bekamen einen seltsam verliebten Glanz. Dann hauchte sie – und mein kleines, verliebtes Privatdetektivherz machte einen Luftsprung, mindestens einen Kilometer hoch:

»Liebä meinigä gehehrt sich nur dir. Bin ich so froh, dass wir habän hintär uns und kennän endlich geheiratän!«

Hatte ich richtig gehört? Libuše, meine Libuše, die Rose der behmischän Prärie, machte mir einen Heiratsantrag? Schon wollte ich sie umarmen, herzen und kosen, als meine Augen ihrem Blick folgten und zwei Silben aus ihrem Mund meine Illusion wie eine Granatenexplosion zerstörten:

»Go-li!«

Mein Luftsprung war in freien Fall übergegangen. Der gnomenhafte Goliath Häberle war am anderen Ende des Geisterbahntunnels aufgetaucht wie Alberich aus der Höhle des Nibelungenschatzes.

»Schatzi!«, hörte ich Libuše wie aus einer anderen Welt, »wo bist du gebliebän so Zeit langä?«

Ich zog die Reißleine, doch mein Fallschirm versagte. Der Inspizient aus Wixweiler lief mit geöffneten Armen auf meine Libuše zu und schloss sie in dieselben.

»Ich musste doch den Strom ausschalten, dass die Wagen stehen blieben!«

Als er sich über die Waggonbrüstung beugte, sich auf meinen Sitzplatz neben ihr fallen ließ und seine Lippen um die ihren schloss, schlug ich auf und es wurde ringsum dunkel. Mein Trumpf und meine Rose! Welch Ironie des Schicksals!

Die Stimme Donners holte mich aus meiner Ohnmacht. Golis Freunde vom Wrestlingclub Wixweiler waren inzwischen eingetroffen und nahmen Heini Blättle in Gewahrsam.

»Schluff jetfft mit dem Gefülffe! Ich will hier rauf!«, kommandierte Donner.

»Herr Häberle, können Fie den Waggons wieder Ftoff geben?«

Goliath nickte und drückte an der Wand auf einen grün leuchtenden Knopf mit den Buchstaben ›GO!‹

Das Neonlicht ging wieder aus, Figuren und Geräusche nahmen ihre Arbeit erneut auf. Ich sah im Schein der fahlen Funzeln, dass Sepp Donner neben Heini Blättle auf dem Rücksitz der Gondel Platz genommen hatte. Constanze legte tröstend den Arm schwer um meine Schulter und zog mich zu der nächsten freien Gondel.

»Somit wäre der Fall also gelöst«, flötete ihr Fitis. »Du hast den Mörder überführt, ich wusste, dass ich mich auf dich verlassen kann! Wir sollten nun die Frage des Honorars klären. Willst du Kohle oder soll ich dich lieber in Naturalien auszahlen?«

Sie drückte mich in den Sitz und ließ sich neben mich fallen. Ich sah mich noch einmal um, ehe sich ihre wuchtige Gestalt über mich hereinsenkte und ich mich in mein Schicksal ergab.

Ich sah noch, wie Smrt den leeren Sarg mit seinem Meterstab vermaß und mit seinem Handy abfotografierte. Sicher würde das Modell ›Jack-the-Rippers Höllentripper‹ bald im Farbkatalog von *Leichen-Smrt & Co* zu finden sein.

Schade, dachte ich mit Blick auf den leeren Sarg, der gute Dr. Smrt hatte wieder keine aufs Dach bekommen!

Ratternd setzte sich die Geisterbahn in Bewegung, da drehte sich Heini Blättle im vorderen Waggon zu mir um.

»Hey, Kommissar Zufall«, rief er, »ich war dir doch so sympathisch! Warum darf ich in deiner Geschichte nicht der Gute sein?«

»Daf ift wie im richtigen Leben«, nahm mir Kommissar Sepp Donner neben ihm die Antwort ab, »einer ift immer der Arff!«

THE END

Kommissar Zufall will soon return
in
Kriminalslalom

Für Alex, Alexander, Alfi, Anderl, Carsten, Christian, Eddi, Ernst, Flo, Franky, Franz, Gerd, Gottfried, Hans, Helmut, Holger, Hubert, Joachim, Jochen, Jörg, Jürgen, Jogi, Martin, Markus, Markus, Matze, Michael, Michael, Michael, Michel, Nicki, Ossi, Patrick, Peter, Philipp, Ralf, Rü, Rudi, Stephan, Thommy, Toni, Uwe und besonders für Kätherle und Pit, ohne die es dieses Buch nie gegeben hätte …

Weitere Krimis finden Sie auf den folgenden Seiten und im Internet: www.gmeiner-verlag.de

Edi Graf
Elefantengold
978-3-89977-691-1

»Er erzählt versiert, spannend, geradlinig, weiß Atmosphäre zu schaffen und hat einen Sinn für Szenen mit reichlich Aktion.«
Schwäbisches Tagblatt

Linda Roloff, Journalistin aus Tübingen, kann den Flug mit dem Zeppelin über den Bodensee nicht wirklich genießen. Der Mann, mit dem sie vor kurzem noch ein Interview geführt hatte, wurde ermordet. Seine Leiche trieb im wildromantischen Märchensee bei Tübingen. Und während sie bei ihren Recherchen auf Spuren stößt, die nach Südafrika führen, erreicht sie von dort der Hilferuf eines alten Freundes …

Unsere Lesermagazine

2 x jährlich das Neueste aus der Gmeiner-Bibliothek

24 x 35 cm, 32 S., farbig; inkl. Büchermagazin »nicht nur« für Frauen

10 x 18 cm, 16 S., farbig

Alle Lesermagazine erhalten Sie in Ihrer Buchhandlung oder unter www.gmeiner-verlag.de.

GmeinerNewsletter

Neues aus der Welt der Gmeiner-Romane

Haben Sie schon unsere GmeinerNewsletter abonniert?

Monatlich erhalten Sie per E-Mail aktuelle Informationen aus der Welt der Krimis, der historischen Romane und der Frauenromane: Buchtipps, Berichte über Autoren und ihre Arbeit, Veranstaltungshinweise, neue Literaturseiten im Internet und interessante Neuigkeiten.

Die Anmeldung zu den GmeinerNewslettern ist ganz einfach. Direkt auf der Homepage des Gmeiner-Verlags (www.gmeiner-verlag.de) finden Sie das entsprechende Anmeldeformular.

Ihre Meinung ist gefragt!

Mitmachen und gewinnen

Wir möchten Ihnen mit unseren Romanen immer beste Unterhaltung bieten. Sie können uns dabei unterstützen, indem Sie uns Ihre Meinung zu den Gmeiner-Romanen sagen! Senden Sie eine E-Mail an gewinnspiel@gmeiner-verlag.de und teilen Sie uns mit, welches Buch Sie gelesen haben und wie es Ihnen gefallen hat. Alle Einsendungen nehmen automatisch am großen Jahresgewinnspiel mit attraktiven Buchpreisen teil.

GMEINER

Wir machen's spannend